SHANGHAI BEAUTY

上海的红颜遗事

NON-FICTION WORKS OF CHEN DANYAN

陈丹燕 著

上海文艺出版社
Shanghai Literature & Art Publishing House

"上海三部曲"总序

　　城市是个生命体,它是一个人,而不是一个物。所以,城市有自己的性格,命运,脾气,丰富的怪癖,独特的小动作,以及如同体味般,连大风也吹不掉的气味。在它身上,明亮的一面与暗黑的一面总是共存在同一处,一个街区,一条街道,一栋房子,甚至一条走廊。所以,它永远是有趣的。而且,它可以说是一个生生不息的生命体,它有时凋败,似乎死去,但它又会适时地复活。它有时兴旺,四下欣欣向荣,处处夜夜笙歌,但它一定会在某个时代的拐角处被迎头痛击。城市总能在经历中长出新的经历,在生命中孕育出新的生命,在面容中呈现出新的容颜,真的,它好有趣。所以我喜欢观察它,描述它,看穿它,写透它。

　　过了这么长的时间,我才有点发现自己,我想自己是个描写城市的作家,该隐的子孙。在创世纪,该隐杀了兄弟,被逐出土地,流浪四野,他算是第一个城市人。现在,该隐的子孙在世界各地的城市里繁衍了一代又一代。

　　我出生在北京,生长于上海,旅行去过世界上将近三百个城市,并描写它们的面貌与生活,城市总是我的描写对象,从上海到圣彼得堡。这些城市对我来说好似一间巴洛克房间里的各种镜子,它们彼此映照,相互证明,重重复重重的倒影里最后映衬出一张真实的面孔。我在圣彼得堡见到了1950年代的上海，在1990年代的上海遇见的，是1970年代的伦敦。这些城市好似一个连环套，当你看懂一个，就看懂了更多其他的。当我在斯特拉斯堡推倒第一张认识城市的多米诺骨牌，1992年的上海便展现出梧桐树下旧房子那通商口岸城市的旧貌。在我的故事里，街道与建筑都是城市这个人物形象的相貌，居民的故事都是城市这个人物形象的细节，城市历史都是城市这个人物形象的内心世界，所以，"上海三部曲"其实是一本书，这本书就叫上海。

失去与找到的游戏是我最喜欢玩的游戏，找来找去，这样我度过了二十多年的时间，它们是我一生中最好的时光。如今，"上海三部曲"（《上海的风花雪月》《上海的金枝玉叶》《上海的红颜遗事》）首版十九年后又回到上海再出新版，回首望去，我满意自己这样地度过了这些日子。这些年，有无数我不认识的读者伴随我成长，给予我鼓励，我感恩自己获得过这么多人在这么多年里安静的阅读，遥远但恒久的陪伴，感恩作家这个职业能获得的纯粹幸福一直都在，其实，我不敢相信这样的幸运竟降临在我身上。

陈丹燕
2015年3月17日星期二，晴
于上海

1974年,经历了深陷于时代的淤泥与血腥的日子,三十岁的姚姚仍能安静地坐在亲戚家桌前削一只苹果,仍能对生活抱有一些美好的想象,仍能面对照相机镜头用力地微笑。而这张照片,几乎是她留在世间最后的几张照片之一了。

* SHANGHAI BEAUTY *

CONTENTS

目录

SHANGHAI BEAUTY

-01-

"上海三部曲"总序

-01-

上海的红颜遗事

-260-

附记

幸存者 1
幸存者 2

SHANGHAI BEAUTY

"请告诉我一些1944年上海夏天的事好吗？最普通的事，天天都会在生活里发生的事。"我对一生都在上海度过的老人魏绍昌说。

这是距1944年五十六年以后的春天。这天下着雨，室内有着上海雨天淡灰色的天光，屋角的颜色会要深一点，像是纸烟的烟灰，带着点点斑驳。而窗框的影子在墙壁上变成了一团模糊的斑迹。过不惯多雨的上海春天的人不能体会到那样的天光里如烟云的柔和，于是也很难体会在带着潮湿雨气的柔和里有很轻的感伤。这种绵长的雨，从来不会有人真的知道什么时候会停下，也不知道天气预报里预报的春雷会什么时候来，那将是今年的第一声春雷。那是一个合适问到1944年的天气。这个老人有很好的记性，他还记得1932年日本人炸闸北宝山路上上海商务印书馆那天的情形。日本炸弹炸毁了当时东亚最大的图书馆和印刷厂，大火在宝山路上熊熊燃烧，被烧毁的纸在2月的东北风中向市区漫天飘来，像黑色的雪片，而那其实是四十万册中国书，包括近六万册的善本书，以及纸库里准备印书的纸。黑色的纸灰整整落了一天。南京路上把衣服晾在外面的人家，衣服上落满了纸灰。他的脸上在说着这样的事情的时候，有着一种类似微笑的神情，他抬着白发斑斑的头。

然后，你就会发现那样的神情原来不是微笑，那是对往事无边的忍耐。

他对我想要知道1944年的事有点吃惊。

"是为了写书呀。我要写的那个人出生在这一年。"我说。

"想要多知道一点真实的细节，在历史书，在报纸上，在伟人的传记和回忆录里都看不到的东西，因为我要写一个普通人。"我说。在我的感觉里，她的故事就像沾在历史书上的一粒灰尘一般，但我想要做的是，让她成为一粒永不会被抹去的灰尘。

"是啊。那是需要的。"他说。

1944年，他是一个二十三岁不到的青年，已经结了婚。他在中一信托公司做职员，虽说是银行职员，但并不需要在上班时穿西装，他大多数时候穿长衫上班。

"是灰色的吗？"我问。

"有时是褐色的。"他想了想说。啊，原来那时的上海青年也穿褐色的长衫。

"1944年的夏天么，上海是在沦陷中，在沦陷中。南京西路上的大华电影院里放的全是日本电影，像轰夕起子、高峰秀子和坂东起三郎的电影，也演出中国和日本合拍的《鸦片战争》，因为当时英国是敌对国。你说滑稽吧。"他告诉我说。

虽然已经有半个多世纪历史的法国租界，已经消失在1941年太平洋战争的炮火里，可按照当年法国人的城市规划在人行道边种下的梧桐树，还在一年年地长高。春夏时，它们绿色的、宽大的树叶以毫不知情的恣肆拼命地长着,遮蔽了整条整条的街道。冬天,等树叶变黄、发脆,成批成批地落下,连在夜里被街灯烤着、最晚落下的那些树叶也全都掉了以后,能看到树枝上有一串串淡褐色的小蛋粘在那里,那是刺毛虫留下的籽,它是翠绿色的爬虫,春天时长大,住在梧桐树上,夏天的时候它把背上的小刺扎到人身上,看不见,可是摸上去,那一块皮肤让人痛痒难耐。夏天,从菲律宾海面上生成的台风会影响上海,台风来的时候,大风大雨把它们从树上扫下来,大人孩子见到了,都恨得用鞋底去碾。它们的体液是黄绿色的,在人行道上小而黏稠的一汪,慢慢干在阳光里,在地上留下了黄绿的、微微泛光的颜色,像打翻的毒药。

梧桐树下热闹或者背静的街区,仍是上海很贵的地段,仍旧留着孤岛时期的浮华之气。街道两边带花园的欧洲式样的房子代表着舒适的生活,街道的下水系统很好,所以不像别处那样,总是湿漉漉的。在那些街区里,白俄经营的面包房、照相馆、西药店、芭蕾舞教室和美容沙龙,犹太人开的小珠宝店、皮鞋店和皮草行,还有饭店,法国人开的咖啡馆、电影院、教会学校和糖果店,上海人开的舞厅、专营西服的裁缝店、报馆、剧团和电影公司,日本文人开的书店,德国医生开的医院,仍旧吸引着喜欢西洋式生活的人们,尤其是那些从外面来上海的人。

"那年夏天已经有了紫雪糕卖,白雪公主牌紫雪糕,像一般雪糕一样厚薄,里面是冰激凌,外面用巧克力裹着。也有卖棒冰的,赤豆的、绿豆的、奶油的棒冰,有人喜欢在夏天吃棒冰,比较清口。卖棒冰的人把它们放在一个木头箱子里,里面用棉被包着,在沿街卖。他们常常用一个小木块在木箱子上啪啪地拍。叫卖的声音和现在一样,棒冰吃哦,雪糕,就是这种。"魏绍昌老人说。

是啊,我小时候还听到这样的声音,在夏天的五原路上,不过那是"文革"中的事了。卖棒冰的人把木箱子的盖掀开来,有一种温和而清凉的气味散出来,带着一点点桂花的甜香,因为在绿豆棒冰里常常加了一点点桂花。那种自制的冰箱没有冰箱的腥气。那个人总是很快把箱子盖上,怕凉气跑了,棒冰还没卖完就化了。

"暗杀。"老人说,"街上常常有暗杀的事发生,有时是重庆派来的人暗杀南京政府的汉奸,有时是汪精卫方面的人暗杀共产党或者重庆方面的人。日本宪兵要捉暗杀的人,就随时封锁交通。这时候气氛马上就变了,让人想到那是个乱世。马路上还有可口可乐招牌,上海已经有了自己的正广和汽水,那时候叫荷兰水。用玻璃瓶子装的。"是那种厚厚的玻璃瓶,发青的颜色。北京人的食品店里卖酸梅汤,装在玻璃杯里。白俄和山东人在从前的霞飞路一起开了一些小小的俄国西菜社,他们供应的色拉和罗宋汤很得上海人的喜欢,色拉是用煮熟以后切成小块的土豆、煮熟的青豆、切成小方块的红肠和苹果做的,拌了蛋黄酱。罗宋汤则是加了番茄、洋葱和土豆块的牛肉汤,很厚。但在俄国生活过许多年的人,却从来没有在莫斯科或者彼得堡吃到过这样的俄国菜。它们更像是从四马路的番菜馆厨房里发明出来的上海西餐。

"晚上有防空警报,汽笛一样的声音。听到警报,大家就要把自己家窗帘拉起来,怕美国飞机来轰炸。"老人说。

这我听说过的。在上海逃亡的犹太人所学到的上海方言里,就有一句:"奈电灯隐脱(把电灯关掉)。"过了那么多年,早已离开上海,从美国又回到维也纳定居的杜尔纳还记得它。1944年他住在复兴西路的一条弄堂里,弄堂里的孩子管他叫大鼻子老伯伯。

张爱玲穿着浅红色的绣花鞋经过静安寺明黄色的围墙,她已经是一个很有名的作家了。连年的战争,让许多上海市民习惯了在战乱中继续自己的生活,在战争中出生长大的孩子,以为那样的日子,就是日常生活。

7月9日这一天,上海《申报》报道的当日的新闻有:中太平洋敌舰沉毁达五十余艘;塞班岛日军继续展开奋战;敌机再袭九州,又被从容击退,日本土防务固若铁壁;东京等都市决定疏散学童;缅甸富贡前线正展开激战,日军精锐摧毁敌企图;今日防空日训练,交通音响管制,夜间实施严厉灯火管制。

《申报》上的广告,有高尚人士非 C. P. C. 咖啡不呷;有惠罗公司出售夏季精美用品的广告,包括了新式电气冰箱,女士游泳衣,美丽内着衣衫,超等西装领带,儿童夏令衣着和优等香水香粉;还有南园咖啡馆夏令乐园的告示,它在南洋桥中华路,电话是70219。那一天,在兰心剧院上演《武则天》,在国际大戏院上演《王昭君》。中国旅行社剧团在美华上演《茶花女》,

而苦干剧团在巴黎大戏院演出《林冲》。而上海美术专科学校,清心中学和德大助产士学校都开始招收新生。

这一天,1944年7月9日,离霞飞路不远的一条小街上,一家由外国人开的尚负产科医院里,有一个小女孩出生。接生的西医,用一把医用消毒剪刀剪断了女孩子的脐带后,将它结扎起来,再用消毒方纱布将它包好。

故事就从这个女婴还没有张开眼睛的那个时刻开始。一个战时的炎热夏天,小婴儿已经被洗干净了,用医院专门配置给婴儿用的淡黄色爽身粉在大腿和脖子处扑了一些,保持她身体的干爽。这是个普通的孩子,她到这个世界上,像风吹起的一粒尘,风把这粒尘吹到了一块豆腐上,所以我们碰巧就看到了她。我总是想要了解那时的日常生活,那是因为她就在那样的生活里。她安静地躺在漆成白色的小木床上,眼睛真的像桃子那样肿着,从中间裂开一道长长的小缝,长着婴孩的睫毛。那是因为在母亲的羊水里泡了九个月的缘故。那天正好是上海市政府规定的防空日,有时会有防空汽笛响,凄厉高亢的声音,拖着像青衣那样哭天抢地的长腔,透过用牛皮纸贴了米字格的玻璃窗,响彻了整个房间,但她浑然不觉。

最早照顾小婴儿的,是一个护士。在遗留下来的照片中,可以看到她是一个不好看的老姑娘,牙齿有些往外龅,眼睛的表情很温顺,因为分得很开,所以像一只出生在江南的小羊的脸。动物和人一样,出生在不同的地方,也有不同的长相。她在这个风气势利而自由的城市里受过教育,能说英文,她当了

1944年7月9日,姚姚出生在上海尚负产科医院。

单身职业妇女,得以自食其力,不必受勉强嫁人的侮辱。那个年代要成为可以靠自己独自生活下去的职业妇女,不是件简单的事。可在医院的女医生、女护士里,也不算件稀奇的事。她头上戴着产科医院的白色护士帽,那浆硬的白帽子,像是一只精白粉的馄饨。

小女婴是当时的电影明星上官云珠的第二个孩子。

上官云珠是一个娇小的江南女子,生得非常美,是那种带着江南小巧玲珑风格的美丽。十八岁时,她和她的第一任丈夫带着他们的第一个男孩,随战争难民来到上海。像许多后来在上海出人头地的人那样,她当初来上海的原因,只是为了躲进相对安全的租界,住进拥挤的弄堂房子,求个太平而已。然后,机会藏在上海小市民充满欲望而又实在本分的生活里,来到她的面前。为了生活,她和上海当时大多数女子一样要出门工作。她到国泰电影院边上的何氏照相店去当开票小姐时,名字叫韦均荦,说了一口长泾话。可何老板一眼看出了她的俏丽,他带她走出弄堂,到霞飞路上去买时髦衣服,他把她当成放在店堂里赏心悦目的花瓶。不知道那一天算不算就是上海给她上的第一课,告诉她在这个城市里衣服对一个女人的重要意义。此后,精心打扮就成了她的功课。她总是把自己的大部分收入用在买各种各样的衣服上,而用来与衣服搭配的首饰,则大多是假的。但皮鞋又是考究的,1948年上海最有名的蓝棠皮鞋店开张,她的鞋子就在那里定做,在蓝棠鞋店里留了自己的脚样子。而后来小女婴从五岁到十八岁弹的钢琴,则是长年租的,家里也始终没有买电视。

几年以后,韦均荦成了上海滩上既能演话剧,又能演电影的明星上官云珠,像有时会在这个充满机会的都市里发生的传奇。她演的第一部戏,据说是一部叫《玫瑰飘零》的粉戏。她演戏认真,渴望成功,为能在当时上海滩的粉戏里出头,她对领路人以身体相报。为使自己在镜头里好看一点,她和别的女演员一样,时不时送时兴的领带、外国香烟和巧克力给摄影师,虽然连摄影师都觉得她没有必要送东西,可她还是小心翼翼。收工早了,她笑盈盈地陪着同事一起去跳舞、吃消夜,连电影公司打灯光的先生都说她没有明星派头。剧团到外地跑码头时,次次是她出面在江湖上周旋,让戏能一天天演下去。她是一个真正敬业的演员,为了能演到戏,可以付出一切。演到弱女人的辛酸时,她曾在片场上放声痛哭,失去了控制。这便是上海式的传奇,当一堆沙子变成了金子时,谁都知道它们经过了怎样的烈火。那天,片场的戏因为上官云珠的失态拍不下去了,导演很是奇怪上官云珠的脆弱。还是黄宗英过来劝道:"小心把脸上的妆冲坏了。"那时候,受过教育、思想"左倾"、活跃在上海"左派"艺术家圈子里的黄宗英是看轻从底层挣扎出来的上官云珠的,可她还是说出了最体己的话。

许多年后,我遇见过一个非常想要出人头地的女子,独自一人到上海来。自然她是吃了许多苦。有一次她告诉我说,有时她忍不住哭了,就将脸仰平,像点眼药水那样,把眼泪控制在眼眶里:"把脸上的妆冲坏了,更没人要看你!"她说。我不知道那一次在片场,上官云珠是怎样做的。她会像那个女子一样将脸平平地扬起,来控制眼泪吗?她会像点眼药水那样让眼泪倒流回去,保护自己脸上的化妆吗?听说后来,她为自己的失态,专门请导演到家里吃饭,但绝口不谈为什么就这样哭了。

她的眉眼十分俏丽,还有合乎江南人审美的精巧的小嘴。要是把眉毛拔细了,高高挑上去,尖尖的下巴抵在旗袍滚金丝边的硬领子上,就会有上海美女的精明世故的样子,在那里面带着一点点风尘气的冶艳和江南小家碧玉的本分。所以她常常被导演选去演上海的交际花,商人家庭的少奶奶,暴发户张狂的妻子。在细细画眉下,她机灵的眼睛,会表现出像最锋利的刮胡子刀片一样的刻薄,她嘴边的浅笑,表达了聪明而世故的都市女子没有丝毫粉饰的直率内心,所以她能演张爱玲的《太太万岁》,在上海租界的弄堂女子故事中物我两忘。要是洗掉铅华,把电烫的头发用头油抿直了,她的脸上就会出现像青草一样的无辜和无告,在她颧骨下的阴影里,有着惨淡和惊惶。那样的阴影,让人猜想一个从沉闷江南小镇上来的美女,没有靠山,也不是洋学生,靠自己,沉浮在上海弱肉强食的名利场,被紧紧埋在心里的那些事。她也演孤苦的女子,演被强奸的女工,走投无路的丫头,在被碾碎的命运里软弱地挣扎。

1944年,她已经被人称为明星了,但到底有多少人真正看

姚姚的妈妈上官云珠(左)在电影《太太万岁》中。

得懂在粗糙的剧本和闪烁跳动的影像里这个女演员表演的光芒？像在寻常木头匣子上草草地嵌了一颗钻石，她总是闪烁着与周遭不甚般配的夺目光彩。她也明白自己真正的才华被当时的上海电影浪费吗？是因为这样，她才常常不顾一切地找能让自己大放光彩的机会吗？这种心愿常常看起来像是一些别的东西，比如，想要像胡蝶那样倾城，想要过大明星奢侈的日子。特别是在上海这样浮华的地方，得意的人生里总是被物质和虚荣点缀着，让人轻易说不明白它们之间的不同。

这时，她已经离开了当初落脚的蒲石路236弄18号，离开那阁楼里住着的结发丈夫和第一个儿子，与在上海演剧界名声响亮的人结婚。他们在法租界的永康别墅里安了家，浴室里的铜龙头上，放出冷水的那一只，在龙头把手中央嵌着的一小块白瓷上，写着一个C。热水龙头的白瓷上，写着一个H。她的大衣橱里挂满了各种各样的旗袍和配旗袍用的披肩、短袖开衫、手袋、绣花鞋和玻璃丝袜，还有自制的绷裤。那时候还没有拉链，绷裤上缝着一长排扣子和搭襻，用来收紧腰身，保持苗条。有时候衣服穿了一次两次还没送出去洗，在衣橱里挂着，染得橱子里也有粉饼涩涩的香气。有时候在粉饼的香气里，还浮着白兰花清澈的浓香，也许因为在初夏的时候，她曾在旗袍的盘纽上挂过用细铅丝穿起来、像扇子一样排开的白色小花。卖花女人挽着一个扁竹篮，站在街角，看到穿戴整齐的女人走来，就叫一声："白兰花㖸栀子花。"那气味复杂的衣橱里，是一个1944年的上海电影明星一定要用的行头，特别是像上官云珠这样一个逃难来的小镇美女,在名利场中挣扎着发迹的人。

　　小女孩的父亲,是留洋回来的文人姚克。他是一个倜傥的苏州人,头发用发蜡梳得光光的,一小缕一小缕的,留着梳子的齿痕,穿白色西装和牙签条的薄呢背心,在说话里夹着一些英文字。他回国的时候,带回来一个美国妻子。法国公园边上的法国总会楼上,有一个雅致的小礼堂,上海大学里"左倾"的学生们常借那里演英文戏,地下党的人去那里看戏,他也带着太太一起去看戏。他在当时全国唯一的一家英文杂志《天下》做主要作者和编辑。在鲁迅著作的翻译上,他出了许多力,和鲁迅来往密切。到鲁迅病逝,在万国殡仪馆大殓,按照西方挚友和至亲抬棺木的习惯,鲁迅的棺木也由他生前最密切的弟子来抬。而姚克就是那十个抬灵者中的一个。可他的好朋友刘半农,多愁善感的《叫我如何不想她》的作者,则是鲁迅杂文讥讽的对象,但他的另一个好朋友殷夫,是被国民党在龙华处决了的作家。他就是这样一个在上海很活跃的知识分子,自我感觉良好,整天想着折腾自己喜欢的事,不算红色这一边的,也不算白色那一边的,他不想,他们也都不要他。因为他举止的西化,曾经被思想进步的导演和小报记者叫做"洋场恶少",他听了,委屈地告诉当时在上海演戏的黄宗江,比他小了十几岁的黄宗江没大没小地拍他肩膀,安慰他说:"你哪里是洋场恶少,姚Sir,你是大大的洋场良少。"

　　他没有像大多数留洋回来的人那样,去大学里当教授,而是泡在苦干剧团里当编剧,写古装戏,同时也导戏,听说他当年

姚姚的父母姚克与上官云珠。

的名气不在黄佐临之下。在日本人监视下，艺人们不愿意不演戏，又不能演现实生活的真相，也不愿意当汉奸演员，古装戏就成了艺人们的最后一条钢丝，不知有多少人在古装戏里锻炼着自己的艺术，安慰着自己的理想。姚克的《清宫怨》就是那时候写的，那里面委婉的悲情一下子吸引了留在上海最有名的演员和导演，上官云珠在里面演一个宫女。他们就是在天风剧社排练场里认识的。1942年，他的美国妻子带着孩子回国，姚克和上官云珠在北京结婚。

　　这个小女孩就出生在这样的一个城市,这样的一些人中间,像一滴清水落进咸咸的大海。她的乳名叫"宝贝",可叫她的人,用的是英文里"贝贝"的调子。大家"宝贝,宝贝"地叫着,像是说一句洋泾浜英文。许多年以后,当她四周的亲人像水中的木船被大风吹翻,被大浪打烂,连一块木板都不曾剩下,她独自住的这个到处留着她的伤心事的城市里,那些梧桐树深深的街区,就是她手里的最后一点木屑,它们不能救她,可是,给了她安慰,让她抵死不肯离开。

　　到宝贝离开医院的时候,那个护士小姐辞去工作,跟孩子一起回到上官的家,成为专门照顾宝贝的保姆,她也照顾上官的起居,上官云珠叫她秘书。

　　"宝贝,快把鸡蛋吃掉,冷了就腥气,更难吃了。"

　　"宝贝,该去弹琴了,妈妈回来要听的。"

　　家里的佣人总是这样招呼她。六岁的时候,她快要上小学了。有了一个正式的名字:姚姚。她仍旧跟着姚克姓,用爸爸给她起的名字。那时,她梳着一对细细的小辫子,有一点默默的,不像一般小姑娘那样活泼。有时候,抱着她的娃娃,在家里走来走去。书架上所有的书都小心翼翼地紧挨着,没有一本留在桌子上。红木圆桌的镂空雕花里,也没有一点点灰,保姆总是用抹布穿到那些小洞洞里,拉住抹布的两头,来回蹭上几次,让一点灰也藏不住。那是上官家的规矩。可要是夏天,没有男宾的时候,家里的女人们可以穿得很少,像长泾女人过夏天一

姚姚是家教严格的上海女孩。

样。小女孩的布娃娃有一张赛璐璐的圆脸,那是1950年代初的新式娃娃,大多数小女孩子都没有玩过这样的娃娃,因为它很贵。姚姚很喜欢那个娃娃,到照相馆去照相,特地要带上它。上官云珠并不常常在家,排戏的时候,常常回来很晚,并没有时间和孩子在一起。

听人说,在她还是个小姑娘的时候,就常常垂着眼帘,让别人看不到自己的眼睛。这个动作,一直跟着她一辈子,帮助她经历了一个又一个难堪的时刻。见到她的人都说她不如她妈妈那么漂亮,眉毛和眼睛有点往下挂,像是埋着心事。等她一垂下眼帘,整张普普通通的孩子脸就一片黯然。可那么小的孩子,花团锦簇的,能有多少心事呢。上官云珠带她一起演电影《三毛流浪记》,她穿着白纱的绣花裙子,头上戴着蝴蝶结,拍完戏,有个人给她和妈妈一起照了相,按照妈妈的教育,姚姚规规矩矩袖着手,像一个洋娃娃。

上官云珠和姚姚一起出演电影《三毛流浪记》。

像上海有钱有教养的人家那样,她也在母亲的安排下开始学钢琴。每个星期由保姆陪着,去老师家上课。上官在家里立下很重的规矩,要让宝贝从小成为教养严格的淑女,她有空在家的时候,就查姚姚的钢琴,如果琴弹得不好,她就用佣人做针线的竹尺打手,到她真正生气了,就会伸手狠狠打姚姚的耳光。

"妈妈脾气不好。要打的。"姚姚对自己的小朋友说过。但她并不在被打的时候哭闹。

"她妈妈打她的时候,宝贝怎么做?"我问从前在上官家工作的佣人。

"她不响。就流眼泪。"她说,"不过她妈妈心里宝贝她的,医生查出来宝贝的肺上有一个小点,那时候算是大毛病了。她妈妈在家里哭得一塌糊涂。想想,又哭起来,想想又要哭,那到底是自己的孩子啊,自己总归肉痛的。后来,宝贝上学了,中午一直是家里送饭去学校,妈妈说要让她吃得好。她妈妈凶,是因为对自己的孩子严格不过。"

上官云珠跟南国剧社去北方演出,而留在上海的姚克爱上另一个富家女子。上官云珠回来发现后,立即与他离了婚。那一年宝贝还不到两岁,已经学会了叫爸爸,可是在家里没有人可以叫。是不是因为从那时开始,上官云珠又要当妈妈,又要当爸爸,才变得那样严格的呢?

姚姚六岁的时候,上官和兰心剧院的经理程述尧结婚。从小就看到在家里和妈妈一桌吃饭的蓝马叔叔不见了,常常在家里很晚才走的贺路叔叔也不见了。只有一个极和气的狭长脸的

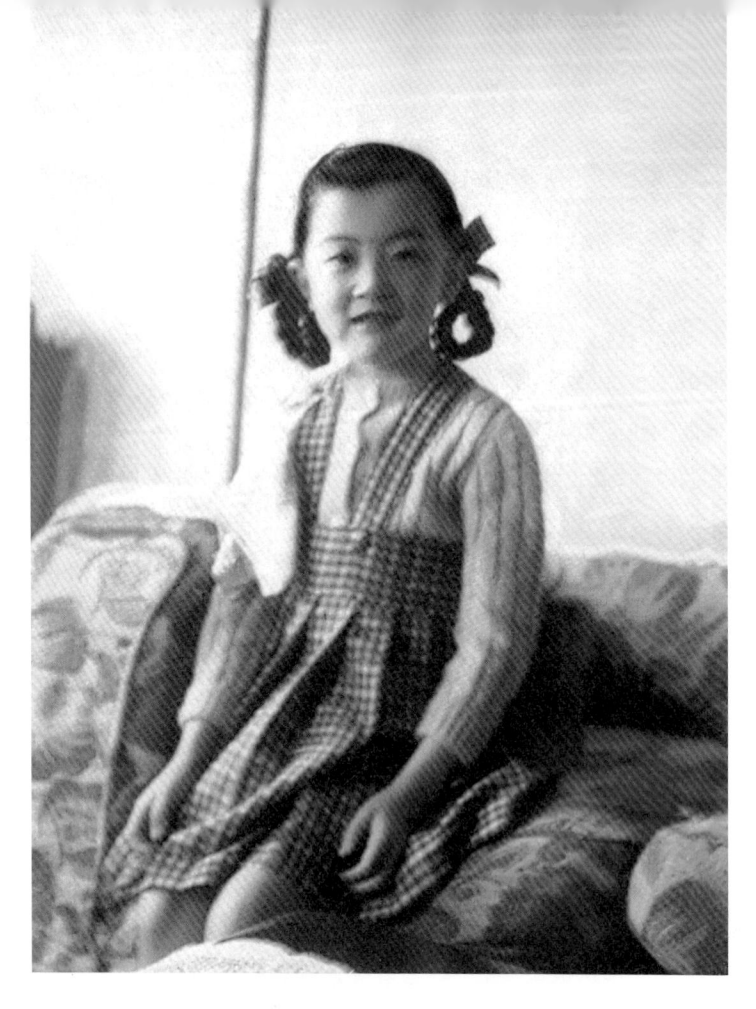

上官云珠在家里立下很重的规矩，要让姚姚从小成为教养严格的淑女。

叔叔留了下来，他说着一口儒雅客气的北京话。在姚姚四岁的时候，她就已经认识了他，那时候，妈妈要她叫他程伯伯。那时候，她就喜欢他，他在的时候，姚姚就不要别的人抱自己。现在，他的西装挂进了妈妈房间的衣橱，他的箱子放进了走廊暗处的箱子间，他刮胡子用的白色象牙柄的折刀，放在家里浴室的架子上，门后面还挂着批折刀用的帆布条，他在门口有属于自己的拖鞋，姚姚叫他爸爸，他用北方人爽快的声音回答："哎。"

她从屋子里飞奔过来,他总是张着双手接着她的小身体,让她正好落在一个安全的怀抱里。"爸爸!"姚姚叫。"哎!"他就这样回答。

"他们父女两个人,要好是要好的。"佣人说。

七岁的时候,她有了一个叫灯灯的小弟弟。爸爸妈妈都很欢喜,他们的朋友们都来祝贺,小弟弟的名字是妈妈看到吴茵送来的一对灯,才想起来的。以后,再有人来贺喜,问起名字,就说叫程灯灯。有一天,她说:"为什么弟弟姓程,我姓姚呢?我也要姓程,我现在开始叫程姚姚。"

听到的人都笑了。到她上小学报名的时候,报的名字,真的就是"程姚姚"。

程述尧特地到孩子的房间里,对灯灯的奶妈说:"以后你不光要宝贝灯灯,也要宝贝

姚姚的继父程述尧。

姚姚。"

在许多年过去以后，故事里的大部分人都已去世，灯灯的奶妈还能回忆起程述尧吩咐的话，她还努力学着他的北京口音。"程先生是好人，到底是读书人，懂得道理。他对姚姚是真的好，一下班，手里还拿着包，外套也没有脱下来，就宝贝宝贝地叫。他们要好得像亲父女一样。宝贝欢喜撒娇，可不敢对妈妈，就对程先生。"

程先生是从北京消沉闲散、家族关系牵丝盘藤的胡同四合院里宠大的长子，年轻的他，将头发用发蜡抿顺了，穿上燕尾服，打上领带，将黑缎的硬帽夹在肋前，散发着斯文的英气，叫人想到张学良。那时候，在燕京大学里特别出挑而且活跃的男生，会被同学公选出来，称为大活宝，他就是燕京大学教育系的大活宝，学的是乡村教育专业。当程家坐吃山空，从北京最好的贝满女中毕业的大妹妹不得不放弃读大学，给人做家庭教师补贴家用的时候，程述尧仍过着燕京式的快活日子。当时，在燕京大学的学生中有一个规矩，一年级的学生不得放肆，每年，由全校学生公选出一个最无羁的一年级生，把他和衣扔进未名湖里去。每年主持这个仪式的，就是程述尧。有一年，同学公选出来的是一个一年级女生，于是学生们决定要由一个男生陪她一起下湖，那个男生，也是程述尧。他喜欢演戏，和当时燕京大学的同学孙道临、黄宗江一起在南北剧社演话剧，还是剧社的社长。

他有一张书卷气的长脸，带着孩子气的懵懂与精明，和一颗从基督教学校熏陶出来的悲悯的心,他总是快活而诚恳的,给了姚姚童年时代在一个男人发硬的膝上撒娇的黄昏。检查姚姚功课是燕京大学教育学士的事,姚姚小学里平平的成绩,从来没在他那里挨过骂。他不敢在上官云珠打骂姚姚的时候说话,到那时,他就站得远远的,伤心地,惊慌地,心疼地望着姚姚。

"程先生对宝贝好,上官同志心里开心的。上官同志也对程先生就会更好一点的。"奶妈说。

有一天,家里只有奶妈和姚姚在的时候,姚姚从妈妈房间

姚姚在幼儿园,后排右边第三个。

里找出一张照片给奶妈。她指给奶妈看照片里的一个男人,说:"这就是我的爸爸,我自己的爸爸。他不是真的不要我和妈妈,他自己做错了事,妈妈不要他了。不过,他心里是想着我和妈妈的。他想要回家来,可是妈妈不要他回来。"

等奶妈看完,姚姚把照片拿回去,放回原来的地方。

有一天,姚姚到五原路的漫画家张乐平家,找张小小玩。张家有七个孩子可以玩,张家的楼下住着姚姚家的亲戚,他家有八个孩子,大家常常在一起玩,而小小是她的朋友。邻院有一棵橙子树,深秋的时候挂了一树黄黄的果子。楼上张爸爸伏在很大的桌上画画,他画旧社会的孩子有多么苦,那就是帮助了许多孩子热爱自己的童年生活、憎恨地主的漫画书《二娃子》。那天,姚姚说要告诉张小小一个秘密,所以两个人专门到楼上的房间去,坐在西窗前的小圆桌上,避开别的孩子。在那里,两个小姑娘能看到弄堂对面的大园子。对面的园子里有一个木头亭子,柱子是红色的,在用太湖石做的假山上,房子却是外国式样的。姚姚告诉小小说,姚克知道她得了肺结核,特意从香港托人带来了英国的奥丝滴灵钙针,给姚姚治病。还带来一封信,可是全被妈妈原封不动地交到电影厂保卫处去了,她只是每天逼着姚姚吃两个鸡蛋。不知道那些那么贵的钙针最后给了谁,也不知道那封信里到底写了什么。对面的大园子,静得没有一点声音。要是姚姚看到一个戴眼镜的瘦男人,在那里沉默地散步,也不会知道那就是张春桥,弄堂对面的那个大园子就是市委宣传部的办公室,这就是管她妈妈的地方。

六岁的姚姚。

"不要告诉别人啊。"姚姚说完,没有忘记这样吩咐自己的小朋友。

"晓得了。那时候我总是这样说的。"张小小说,"不过我会告诉我妈妈,因为我的妈妈不是别人。"

当我见到张小小的时候,她已经从上海无线电九厂退休了。在冬天寒冷的室内,她双手把玻璃杯握在胸前,长玻璃杯里茶水白色的热气,像绸缎一样一条一条地飘起来。她瘦瘦的手指放在玻璃杯上暖着,白皙的皮肤上布满了细细的皱纹。

五十年以后,我遇到了一个在美国研究姚克的大学教师,我们相约在1931咖啡馆见面,我们在一起谈起姚克,她的研究对象,我的姚姚的爸爸。

"他是一个很主动的人,总是积极地去做自己喜欢的事,他也是一个厚道的人,从来没发现他刻薄别人。"

"姚姚从来不会说别人的坏话。"我想起来,姚姚的朋友们总是这样告诉我。他们父女也许就是以这样的方式血脉相传的吧,我想,虽然姚姚没有被姚克教育过,可他们还是以这样神秘的方式联系在一起。这让我为姚姚感到安慰。

"现在回想起来,姚姚是一直想她自己的爸爸的。"小小说,"但是没有办法呀,她妈妈是很要强的人,那时候的人,多少要求进步,怎么会把外国带来的东西放在家里。而且她妈妈又是特别地要求进步。所以她只好一直逼着姚姚吃鸡蛋。那时候鸡蛋也算是贵东西呢,对肺结核有好处。姚姚吃得太多了,恨死了鸡蛋,去求奶妈帮她吃。奶妈说,我不能吃的啊,这是给你吃了治病的。要是她妈妈在,姚姚什么也不敢说就吃下去。姚姚很怕她的妈妈,小时候她并不喜欢说话,要是她在说话的时候妈妈来了,她马上就不说了。有一次,她玩的时候摔了一跤,爬起来马上对奶妈说,不要告诉妈妈。什么事,都是不要告诉妈妈。"她仰起头来,带着一点疑惑的神情,好像是一个笑容一样,"我想大概姚姚是很想把她爸爸的东西留下来的吧。"

"她那时是什么样子呢?"我问。

"总归是短发吧,更小的时候她梳过小辫子。那时是短发。"张小小说,"可是我不记得了。小孩子不那么注意她脸上的表情。不记得了,真的。"

"她不开心吧。"我问。

"她从小就不是开心的人。"张小小说。

"抱怨吗?"我问。

"也没有听到。她不大说自己家里的事。"她说,"总是放在心里的。我从来不问她,伤心的事何苦再拿来说。"

那一年其实是姚姚生活中愉快的一年,因为生活安定,妈妈的脾气好了许多。爸爸妈妈新婚旅行到北京,去见程述尧的父母,他们也带着姚姚同去。北京的家里把姚姚的小床支在为程述尧夫妇准备的正房的东间。在北京,程述尧和上官云珠正好遇到了他们共同的老朋友金山结婚,于是他们带着姚姚一起去参加他的婚礼。金山的新娘,是周恩来总理的干女儿、美丽的导演孙维世。听说那是一个盛大的婚礼,由周恩来夫人邓颖超主持。那天江青带着李讷也来了,李讷是和姚姚差不多大的女孩。在众人面前,江青很照顾李讷,上官云珠也很照顾姚姚,她们看上去都是像在电影里一样慈爱的母亲。照相的时候,上官云珠总是微微侧着身体,给姚姚一个娇气而且正式的位置,那通常是受过良好的西方教育,又精于世故的上海女子,为了表达自己家庭生活的美满,在照片中会做的姿势。她们也乐于看到自己的孩子正式的样子,用上海话来说,就是"很拿得出手的样子"。这样的照片,需要孩子的配合。而姚姚,在五岁的时候,就是这样的一个孩子了,她已经有过许多次这样的经验,她懂得按照妈妈的心愿,做出一个幸福孩子的样子来。

"妈妈老带姐姐去各种各样的地方。"灯灯说,"所以好多人都在姐姐小时候看到过她,知道她。妈妈喜欢带姐姐一起出去,姐姐自己也高兴去。"

这就是常常能在电影人的聚会照片中看到姚姚的原因吧,她靠着美丽的妈妈站着,抿着嘴唇,像一个端庄的洋娃娃。

"这里面有点孩子的虚荣在里面吧,不光是为了讨妈妈欢心。能与众不同地,比较风光地生活,即使是小孩子,也会本能地追逐这些光彩的。"我说。

"会有的。姐姐一直是为妈妈的名声骄傲的,从来就是这样。有一次她告诉我说,我家住的那条路上,没有人不知道我们的妈妈上官云珠!说的时候,她脸上神采飞扬。"

"神采飞扬的时候,她是什么样子呢?"我问。

"眉毛是扬起来的,头也是扬起来的,声音一下子就提高了。"灯灯说,他抬起头来,把手指扬了一下,然后摇摇头,"我是一个内向的人,我学得还不像。"

程述尧有一架拍七十二张照片一卷的小照相机,休息天的早上,遇到心情好,他就和上官云珠带上姚姚出去照相。在离他们家不远的僻静小街上,在那个红瓦顶、红砖墙的洋房街区中,有一个三角形的街心花园。沿着矮矮的铸铁黑栅栏走上去,那里有一尊1937年由白俄侨民竖的普希金铜像。"喏,他就是那个写渔夫和金鱼故事的人。"要是大人带着孩子来,会这样对孩子解释普希金。"哦。"小孩会说。常常在那个故事里,让人记住的并不是金鱼和渔夫,而是那个贪心的老太婆。住在附近的人喜欢用这个小街心花园做背景照相,而小孩子喜欢到这里放风筝。

那一次,他们也到这里来照相。大概是1953年夏天的某一个星期天吧,照片上的阳光很好,上官云珠的样子很轻松。即使是1950年代初的黑白照片,也能看出,那一天,天空一定很蓝,一点点树叶,白色石头的纪念塔和深色的青铜像,因为上海难得的蓝天而突然显出了爽朗的美。那是愉快的上午,从阳光照在脸上的方向可以看出来。阳光是从街心花园东面的白先勇家的花园那个方向过来的。那时他家已经离开花园四年了,他家园子里种的桃树和香樟树还在一天天长大,这样的情形就像是租界的梧桐树在1944年的夏天一样。晚上,他家的树散发着森森的树气,水池里的意大利喷泉不再喷水,静静的一汪水在晚上的月光下波光粼粼,池边的那些大理石的雕像开始积上了黑色的灰尘。在太阳照耀的时候,树和水的气味会铺陈在半条街上,也许那天,上官云珠他们一家,都能闻到那清凉的气味,闻着它们渐渐消失在炎热起来的阳光里。

姚姚穿着泡泡袖的圆领裙子,开始升高的阳光扎得她睁不开眼睛,所以在她用力睁开的时候,连眉毛都一起抬上去了。她的笑里有一点害羞,一点自嘲,一点撒娇,而上官云珠在边上拉着她的胳膊欢笑,我想他们是开了和姚姚有关的什么玩笑,也许上官云珠和程述尧一起逗姚姚了。姚姚看上去有点幽默的样子，她没有像一般女孩子那样容易恼火。我相信这是上官云珠感到甜蜜的时候，她对姚姚凶，可她真心喜欢看到她后来的丈夫对她的孩子好。她也许也喜欢看到姚姚可以对程述尧撒娇，用长泾话叫他"爸爸"，尾音长长地卷上去。我想姚姚的笑是因为对着程述尧的照相机吧。

另外一张，姚姚站在妈妈前面，没有笑。姚姚的脸，让我想到了一个小小的保险箱。每次，我看到那些放在百货公司家具部出售的小号保险箱，总是想，这样的东西，一个强壮的贼，可

1953年夏，程述尧为上官云珠和姚姚在三角形街心花园拍的合影。

以不用劳神先去打开，抱着走就是了。等到了他家，慢慢动手就是，那一箱子的东西全是他的。姚姚平静的脸就和小号的保险箱一样徒劳。

"你原来不是一个简单的孩子。"我对照片上的几岁的姚姚说。为一个真人的故事写书的时候，有时，我觉得自己能跟那个人谈话似的。这是不寻常的经历，你一直看着她的照片，一天又一天，一直看着，就好像能感到，照片上的那个人也看着你，等着你，问你心里在想什么。"没有了爸爸，是你心里最早的一块痛苦的伤口，你从来就和这个伤口一起长大。我想你是怨恨你妈妈的。她在你的生活里那么强大，要你没有爸爸，要你学你不喜欢的东西，要你做规规矩矩的小淑女，从小的皮鞋，都在蓝棠皮鞋店定做，在绝大多数上海女孩子只穿家制布鞋长大的年代里。你连玩的时候摔一跤都不可以。好多同样处境的小孩子都在心里暗暗想过报复的事，你想过吗？要是你在书上读到过沉香的故事，你会想要把故事里面的妈妈换成爸爸吗？但你那幽密的心思里，不会没有为自己有名的妈妈骄傲的一面吧，我想你也是高兴有这样一个妈妈的。你这小小的保险箱。"

1952年，全国开始反贪污、反腐化、反盗窃的"三反"运动，每个单位都清查自己单位的职工。新中国成立了，百乐门舞厅因为生意过于清淡而关门，因为舞客都不愿意去了，舞女也改行了。会乐里（注：上海市区的一条里弄名，1949年以前曾是妓女云集地。1990年代在上海旧城区改造中被拆除）的妓女一批批地被送去改造，连林森中路上咖啡馆的老板都自觉不合乎新社会简朴单纯的生活方式，准备将咖啡馆改为饮食店。人人都认为，新社会像新生儿一样纯洁，有人贪污公家的东西，有人爱上别人的妻子，有人偷东西，有人像旧社会一样打扮，还戴钻石戒指出来，被人公开出来，那就是臭不可闻。那其实是一次对整个社会风化严厉的肃整，上海日常生活中的讲究自在，也成为污浊隔宿之气。那是上海的第一次全民纯洁化运动。

这时，兰心剧院里有人怀疑，1949年上海影剧界劳军救灾游园会募得的款项，被当时收管钱款的经理程述尧贪污。一经揭发，上面立刻派人到剧院查账。因为游园会义卖的时候，每天都有不同的人来捐款捐物，帮忙的人也是从各处临时来的，每天还有银行职员来帮着把钱带回银行去，头绪的确很乱。可程述尧是个标准燕京大学的宝货，从小不缺钱花的好学生，也就从不用为了钱动下流脑筋，根本就没想过要贪污。他轰轰烈烈的事可做，可一针一线、日后拿出来就可以摘清自己的小事却全不放在心里，所以并没有细账。他也是从来没想到自己还能遇上查账这么一天。于是，不知深浅的程述尧便按照自己的回忆临时凑了一个账目，只以为那是例行公事而已。这样一个账目，一问就知是假。于是，他马上就被关在剧院里不许回家。

剧院里反映运动的黑板报上，已经把程述尧称为贪污分子。那是上海文艺界运动中的一件大事。

上官云珠家的奶妈隔天去剧院取先生的换洗衣服，再给先生送点吃的。机灵的奶妈装作不识字的样子，每一次，都把黑板上的意思看仔细了,回家告诉上官。遇见有人问她看什么,她就说,看上面的小圆圈怎么能画得那么圆。

那也正是上官云珠不顺心的时候。因为她是旧上海的明星,所以在为演员评定级别的时候,她被定为四级演员。新中国的电影里不再有交际花的角色,也用不着那像刀片一样的眼神。这对苦苦奋斗的她来说,是多大的打击,她从没有说过,只是拼命要求进步,事事走在前面。为灾区筹款义演,劳军义演,她次次都积极参加,直到劳累过度,犯了肺病。文艺界整风发言时,她主动反省自己的资产阶级思想,她多次说到自己喜欢演戏里面虚荣的成分,是想要过大明星出人头地的生活。她连续演出革命话剧《红旗歌》,直到一百三十一场。她有空就带着姚姚,到进驻上海的解放军文工团的排练场去,看他们排练《白毛女》。程述尧出了那样的丑事,她天天在家里哭。奶妈说先生是冤枉的,她马上告诉奶妈说:"共产党不会冤枉人的。"

被关着不能回家的程述尧,在别人一再追问催逼下,不愿意再计较,只求赶快自由。于是他做出毁掉自己一生的事,他承认自己将钱拿回了家。"要是我真的把钱拿回家去,要用麻袋装上两麻袋才够,还要叫一部黄包车才行。世上,有这样贪污钱的吗?"他日后才这么说。他以为大不了花上几百块美金,自己就可以买个太平,可以回家住。上官云珠只得从家里拿出自己的八百块美金和两个戒指送到剧院,作为退赔的赃款。在程述尧可以回家的时候,他已经被定为贪污分子,解除经理职务,留在剧院管制劳动一年。

他几乎就是最早一批被新社会清除出去的人,从此的生活,就像一个假释的犯人。紧接着,上官云珠提出离婚。她是不是已经意识到程述尧成为了社会异类这一点,没有人知道。反正,她实在不能再和这么一个自己把自己变成贪污分子、而且从家里拿出去钱当赃款、连累她也说不清楚的人生活在一起了。按理说,她应该是那个最知道程述尧受了冤枉的人,因为家里并没有贪污来的那一大笔钱。可软弱的他,就这样把她连累了,她正在那么辛苦坚决地争取着进步,她的钱,都是靠演戏挣来的。或者说是虚荣,或者说是势利,或者说是受到了伤害,当一个人自己把自己弄脏,他就是不清白的。在那不清白里面,还有为人的软弱和窝囊。这样的错误,在上官云珠来说,是不能容忍的。

这是一场轰轰烈烈的离婚,上官云珠恨得破口大骂。程述尧撒了那个愚蠢之至的谎,一夜之间自己改变自己的命运以后,剩下的就是自责的心情。所以,他处处委曲求全。他的软弱,让上官云珠更恨他,也蔑视他。

所有认识他们的人都劝和,连奶妈也是,直劝到上官云珠指着奶妈问:"你是我的人,还是他的人?"

连程述尧清华大学刚刚毕业、到上海来找工作的弟弟程述铭也想来劝和。借着有人在,程述尧苦苦求上官顾念不到两岁的孩子灯灯,给孩子完整的家庭。一个北方大男人,把小孩子拿出来为自己求情,他终于把上官云珠说烦了,她伸手打了程述尧一个耳光。坐在一边还没说话的程述铭,站起来就走了。

很快,去北京开会的时候,上官云珠与婚前曾是亲密朋友的演员贺路重逢,并成为情人。上官云珠从北京回来以后,她不再和程述尧吵闹要离婚,只是变得十分忧伤和郁闷。家中不再有争吵和责备,可开始变得沉闷和紧张。程述尧不在的时候,贺路就到家里来。佣人和奶妈背着主人骂他,他也找机会呵斥她们。程述尧回家的时候,常看到她们在房间里说着什么,看到他回来,就不说了。贺路原来曾是上官和程述尧家的熟客,现在看到程述尧,倒反而难堪的样子,奶妈恨得骂他长得就像是个猴子。

听说,在一个夏天的晚上,事情终于用夫妇之间摊牌的方式结束,听说那一夜,丈夫和妻子,都泪流满面。

像姚姚两岁的时候,妈妈曾离过婚一样,灯灯两岁的时候,妈妈又离了婚。灯灯跟着程述尧,姚姚跟着上官云珠。家就这样散开了。上官云珠与贺路同居。因为与贺路的私情,上官云珠受到了上海电影制片厂五年禁演的惩罚。

这一次失去可以叫爸爸的人,是姚姚九岁的时候。

她跟着不敢撒娇的妈妈,留在原来的房子里。那是一栋精巧的西班牙式的公寓房子,样子十分优美,楼上有两扇哥特式尖尖的小窗并排排着,常常在那里遮着白色的抽纱窗帘,它们在因为多云而飘忽的阳光里,散发着奥斯丁小说恬淡而雅致的气息。房子里一共有四套正式的公寓。她家在三楼,是那里最大的一套,有一个宽大的露台对着花园。姚姚的生活好像没有

妈妈又离了婚。灯灯跟着程述尧,姚姚跟着上官云珠,姐弟拍好这张合影,家就散了。

什么变化,还在徐家汇的钢琴老师家学钢琴,她弹得不好也不坏。她在小学里的功课,也不好不坏。还得天天吃鸡蛋,穿的衣服裙子,也都是在锦江饭店楼下的高级裁缝铺子里定做的。在照相店里她照过报名照,她在笑,是知道要照相了的那种孩子的假笑。

  从楼梯走上来,看到一个玻璃的铸铁门,有太阳的时候,楼梯上一级级,都是门上铸铁细细曲卷的花纹的影子。从小陪她睡觉的奶妈走了,弟弟和弟弟会讲故事的奶妈也走了。放学以后,她一个人上楼梯,回家。

楼梯里通常都是静静的,二楼住着从一个带着大花园的洋房里搬来不久、锦江饭店的女老板董竹君,那时她常常生病在家。她原本是一个上海塌车苦力和粗俚姨娘的女儿,被家里卖进妓院做清倌人,在妓院里认识了四川副都督夏之时,逃出妓院与夏之时结婚,旋即,跟着被袁世凯悬赏人头的丈夫流亡日本。这个有着在上海这样势利的城市里的穷苦苏北人倔强和豁达心性的女子,在日本学完了御茶之水女子高等师范学校的课程,在四川乡下封建大家族的灰色屋顶的大院落里,学会了周旋和坚持。与丈夫离婚以后,她独自回到上海,从住在亭子间的捐客做起,做到上海滩当时唯一的川菜馆女老板,像杜月笙那样的大流氓去吃饭,也要等座。她的锦江餐馆扩建,能在新老餐馆之间,架起法租界当时唯一的一座天桥。像上官云珠一样,她也是上海滩上的一个传奇。在上官云珠被罚五年不可上银幕的时候,住在楼下的红色老板董竹君,在将锦江饭店奉送给上海政府,成为政府招待重要人物的地方后,她自己则终于成了锦江饭店里已无实权的顾问。

姚姚悄悄地经过了她家的门口。

有时也在楼梯上遇到二楼那个美丽而且雍容的女人,她就让到一边,垂下她的眼帘。她不大和人说话,是为了怕别人问起家里的事,她也不说留给她的伤心。她不知道,对楼下的那个女人来说,女孩子严守着的这点秘密是如此单纯,简直比一只最小号的保险箱都不如。就算她在楼下听到过她家里争吵的

复兴西路 147 号,姚姚在这里度过童年。

声音,就算她知道妈妈在盛怒之下打爸爸嘴巴,在她的眼里,也只是大海里的一朵小浪。那时,姚姚也没有哭,她只是在不被人注意的角落里,默默看着,直到奶妈把她带开去。妈妈的事,许多人都知道,可她从不跟人说。

大概她认为是羞耻的事,才不说的吧。她其实知道妈妈做下了丑事,一个家庭里的事故,其实没有人比孩子更能洞察的了,他们像小动物在地震前那样,用自己的弱小最先感到不安的气氛。姚姚在更小的时候已经经历过一次了,她一定是明白的,只是她对谁也没有说过自己心里的感受。她惊慌吗?她怕吗?她感到失落吗?她恨妈妈吗?她知道程述尧的糊涂和软弱是在那个时代万万要不得的吗?她什么也没有说,她就是这样一个把自己的心情紧紧关闭在心里的孩子。我们应该说这是自尊呢还是虚荣?是沉着呢还是失措?我想上官云珠不会和她的孩子认真地谈谈家里的事,听听她心里的想法。可是要是她想听,姚姚会真的告诉她的妈妈吗?

"程姚姚么,我们是小学的同学。好像总是梳着小辫子的一个人吧,瘦瘦的,不大响的,知道她是上官云珠的女儿,小时候她也演电影的,演过三毛电影里的小姐。小时候的印象是,这个小姑娘不大好去惹的,那种一碰就要哭的小姑娘,那时候淘气的男孩子也都知道离她远一点。"约伯说。

我见到他的那一天,他穿着浅米色的细帆布裤子,上身是织着绿色和紫红色小花饰的薄毛衣,他是一个摩登的人。在上海人的观念里,摩登和时髦是两个不同的词,摩登带着一种信念般的坚持,一种类似先锋的意味。而时髦的人则是用"赶"就可以概括的,只要有一颗不甘寂寞的心就可以做到。因此,摩登的人是看不起时髦的人的。约伯身上的摩登气里,带着因为不一般的生活趣味而被压抑和排挤的人会有的倨傲和自嘲,所以没有时髦的人常不能免的轻浮之气。在五十年前,他是一个出生在基督徒家庭的顽皮孩子,姚姚则是一个身世复杂、动不动就满脸眼泪"娇气"的小姑娘;他的家庭中有人因为南阳路教堂的现行反革命事件而被捕,他们全家因此不再去原来的教堂做礼拜,而改在教徒的家里聚会,而姚姚的家庭因为"三反"运动的影响再次破裂。他们都没有在学校里说过自己的家境,所以他们看上去都是普通的孩子,只是一个很皮,一个爱

姚姚等弟弟灯灯从全托的幼儿园回家的时候,常常去找弟弟玩。

哭,并没有什么特别。

约伯说,他在家里跟着爸爸妈妈读《圣经》,而姚姚则常常在周末去程述尧家。

姚姚等弟弟灯灯从全托的幼儿园回家的时候,常常向妈妈提出来,要去找弟弟玩。弟弟那里的人,都是她熟悉和喜爱的。奶妈的身上暖暖的,会用无锡官话给姚姚讲故事听,程述尧总是高高兴兴的,扬着一张不以为苦的笑脸,灯灯是和她命运一样的孩子。那边的家里还有一条程述尧养的白色猎犬,它叫白子,和姚姚很亲热,每次要是出去遛狗,都是姚姚牵着它。妈妈虽然是严厉的,但总是同意姚姚去程述尧家,但是她也从来不说透为什么她同意。得到同意以后,姚姚不声不响地离开家,轻轻地下楼,打开楼道里有铸铁栏杆的玻璃门,然后沿着红缸砖的楼梯飞一样地跑下去。露天楼梯边上的墙上,有一个用石头做的西班牙风格的小石头喷泉,它总是潺潺地喷着水,散发着清水森凉的气味。据说这个墙上的喷泉是这栋房子最美的一部分,可姚姚像箭一样掠过它,离开它。

她经过一栋棕红色的大楼,脾气古怪的熊十力就住在那里。这个新儒学大师正在上海写作他的重要著作《原儒》。他曾经寄希望于新社会的意识形态对国学的保护,会像爱护劳动人民的生活一样。不过,那时他已经意识到,他的著作会是用做批判旧学的材料,新中国的意识形态不会接受他的哲学,不会喜欢他的哲学,他已经知道他的学问无人可传了。可是他还是忍不住要写。他被人遗忘在上海的一栋公寓房子里,就像在抽屉里有一支没用完的圆珠笔被忘记了一样,它自己慢慢地从笔尖渗出了油,没有变成字,就结成了油墨的小坨。他努力写着。要是他看到窗前有个小女孩子在路上飞奔而过,并不会为她多想什么,肺不好的孩子,常常在脸上会有一种鲜艳的潮红,远远地看过去,那脸色鲜丽的孩子,给人幸福的感觉。

她越过那个小三角花园,里面的夹竹桃树上开满了桃色和白色的花,散发出令人头昏的怪异气味,孩子们中传说,那花是有毒的,闻了就会死。所以,大家在经过夹竹桃树下的时候,都屏住气。大概姚姚也会是这样的吧。满树摇摇欲坠的花朵,都是清爽的桃红色和白色,树叶子是深深的绿色,带着清晰的叶脉,像十九世纪的人用细钢笔画出来的那样精美。可是,它却是有毒的。这就是孩子对未知事物最害怕的地方,它让孩子知道了原来看上去美丽的东西里会暗藏着杀机。

她来到一个浅浅的弄堂里,那里只有三个门牌,程述尧在靠里面一幢房子的二楼,租了一间大房间住。他的窗子对着三角花园,暮春的时候,夹竹桃的香气能越过马路传过来。

到了程述尧那里,她扑进门去,一样撒娇地叫"爸爸",一样和弟弟玩做一堆,她从来没有提起过离婚的事,就像没发生过一样。

"我遇到过一个上海女子,她第一次爱上一个人,是逃难到上海来的犹太人,她和他结了婚,这改变了她所有的生活。可她的丈夫不久就死了。第二次,她爱上了一个留在欧洲的美国兵,可巴拿马运河危机,使他们断了联系。她说,她一生不碰政治,可政治改变了她全部的生活。你说,姚姚在这时一定不会体会到,政治也改变了她的生活吧。"我说。

"她太小了,不会想到这些。"灯灯说。

再加上当时上官云珠是那样狂热地要求进步,党叫干啥就干啥,她的态度也一定影响到姚姚的成长。我想,她看到的是,要是一个人做错了事,他就会被抛弃,被亲人从家里赶出去,被打耳光。她一直没有看到过同情,也没有看到过共患难的情形。

"她会想,妈妈把她的爸爸又赶走了。她会吗?"我问。

"可能。"灯灯说,"她一直管我爸爸叫爸爸,而管贺路叫叔叔。"

"她不喜欢他。"我说。

"那是很明显的。可他们在家里并不吵架,我也不记得他们在一起说话。"灯灯说。

在这样的情形里,她会同情和爱她的妈妈吗?

过了不久,程述尧要和别人为他介绍的女子吴嫣结婚,他将灯灯送回北京老家去由父母抚养,姚姚就只在灯灯暑假来上海的时候才去程述尧家了。就是上官云珠从不制止姚姚去找程述尧,可姚姚也从来不在妈妈面前表达,自己还想去程家看弟弟以外的人。

过了一些日子,楼下的董竹君和妈妈商量换房子的事,董竹君想把楼上的大套间也换下来,于是,妈妈把家搬到附近的另外一栋小洋房的三层楼上。姚姚跟着妈妈,从小不知搬了多少次家,她并没有留恋这个地方。或者说,她从来没有说过留恋的话。

离开这个精美的小公寓时,上官云珠已经被解禁,她成功地在电影里扮演了一个女游击队员,得到掌管电影的官员和同行们的肯定。她的成功,让上海的旧电影明星们由衷的高兴,因为他们看到了自己也可以努力适应新电影的希望。她重新站稳了脚,成了党看重的演员。

1956年1月,上官云珠被接到中苏友好大厦。那是一栋在哈同爱俪园废墟上建立起来的斯大林式建筑,它用一个细长的尖顶将一颗在夜晚可以发光的红色五角星送入云端。在那天顶高大但并不舒适的正厅里,她见到了来上海的毛泽东主席。据说,她在当天的日历纸上写了一行字:"今天晚上,我幸福地见到了敬爱的领袖毛主席,这是我终生难忘的啊。"

"离开上海以后,我有五年没有回上海。爸爸和妈妈有空,或者出差,就到北京来看我。那时候,我不知道为什么。其实,这和爸爸的最后一任妻子吴嫣有关。"灯灯说。

吴嫣在1949年以前是上海社交界的名女人。那时与她来往的,都是上海的要人。她的小姐妹是杜月笙的孟小冬,孙科的蓝妮,梅兰芳的福芝芳。在更年轻的时候,她曾叫玲华阿九,据说那时曾一度做过上海长三堂子(注:清朝的青楼,指豪华精致的妓院,又称书寓。书寓里的姑娘称女校书,又称艺妓,民间通常称她们"长三",懂得琴棋书画。)中的头牌,还有一个诨名,叫"黑牡丹"。但她却是一个不仅仅在社交圈里混的江湖女子,她也有她的作为。在上海解放前夕,她帮潘汉年一起做地下工作,她用自己的交际花身份掩护那时已经帮共产党做事的警备司令杨虎,动员了一大批工商界的人,留下来迎接解放,与共产党合作。所以解放初,上海的经济没有受到太大的破坏,很容易就恢复了。一到解放,她就成了国家干部,因为她当长三的时候学过京戏,后来又是张伯驹亲授的余派真传弟子,她就到了文化局的戏改处工作。

"你爸爸总是娶名女人当太太。"我说。

"这是他的爱好。"灯灯笑了。

"他也够胆娶一个长三回家当太太啊。"我说。

"是。"灯灯说。

"吴嫣漂亮吗?"我问,我的这个问题就像所有的局外人一样幼稚,可是这就是个问题,不问不行。要是听说她不像想象的那么漂亮,就会再问"那她凭什么那么红",连自己都能听出来那里面良家女子的悻然和好奇。

"她十分厉害,是那种阅历深厚的人。"灯灯说。

听说她很高兴能成为国家干部,到文化局上班,她自己买了土布,做了延安式的干部服穿。有一次看戏的时候,潘汉年看到她的革命女子打扮,吓了一跳。在潘汉年之前,夏衍已经被吴嫣的那一身土布衣服吓过了,等潘汉年问起,夏衍说,吴嫣认为这是自己出钱做的衣服,只要喜欢这个式样,就可以穿。

"她和我爸爸结婚才五个月,就因为潘汉年事件的牵连,被

灯灯在北京的老式四合院里长大，是个忧郁软弱的孩子。

抓起来。她在提篮桥监狱关了五年。吴嬷被抓的当天，公安局就来抄了家，她的细软和在虹桥路的房产被没收。因为我爸爸不想让我知道家里出了事，可他也不愿意骗我，所以他不能对我解释为什么在家里看不到吴嬷了，他想出来的主意，就是不让我回上海。这是我爸爸典型的作风。这就是爸爸。"灯灯说。

"像一条手臂竟然想要挡住一条河流啊。"我想。

"这五年里姚姚也就不到你爸爸家来了吧。"我问。

"应该是这样。"灯灯说。

"那你妈妈怎么对姚姚解释呢？她已经是大孩子了，不像你那么好对付。"我问。

"也许就什么也不说吧，妈妈会这样做的。"灯灯想了想说，

"但是姐姐会知道,碰巧什么时候听说的吧。妈妈也不会刻意瞒着她,像我爸爸刻意瞒我那样。"

"1961年的春节,吴嫣刑满出狱。上海马上打电报来,叫我回家。那时正是我要期末大考的时候,北京的家里怕我分心,就瞒着我去买火车票。我那个贝满女中毕业后去做家庭教师的大姑姑去买票回来,我奶奶当着我的面只问她,芭蕾舞票买着没有?我大姑姑就说,买着了。"灯灯说着笑了起来,那一刹那他的脸上出现了非常温和的神情,让人想起在阳光里被晒得透熟的广东产的芝麻香蕉,吃一口心里就满满的甜和软。他应该是非常想回家的吧,想要生活在自己的爸爸妈妈身边。

"我到了上海。在火车站,爸爸就打电话回家,告诉我妈妈,我到了,第二天就会送我去家里。第二天,我就跟着爸爸去高安路建国西路口的家。那是个晴天,街上有人上班,我和爸爸沿着高安路走,我爸爸点给我看,楼顶上有一扇窗子打开了,窗子里站着三个人,她们向我招手。我是一岁多离开妈妈的,再回到妈妈的家,已经十岁了。我那时大叫着妈妈,就往前冲,什么也不知道了,过马路时,大概是差点出车祸吧,我听见有人在马路上骂我,可我也不懂,也没有停下来。窗上的人不见了,她们下来接我了。我见了一个门,就往里面跑。可是跑错了门,我再跑出来的时候,姐姐已经到街上了,她叫了我一声,抱起我就上楼。"

"她抱起你?你已经十岁了,很重了。"我问。

"是啊,她抱起我来。她十七岁。抱了一层楼,她抱不动了,

建国西路 146 号，上官云珠最后的家。

可硬抱着。这时候妈妈下来了，我的姨妈也下来了，妈妈把我接过去抱着，她也抱不动我，就那么拦腰抱着，我们这样回了家。"

"姚姚说了什么？"我问。

"没有说什么，就是叫我，灯灯，灯灯，灯灯。"

姚姚与灯灯。

"你记得她的样子吗?"我问。

"是短头发,穿了深蓝色的丝绒罩衣。我不记得了。"灯灯说,"我们大家都高兴坏了。晚上我和姐姐都睡在妈妈房间里,我们俩睡在贺路的床上,妈妈睡在她自己的床上,她和贺路的卧室里放的是一对合欢床。我不知道贺路到哪里去了,他反正不在家里。"

"是啊,那时你才十岁,不会留意那么多事的。"我说。

"我记得姐姐每天都弹琴,她已经在上海音乐学院附中学钢琴了,她弹的大多是手指的练习,我记得我那么喜欢听她弹手指练习,不断地重复,不断地向前。"

姚姚在上海音乐学院附中参加钢琴课考试。

"很安定的感觉吧,那是。"我说。

但对姚姚本人来说,也是这样的感觉吗?

那一年,姚姚十七岁了,长得和她的妈妈一样高了,她也和妈妈一样穿自制的绷裤,保护身材的苗条。按照妈妈的意愿,她在音乐学院附中学习钢琴。音乐学院附中的校舍,是由在东平路上的五栋花园别墅组成的,那是蒋介石的别墅,宋子文的别墅,孔祥熙和陈立夫的别墅,还有一家是个财阀,姓徐。都说那是上海的校园里最美最豪华的一个,在漂亮的大房子之间,是大片的草地,树林和竹林,湖石和池塘,也都被安排在合适的地方。

"她和她妈妈一样,长得也很娇小。人家一看她,就知道她是个娇小姐,她衣服很讲究,用的东西都是最贵的,总是穿皮鞋。那时候穿皮鞋的女同学就不算多,大多数人穿的是家制的布鞋。脸那么白,手指白白净净的。虽然她总是想要掩盖自己家的生活条件,可是一不当心就漏出来。"姚姚在附中的同学仲婉说,她说着挑起一边的眉毛,她是学声乐的,直到现在,还有个嘹亮的大嗓门,"那个时候,社会风气很积极向上,大家都以艰苦朴素为荣,太讲究了,不合潮流。可是,有家庭背景的同学总还是和人不一样。姚姚的妈妈是有名的电影演员,她生活得比一般同学要优裕,她为这一点得意。但是她也知道这样的思想意识是不行的,所以又常常注意掩盖。所以,事情有一点复杂。"

经过了许多次的努力,我终于找到了一些姚姚写的东西。

其中有一小叠发黄的红线报告纸，是她在毕业时写的自我鉴定。她用细细的钢笔，将自己的中学时代写在现在已经锈渍斑斑的1960年代出品的纸上，在那些粗糙质朴的纸上，能看到没有完全打碎的黄色的草茎，要是你把那上面的草茎拉出来，纸也就被拉出了一个小洞。她的字规整而大方，态度诚恳而恭谦。她在毕业回顾中，认为自己是一个意志薄弱的人。

> 我和思想进步的同学做朋友，就表现好一点，要是和思想不要求进步的同学在一起，就消沉下去。在初中的三年中，我甘居中游，安于现状，没有什么意志力。升高中时，也听到别人对我的升学有意见，认为像我这样的成绩

姚姚和上官云珠在1962年。

不应该能升入高中。听到这样的说法,我有些害怕,思想上也受到震动。但后来我就忘记了。开学不久,我就与政治上不求进步,甚至有不正确思想的同学在一起,学习上不能集中思想,成绩下降,不向老师汇报思想,不关心集体,政治学习不发言,上课答不出问题,主课回不出功课,与同学不谈心,总之成了坏学生,犯了错误。正在情况严重的时刻,老师、组织救了我,三番五次找我谈话,帮助我扭转思想。后来,同学们为我开了小组会,为我批判,分析,我也做了检查,表示愿意接受教育,改正错误。

"记得那一年妈妈打姐姐。那是夏天的事,那天妈妈一边吃饭一边骂姐姐,姐姐站在妈妈后面给她打扇。妈妈骂到生气的地方,转身就打了姐姐一个耳光。妈妈的声音不大,可是脸一沉下来,很厉害的。妈妈打完姐姐,继续吃饭。姐姐什么也不说,谁也不看,接着给妈妈打扇,一下一下地扇着。"灯灯说,"我很害怕,躲在客厅的高背沙发后面偷偷看。姐姐没有哭,脸上什么表情也看不出来,非常平静。"

"为什么骂她打她?"我问。

"表面上是因为妈妈才给姐姐买的新手表,就被姐姐弄丢了。其实,是因为姐姐在学校里恋爱了,她好像是爱上了他们班上的男生。"灯灯说。

"听说姚姚给那个男孩子写了一封信,信里说她喜欢《复活》,约他一起去看苏联电影。"桂未殊回忆说。那时候,中苏两国非常友好,中国学生都喜欢看苏联电影,像《白夜》《白痴》《复活》《红帆》《脖子上的安娜》。《红帆》是个爱情电影,十分抒情。王子的红帆船从蓝色的大海中驶来,来接他曾经邂逅的姑娘。

"那时候能看到的唯一的外国电影,就是苏联电影。我们附中老师鼓励同学多了解姐妹艺术,所以我们常常在不上课的时候,男女同学结伴去看电影,看展览,看演出,听音乐会。我们不像普通的中学,他们那时候男生女生根本不说话,也不来往,很极端。我们这种艺术学校,同学常在一起活动。那时候我也常看到那个男孩子和姚姚在一起说话,他穿着颜色很淡的蓝色夹克,我还记得。我估计他们也和班上的同学一起去看过电影。那在附中是正常的事。"仲婉说。

不同的是,后来姚姚给他写了一封信,那是一封一个女孩子喜欢了一个男孩子会写的信,在云淡风轻里面,带着热烈和唐突。大多数女孩子在青春的时候,都写过这样的信,只是大多数女孩子是等男孩子先写来了信,她们才回信的。信里有差不多的主题,差不多的感觉,谁都能够看出来,在那词不达意的信里,咚咚地跳动着一颗张皇而热切的心,那就是纯洁的心渐渐醒来的样子。

我惊奇的是,姚姚从小目睹着男女之间的恩怨成长,可是,当她长大,她还能够这样热切地勇敢地表达自己,她还能够这样恳切地渴望着感情的安慰,她的心实在比我想象的要坚强多了。也许姚姚这样的人,是太需要感情,需要知道有人爱自己,自己也可以热烈地爱上一个人。在一个人青春期的时候,想要爱的念头,常常要比什么别的都强烈。想要爱上人的念头,会像开锅的牛奶一样,在一分钟里面升高,"噗"地漫出牛奶锅,不可收拾。

姚姚也曾经有了这样的一天。

"那个男生长得说不上好看,在我记忆里是瘦小的,白白的,但很摩登的,骑着很好的自行车来上学。他的钢琴专业很好,但不要求进步,什么事都是无所谓的样子,也从来不争取入团,好像跟同学也不常常来往的。我的印象里,他就是个出身不好的小开。你知道小开的意思吧?"仲婉问。

姚姚和同学坐在上海音乐学院附中的草地上。

"就是资本家的儿子。"我说,"那种头发梳得光光的,讲究衣着的,懂得享受的,一眼让人看出家庭背景非常不红色的男孩子,有一点点格格不入的遗少气味。"

仲婉高声地笑了:"你说得有一点像。我的印象里,他很像一个纨绔子弟,干什么都是吊儿郎当的,他跟要求进步的同学不怎么来往,所以我不怎么了解他。"

"但是他的琴好。"我说。

"那时候,专业好在学校有面子,可出身不好光功课好的同学也没什么前途,因为上大学是要看家庭出身的。工农家庭的孩子,专业不好,也可以保送到本科,一般家庭背景的孩子,除非你的专业很过硬。而家庭出身有问题的人,功课再好也没用。他的前途很有限,大概这也是他吊儿郎当的原因吧。我猜想。"仲婉说。

原来姚姚第一个喜欢上的,是这样一个男孩子。

"当时上海是有这样一小群男生,家庭出身不好,知道自己将来的前途有限,可是拼命读书。我也是那样的男生。"约伯说,"我们这样的人,从来不和团员来往的,连话都不说。其实心里是有点看不起他们,认为他们这种人,功课学不好,所以别的事情上那么起劲,真本事一点没有。我们这样的人,就算是不要求进步的吧,在功课上和进步的人较劲。其实心里知道自己不会有什么前途,可在功课上还是一定要赢过他们团员。上劳动课,政治课,都不起劲,有时就逃课,大家骑着自行车就出去了。那时候,我们有自己的一套玩法,听捷克来的爵士音乐,打拳击,骑英国自行车,读世界名著。"

这么说,也算是那个时代小小的异类少年吧。

"你们就是那种上海老克勒呀。"我说。

约伯不置可否地笑。

姚姚的专业成绩很一般,可是家庭背景比那个男生要红色一点。毛泽东一次又一次的接见,让她的妈妈在1957年上海电影制片厂已经内定好了的右派名单里消失。据说,上官云珠被解脱以后,另一个同事就顶了她的右派名额。在宣布以后,那个同事很快被送到青海劳改农场去了,就像约伯的姐姐一样。而过了不久,上官云珠跟着中国电影代表团出国参加电影节,要是有外国同行来访,她也总是被通知参加接待。在1960年代封锁国门,普通老百姓根本不能和外国人有任何接触的情形下,这是至高无上的信任和荣誉。那是上官云珠的好时候,她从国外给姚姚带回了一尊象牙雕刻的小象,给灯灯带回的是当时最时兴的彩色塑料旅行杯,那是一个扁扁的圆盒子,里面有五个大小不一的塑料圆环,像中国盒子一样套着,把它们拉出来,就成了杯子。要是盛了热水,杯子就在水里散发出塑料淡淡的刺鼻气味。

单纯的女孩子,在青春的时候,很容易喜爱一个生活有遗憾但又是出色的人,就像美人会爱上野兽的那种柔情。我不知道姚姚是不是也有如此的柔情?混合着怜惜和同情,还有对一个专业很好的同学的佩服。我相信那是有许多东西混杂在一起的甘美感情,它像开放在褐色枝条上的玉兰花一样,那么大,并不很白，而是带着一点点黄色的温柔的白色，它们甚至等不及叶子也长出来，就在春风里突然开了，带着一些怪诞。要是在暗夜里看它们那样不顾一切地盛开，就会让人想到那些在舞台上穿着白色大袍子演希腊悲剧的小人，保持着的悲怆而抒情的样子。我不知道姚姚是对他的趣味着迷呢，还是沉醉在自己内心的柔情里。人的内心是那么幽暗曲折，何况是那样成长起来的姚姚。

那个男同学把姚姚的信交给了班长。曾和姚姚一起学过钢琴的桂未殊觉得也许那个男生以为姚姚的感情会要杀死他。而仲婉觉得那个男生是怕触犯学校的规定。学校当时规定，学生恋爱就要受到除名的处分。他的家庭背景使得他必须小心从事。约伯认为是因为那个男生根本不喜欢姚姚，要是喜欢，他就会有适当的勇敢。

约伯说："我在上高中的时候，也有过一个女生给我写小条子，抄诗歌。然后，我们也是一起去看电影。约好去看电影的那天，不知道怎么搞的，全班的女生都知道了。我们走在路上，回头一看，班上的女生居然全部跟在我们后面，大家都有兴趣极了。那种年代，在高中里，男生女生连话都不说的，看到了也不打招呼，好像很纯洁。其实，心里觉得男女关系神秘极了，像洪水猛兽。我们知道她们在后面跟着，可照样去看电影。那天我们是在全班女生的护送下走进电影院的。第二天，老师就找我谈话。老师说，陶约伯，你谈恋爱啦？我的头嗡的一声就大了，我还记得，当时心里难过极了，感觉比数学考了两分还差。

1962年在上海丁香花园。

我记得,那时我马上把脚上的破球鞋伸出来给老师看,我的意思是,像我这样穿着破球鞋的人,怎么会想到要谈恋爱呢?谈恋爱的人都会把自己弄得干干净净的才对呀。那时候,谈恋爱很丢人,不是轻易可以做的事。他害怕,有他的道理。可姚姚就比较惨了。"

姚姚给男生写信的事,一下子就在学校里传开了。和开朗直率、父亲是个从解放区过来的电影演员的仲婉不同,姚姚身上隐现着从旧上海的伶人家庭中成长起来的女孩子浮华幽暗的复杂气味,她对自己家庭时而掩盖、时而显露的态度,既想让人家知道自己与众不同,又想把自己混进大多数天真朴素的同学中去的矛盾心情和做法,在1960年代朴素的乡村式道德观肃整下成长起来的同学心目里,她是一个带着两面性的异己。在带着遗少情怀,用少年意气默默抵抗自己命运的同学心目里,她也是一个带着两面性的异己。其实,大家都是带着疑问和警惕的眼光来看她,都隐隐约约不高兴地感到姚姚有什么瞒着自己的事,所以,并没有人真正同情她的处境。也许这就是同学们要开小组会批判和分析姚姚的原因吧。

"姚姚很白,她的皮肤很白,很透明。遇到一点点事,她马上就会脸红,而且很红,连眼皮都是红的。那样子,好像脸皮要破一样。是娇小姐的样子。但是,"仲婉有一点为难地顿了顿,才决定说下去,"但是,那时候同学们也议论说,姚姚是一个比较轻的女孩子,她对男同学的举动也常常很随便,高兴起来,会从背后抱别人一下啦,她就是这样的做派。那时候没有人这样做的。所以别人会议论,她妈妈在生活上就是比较随便的,她也是。"

仲婉的这个"轻"字,是含含糊糊,换气似的出现在她响亮而清晰的声音里的,这是"轻浮"的意思吧,只是仲婉不愿明确地表达出来。在学习雷锋的1960年代度过青春的人的概念里,这是很重的责备和很大的轻蔑,也是一个可以包罗万象的词。仲婉拿她的眼睛讪讪地望着我,带着重提不快往事的抱歉和为难,她是在实现她对我的诺言,她曾说过她会把自己知道的都告诉我。开始的时候,我并没有意识到这句诺言对仲婉的重量,当姚姚眉毛长长的笑脸在我们的谈话中,像冬天天上的月亮苍白地闪烁时,我才慢慢意识到姚姚并不是一个让人提起会感到愉快的女子,也不是一个让人感到轻松的女子。"说什么好呢?"常常认识她的人是这样开始的,"姚姚,"他们不看我,想着,脸上像盖了一层棉被似的迟钝起来,"还是你问吧。"然后,他们就这样决定。如果我没有触及,他们就可以不必惊动那些已经沉入回忆之中与姚姚有关的另外一些不快往事,他们大都不肯轻易砸开那已经在个人记忆中结了薄冰的苦海。只有仲婉和张小小,答应把自己知道的事实都告诉我,她们曾是姚姚最好的朋友。然后,我体会到了诺言给人带来的痛苦。仲婉没有说她的想法,但我相信,"姚姚是个比较轻的女孩",这也是仲婉自己对姚姚的看法。只是仲婉不忍这样说出来吧。

"姚姚又羞又气,两天不肯来上学,在家里抱着被子哭。后来是老师出面说了同学之间的友谊比金子还要宝贵之类的话,才平息了。"桂未殊回忆说,那时他已经离开附中的钢琴专业,去学大管,学校要培养他跳级上本科的指挥系。在1963年,他属于专业好、家庭出身也好的幸运少年,他出生在一个有地下党背景的作家家庭里。

可是,真正平息了吗?

姚姚在那些纸上写着:

> 虽然这样,但实际上很痛苦。认为自己是全班全校最差的人,别人都看不起我。特别在接到报告单上的品德评语时,更增加了这种想法,我觉得无论学习,思想,没有一样是好的,满身都是疮疤,背上了一个自卑的包袱,抬不起头来。我想自己以后要不声不响做老实人,自己也不可能好到哪里去了。

这就是那一年上官云珠在家里打姚姚耳光的原因吗?灯灯在高背沙发后面看到了妈妈盛怒的脸。她是因为别人说姚姚轻浮而愤怒呢,还是因为姚姚爱上了什么人,为姚姚的行为失当而愤怒?或者说,是为自己唯一留在身边钟爱的孩子那么不懂得保护自己的名誉,不懂得这时候已是如履薄冰的人生而愤怒?总之,她一定是为姚姚的不争气而愤怒了,于是她沉下了在电影里总是巧笑倩兮的脸。"妈妈要是一旦拉下脸来,那样子可厉害了。"灯灯说。

要是照弗洛伊德的说法,那里应该还有嫉妒,妈妈对青春期女儿的嫉妒，笼罩在母亲对女儿操守的严厉管教中，这使得母女的关系里战云密布。女儿还在劣势中，像姚姚那样，妈妈吃饭的时候，她得在后面打扇，即使是妈妈打了她，她还是继续打扇。但被打热的那半张脸，像有怒火在燃烧一样的烫。"总有一天，我要离开你。"许多女孩子在这时候会这么想，"我离你远远的，过我自己想要的生活，再也不用你来管。"她们知道现在不是时候，所以并不反抗。但也不再像小时候被妈妈责打时那样流泪，表现出自己的难过。她们用自己平静的脸，表达对妈妈的轻蔑和抵制。从小家教严厉的女孩子，常常是从一张平静的脸开始青春期的反抗的，好像在说，你打吧打吧，我一点也不觉得疼。

"姚姚也是垂着她的眼帘吧？"我问。

"是。"灯灯说。

然而含义是不同的了。

后来学校加强了思想政治工作，我注意红了，但又放不好红和专的关系，放松了学习。但不管怎样，我对自己的要求进步了一些。只是由于自卑，还不敢大声说，大胆做。那时我的主课老师对我很关心，她帮我订了个人计划，当时我这样想，让我按照计划暗暗做，哇哇喊反而不好，别人看见既会说不踏实，而且会被人笑话："你这样差的人也算要求进步。"所以我还是不声不响。这是我小资产阶级自暴自弃的心理的表现，多少还有点"让我做好了，给你们看看"的一鸣惊人的想法。但是,我的进步并不大。因为没有集体的力量,我这种个人奋斗的想法最后也是失败了。

主课老师发现我在弹琴上发生了很大的问题,主要的原因,是方法错了。新的主课老师带我到大学部教研组去找到了问题。老师决定要我回到高二的程度重新开始,大抓基本功,并做很多枯燥的基本练习。我很吃惊,从高二时候开始重来,这对我来说是不可能的,简直就是开玩笑。于是,我不想学钢琴了,我毛病多,手指软,而且小,耳朵也不好。钢琴对我来说太困难了,我对戏剧发生了兴趣,想要换条路走走。但妈妈和老师都不同意我换课,特别是主课老师,说要是我发挥主观能动性,刻苦学习,还是可以学下去的。由于妈妈与老师的话,再加上自己当时也较要求进步,经过斗争,把个人的东西打消了些,又安下心来学钢琴了。

姚姚这么写道。

"姚姚是跟我说过,她不喜欢钢琴,不想学下去了。"张小小说,"但是她妈妈和学校都不同意。她只好学下去。在我的印象里,姚姚在学校里是个好学生,出人头地的,所以听她这么说,只以为她有什么事不开心,一时说说,不当真的。"

"姚姚的功课是很一般的。"仲婉说。

原来灯灯在上海听到姚姚天天弹的练习曲,是这时学校规定了的返工的功课。"原来我只把不愿意继续学习钢琴,看成是自己怕困难,其实,这也是资产阶级思想的大暴露,应该上升到这样的高度来认识问题,才能更好地改造自己。"姚姚这样写。原来那时的孩子,要把自己不能喜欢和胜任的事,当成自己的政治问题来检讨的。这样长大的姚姚,还是约伯记忆里一碰就眼泪汪汪的人吗?

"我见到的姐姐,总是兴高采烈的。照相的时候,要是我没有笑,她就用手来胳肢我,一定要让我笑。"灯灯说,"我记得,什么地方有了姐姐,什么地方就有了笑声,大家的兴致就高起来了。她的朋友都喜欢她。我在北京长大,喜欢听单口相声,也能成段成段的背。到上海来,姐姐总是带着我去她的同学家玩,或是参加她们的同学聚会。她最喜欢动员我为大家表演相声,可我是个窝里横,就是不愿意在外面表演。姐姐就拿眼睛瞪我,她要是把脸沉下来,也像妈妈一样厉害。"

"她看上去很快活,很开朗,女生常常在一起疯,里面总有她的声音。可是,其实你仔细观察,就能看出她的心里并不是像她做出来的那么高兴,她装成幸福的样子。"仲婉说,"我们在一起排戏,学校里演话剧,她演一个被敌人追捕的地下交通员。接触的时间多,我就能看出来。有时候她很起劲地说笑话,可是她的笑是装出来的。"仲婉的脸上,从风霜和皱纹里渐渐展开了一个悻悻然的笑容,那是一个自尊而直率的女孩子感到不被朋友信任的面容,她很快地盯了我一眼,那也是一个女孩子委屈而慌乱的眼神,不知道应不应该克制自己的不快,把它藏在心里,装不在乎。她一定是想起了姚姚努力掩饰自己心事给她的失望。这肯定不是仲婉一个人的感觉,在姚姚的品德评语上,我看到过"不够信任同志"的缺点,希望她在下学期改正。

"她想要掩盖什么呢?"我问。

"总是她心里的事情吧。"仲婉说。

这么说,姚姚是想要把自己打扮成一个无忧无虑的女孩子,生活在十全十美的生活里。对一个女孩子来说,这时候开始向往自己将来的生活了,姚姚扮演的那种女孩子,就是她对自己生活的向往吧。为了扮好那样一个女孩子,她像仲婉说的那样,苦苦藏着生活的真相,看起来,她并不懂得扮演什么样的人,你以为你是,可真实的却不是,对周围的人来说,这就是不诚恳。在少年人的友谊中,不诚恳的人,就不会有朋友。我想起爽朗的仲婉在见到我时,最初说过的话。我们在她家的沙发上坐下。

"听说你们是好朋友,"我这样开头。

她直着身体说:"我和姚姚算得上很熟,可我也只是知道她的某一部分,我并不了解她。我们算不上是诚挚的好朋友。"

姚姚的朋友,就是因为她怀着这样的苦心而失去了。

她那样要在别人面前十全十美的理想,又是从哪里来的呢?她开始反抗妈妈,所以,大概不再是从她妈妈的心愿来的。那是她自己的希望。我想起了曾经读过一首女孩子写的诗,那首诗里说,小河在它的河床里,小鸟在它的鸟巢里,云在蓝色的天空上，花在它的枝头上，小孩子在他的摇篮里，上帝在他的天堂里，世上的万物都在自己的地方，这就是世界。姚姚这个在动荡飘零里长大的女孩子，想要成为一个令所有人快乐的女孩子，想要有着十全十美的生活。

"那时候，我们家在阳台上养着鸡。有天晚上，我、姐姐和妈妈散步回来，发现我家的写字台上放着一只蛋，上面用红笔写了一个大大的1，那是那只鸡下的第一只蛋。我们大家都高兴，只有姐姐亮开她抒情女高音的嗓子大声喊：'我们家的鸡下蛋喽。'她就是这样的让人快活。"灯灯说。

"那是个很好的回忆吧。"我说。我也是成长在一个快乐不多的家庭里，回忆里点点滴滴愉快的情形，像在棉布白衬衫上的番茄渍一样牢牢地锈死在那里，只要回头一看，就是触目惊心。

不久，姚姚从上海音乐学院附中毕业，她没有考上上海音乐学院本科。她的家庭背景不是工农兵出身，保送的名额不会给她。学校希望姚姚到新疆的军垦农场去，把自己的青春献给祖国的边疆。可姚姚没有去。过了几个月，上官云珠带姚姚到五官科医院，请医生检查声带。然后，上海音乐学院的周小燕教授收姚姚为声乐系学生，主修抒情女高音。这样，她和仲婉成了同系的同学。

那是1963年，姚姚离开家，住进音乐学院女生宿舍。

音乐学院的女生宿舍，是淮海中路边上的一栋大洋房，红色的墙,木头框子的小窗在墙上错落着,上面是红色的中国瓦顶,但是西式的样子。听说那是一栋精美的大洋房,可住在那里的学生,并不知道从前这是谁家的房子,也不知道是什么国家的式样。顶上有一些错落的红瓦尖顶,尖顶上还有一颗红色的五角星。姚姚就住在那些尖顶下的寝室里。起码有十年没有维修的洋房,木头窗台上的白色油漆已经一小条一小条地裂开,要是用湿抹布擦,它们就粘在抹布上。窗外,对着淮海路,在姚姚还未出生的时候,叫霞飞路,在她很小的时候,叫林森中路,现在,叫淮海中路。隔着马路,能看到一个灰色围墙里的大花园,樟树婆娑着小小的明亮的绿叶,在多雾的晚上,整个花园都是樟树清洌的香气。隔着樟树黑色的树干和明亮的叶子,隐约能看见后面有一个大草坪。那是从前上海的大流氓杜月笙的公馆。听说原先这里的围墙是黑色的铸铁,路人能看到花园里面的树和房子。在1958年全国人民大炼钢铁的时候,大家把大多数铸铁的围墙和阳台都拆了去炼铁,围墙就变成了砖头做的,外面是灰色的水泥,或者是用竹片编起来的墙篱笆。那时候的孩子喜欢篱笆,从外面看,能看到园子里的动静。为了让竹子片在漫长的梅雨天里不那么容易朽坏,人们在篱笆上涂了黑色的柏油。到夏天,在阳光下墙篱笆散发着柏油的臭气,开着淡紫色的喇叭花。这是我的记忆,那时候我是很小的孩子,记得在臭臭的,被阳光晒化了柏油的墙篱笆上,开着脆弱的喇叭花,夜里,它们就都谢了,死掉了。到早上,又有新的喇叭花开出来。非常安静的午后,被强迫躺在床上午睡,听到风丝丝地吹过叶子,然后摇动木窗的铁窗钩子,"格啦格啦"。那是在五原路上,姚姚那时候正在离五原路很近的上海音乐学院上学。要是我那时曾经看到过她,一定会羡慕地望着她,因为她已经是一个大女孩子了,我小时候曾那么羡慕一切长大了的,可还没有老的女孩子。她们像开满了花的树一样高大和美好,她们有种娇气而骄傲的神情,对男孩子是这样,对小女孩也是这样。只用眼角看一看你,就飞快地过去了,让人自卑。我就巴望着自己快长大,穿大女孩子才能穿的连衣裙,露出一条锁骨来,很细的一条锁骨,小巧而结实。

"姚姚 1963 年还能进大学,没考上钢琴系,还能进声乐系唱歌,算是托了她妈妈的福。像我们这样的人,只有 1962 年那一年,政策比较宽松,家庭背景不红的人,凭自己的本事也可以考大学。只有 1962 年那一年,以后,又全被压死了。家庭出身有问题,就是你功课再好,也休想上大学,因为国家不培养你们这样的人。"约伯说,"我是真的巧,在 1962 年考大学,我去考了导演系。要不是正好遇到那一年,我就完了。"

也许,这就是那个琴课很好,可出身不好的男同学在 1963 年以后销声匿迹的原因。

"到了 1963 年,上海又是一个什么样的城市呢?"我问魏绍昌老人。总是这样问他,是因为我喜欢他的回忆和他的表达,喜欢在他的脸上浮现出来对无际往事默默忍耐,但决不忘却的样子。我想那就是一个小人物对历史的像照相机那样的态度。他的眼睛默默注视着,无欲无求,间离、角度有限但很真实,它

上海音乐学院女生宿舍，姚姚在这里接到妈妈噩耗的电话。

能引导你去想象当时一点一滴的每日生活，和那些被真假莫辨的宏大叙事淹没了的普通人的心情。因为他的平静、松散、即兴，你能感到那里面沉淀着的真实，像自家煎的中药汤，在碗底总会留着厚厚的药沫子。

"强调朴素和划一。大家都穿着蓝色的人民装，或者列宁装。男男女女都一样颜色。刚刚解放的时候，上海人就开始穿人民装了，那时大家当它是时髦衣服穿的。到了1963年，就已经是正常的衣服了，很少有人穿旗袍什么的。我记得，到书店里去找人很困难，人人都穿蓝衣服，没有什么明显的特征，一眼看上去，人人都一样。只能靠高矮胖瘦来区别人了。社会上在提倡学习雷锋，艰苦朴素为主。"

是的，在《人民日报》上我看到在号召大家向雷锋同志学习。

"妈妈还是很讲究穿着，讲究搭配。有一次她到人民广场，在一个集会上朗诵。我和她一起去的。已经到地方了，她发现自己的旗袍和舞台上大幕的颜色不配，马上打电话叫姐姐在家里给她准备另一种颜色的旗袍。叫我坐着剧场的小车就回家去取妈妈的衣服。妈妈的卧室里,有一个好几扇门的大衣橱,里面挂的全是各种各样的旗袍和配旗袍用的各种短毛衣。妈妈在那样的集会场合,常常会朗诵一首歌颂毛泽东的诗《毛主席在我们中间》。那首诗每一段的最后一句总是,'他,就在我们中间。'妈妈喜欢朗诵这首诗,也朗诵得很好,是她的保留节目。大家都说她的朗诵很有感情。"灯灯说。

"她化妆吗?"我问。

"化妆。"灯灯说。

那么,在她的衣橱里,还会有粉饼那涩涩的香气落在各种颜色的旗袍上。丽丽鲜花店的老板娘说,那时她在夏天还是用细铅丝把白兰花穿成一个扇形,放在竹篮里卖给女人们。那么,上官云珠的旗袍上也会有白兰花的清香吧。到底穿旗袍的机会只是在演出的时候才有了,她会在大衣橱里放樟脑丸了吧,那种大大的、白色的含苯除虫丸子,用纱布包着的。到晒霉的七月,把它们统统拿出来,吊在阳台上晒,7月的熏风吹过,满家都是樟脑丸的味道。

"人们时兴把丈夫和妻子统称为爱人。不叫夫人、老公、贱内什么的了。不分男女,失去性别。有人说这样隐隐地表达了平等的意思,因为女人叫丈夫也是爱人了嘛。开始的时候老人有点不习惯,后来也就接受了。"魏绍昌老人说。

"还有紫雪糕卖吗?白雪公主牌的紫雪糕?"我问。那一年,大多数咖啡馆已经改造成了饮食店了,卖馄饨,阳春面,小笼包子,炸猪排,红汤,只是店堂里大多留着原来的高背火车座,坐在里面,仍旧有私密的感觉,但是,只闻到邻座的小馄饨汤里袅袅上升的小葱香。

舞厅改为评弹书场,或者旱冰场,教堂成为工厂的仓库、游泳池和羊毛衫厂的织衫车间。董竹君已经离开上海去了北京,刑满释放的吴嫣到上海郊区的青东农场干农活,而张爱玲已经离开上海,怀着对新生活的恐惧,终生漂流在海外。

这时,上官云珠已经是炉火纯青的好演员了,正在焦急等待着演戏的机会,哪怕是一个小小的配角也行。的确,她再也没有机会出演一部电影的主角,要是有机会,也就是配角而已。"每次排练前,她就不讲话了,坐在一边严肃地准备角色,进入角色。排练中,即使走走台位,也动感情。排练完了,属于角色的情绪久久未能消失。"她的同事这样回忆说。然而,她参加拍摄的电影,《血碑》因为讲的是中农的故事而没能公映,《舞台姐妹》作为美化1930年代文艺黑线的反面教材批判放映,《早春二月》在放映时受到报纸点名批判。她仍旧积极要求进步,到农村去劳动,到工厂去慰问演出,可是,她仍旧是一个"资产阶级明星"。张春桥已经是掌管上海文艺宣传领域的共产党官员,张乐平在他用惯的大桌子上继续画着三毛,他的三毛在新社会过着幸福的生活,他戴上了红领巾,还怀着远大的革命理想。程述尧在衡山电影院当领票员,他的脸上带着愉快的笑容,穿着蓝色的人民装,像个勤勉的小职员。而大儒熊十力不再大哭"学问没有人可传",他已经绝望。他被忘记在上海像大海一样的屋子和人群里,听说,他在家里,穿着褪色的灰布长衫，扣子已经败坏，在腰间束着一条麻绳，犹如贫僧。

"那时是以棒冰为主了吧。我不记得有没有紫雪糕。"老人说。那一年，他四十一岁，不是喜吃甜食的年龄了。

"跟心情也有关系。反右以后，人心惶惶的，生怕自己被卷进什么事里去。可是运动还是一个接着一个。那一年是新三反运动，好像是反官僚，反浪费，反贪污，后来就变成了四清运动。一到运动的时候，各个单位都停下工作来，开会，揭发，批斗。"

"那时候就有这些了？"我问。

"有了，当然就有了。所以后来才能成为'文化大革命'。运动来了，就会有人自杀。从前国华影片公司的柳和锵就是在新三反运动里跳楼自杀的。那时候，有人在背地里说笑话，说任何运动都会有人死的，就是爱国卫生运动也死人，因为有人擦玻璃窗，不小心一脚踏空，从楼上摔下来，就摔死了。"

"气氛紧张吗？"

"人的心里其实是紧张的。表面上看不出。南京路上有一家照相店，在配合运动的时候，把'坦白从宽，抗拒从严'的标语放在橱窗里，和人像放在一起，看上去好像要那些人坦白从宽一样。那时候的橱窗是说不上争奇斗艳了。"老人说着轻声笑了起来，"你想想看呢，照相店的橱窗，按照人之常情，总是应该放漂亮人的照片的吧。"

"哪一家呢？"我问。

"就是西藏路福州路的那一家。"老人说。

啊,那就是姚姚的照片被放进橱窗的那一家。姚姚很生气,她不愿意别人在橱窗里看她的相片,于是,她和上官云珠一起去照相店,把照片要了回来。那时,她的照片下面也放了"坦白从宽,抗拒从严"的小纸片吗?她是因为这样的事而不高兴吗?

"五反"运动在姚姚还没进音乐学院时,也已经在那里轰轰烈烈展开。6月6日,学校各系集中到大礼堂开会,党委进行阶级与阶级斗争教育。那时已经开始号召全国人民"千万不要忘记阶级斗争"了。教授们也在礼堂里听报告,他们中有许多人是院长贺绿汀从国外请回来工作的,最好的钢琴教授,最好的小提琴教授,最好的声乐教授,他们中有些人风度翩翩,说话的时候夹着洋文,但并不高傲,尤其热爱自己的学生,也热爱自己的工作,在指导学生排练时,把自己的身体像风里的柳枝一样在音乐里摇动。大家听着党委书记的运动动员报告,可并没有人真正听懂了它的意思,并不懂"千万不要忘记阶级斗争"到底对他们意味着什么。学生们看到贺绿汀,那时他应该是头发已经斑白了的瘦小老人,一个执拗的音乐家。他还是个神情愤懑的院长,沉着脸,他不愿意让他的教授和学生总是不停地开会,下乡,把学习时间浪费在没完没了的运动中,因此,他被批判。也许也有人看到了脸色蜡黄的民乐系老师于会泳,他微微眯着眼睛,好像在听报告,也好像在想其他的事。熟悉他的人,知道他在想自己的业务。恨他的人,把他叫做"白专典型"。谁也想不到的是,不久,因为他的专业,他会成为"文革"时期的中国文化部长。那时候,他只是个被党委整的教师,苦着一张晦气重重的脸。

"那时人们就已经非常小心了,那种小心的心情并不是'文化大革命'才开始的。"老人叹道。

"不过那一年,梧桐树和房子、街道,总还是原来的样子吧。"我说。

"那是。"老人说。

所以我听说那时候,有人就开始喜欢晚上在街上散步了。那是最安静的时刻,在暮春的时候,能看到弄堂底,从别人家的小院落里伸出来的蔷薇枝上,开满了粉色的花。谁家有学琴的孩子,在一遍遍地弹着巴赫的指法练习,琴声让人觉得生活还不那么贫乏,琴声里的秩序,让人感到安定。老街区上的梧桐树已经有百年的历史了,每年6月时,褐色的悬铃会因为阳光的暴晒而爆开,在温暖的熏风里,金色的悬铃针漫天飞舞。它们并不讨人喜欢,过敏的人在悬铃飞扬的天气里不停地打着喷嚏,在树下走过的人被迷了眼。但在回忆里,那些金色的小针在明亮的高大绿树下飘扬,南方有雾的阳光柔和地照耀大地,能让人忘记越来越高亢、能感觉到杀机四伏的日子。

"我们也常常在晚饭后去散步,我,妈妈,姐姐。没有贺路。我们沿着肇家浜路往前走。路中间有绿化带,里面种着棕榈树,像扇子一样的叶子。我们说些家常的话。我到上海来过夏天,妈妈高兴,姐姐也高兴。因为我来了,妈妈就心情好,就不大骂人,姐姐就轻松些。她高兴看到我去。我想,她在家感到很闷,而且她也喜欢有骨肉亲情的感觉。"灯灯说。

"你妈妈偏心你吧?"我问。

"大概是。"灯灯承认,"妈妈也许认为姐姐总是要出嫁的,她将来老了,总要依靠一个子女,而我是她的小儿子。"

"那姚姚心里有没有难过?"我问。

"我不觉得,我只能感到她也喜欢我。"灯灯说。

离开家以后,姚姚变得非常开朗活泼,并且更积极地要求进步。她参加了话剧小组,演革命者。

"姚姚还是那样白白的,香香的,就是在音乐学院,学生中许多人来自于条件较好的家庭,她也算是很特别的学生。她的床总是女生中最干净整齐的,有时候功课忙,女生也会马马虎虎把床被叠一叠就算了,但姚姚的床总是平平整整的,她还是生活得很讲究,很娇气。所以,她在演革命者的时候动作就特别用力,表情也特别激昂,她是很想要表现出革命者那种昂扬有力,五大三粗的样子的。但是就是不像。"仲婉说。

像她的妈妈一样,姚姚在学校里也积极要求进步,她不像约伯那样,早早避开红色接班人的理想,她非常想要参加共产主义青年团。也许她不一定能体会到像魏绍昌所说的那种内心的紧张,但她一定明白,自己想要像妈妈那样做一个有名的人,一定先要在政治上有前途,一定要得到党的信任和培养。中学里的教训已经被深深地记住了,虽然姚姚有过悲观的时候,可到底,她和她的爸爸妈妈一样,是活跃的人,对自己的人生有着许多盼望,作为爸爸妈妈的后代,她也有着名人子弟的压力。终于离开了自己不喜欢的钢琴专业,姚姚以为自己终于等到了重新做人的那一天。

学校开展学雷锋活动的时候,她特意在全校大会上做了一个发言。她说自己从前有十三件毛衣,生活太奢侈。以后要向雷锋学习,艰苦朴素。当时听她这么说,把同学们都吓了一跳,那时候,有一两件毛衣的人,就算家里有钱的了,她居然有十三件!可大家也觉得她很真诚,能把这样的事都说出来。她大学一年级时被评上学雷锋积极分子,终于在争取下,参加了共产主义青年团。姚姚在入团的志愿书上写下自己的希望:"渴望在组织的教育下更快地成长。我一定努力学习毛主席著作,积极投入三大革命运动,经受考验和锻炼,自觉地进行思想改造,与头脑中的资产阶级思想做坚决的斗争。立志为支援世界革命,将在中国和世界消灭阶级,粉碎资本主义,实现共产主义而奋斗终生。"

"她能入团,在当时是件很不容易的事。"仲婉说。仲婉当时是声乐系的学生团支部书记,又是姚姚的入团介绍人,"姚姚当时争取得很努力的。"

"怎么努力呢?"我问。

在入团的文件上,我找到了一份评语:"韦耀(姚姚的学名)同学积极靠拢组织,大胆暴露自己的思想,严格改造自己,对组织忠实坦白。她曾在家庭问题上向组织谈自己的看法,分析家庭对自己的影响,努力正确对待,和家里的资产阶级思想做斗争,帮助家庭认识错误。"

仲婉说:"是有这么回事的。那时候说她妈妈有资产阶级名利思想,她自己也想,出生在这样的家庭里,自己将来要是平平淡淡的,就是没有争气,没有出息。那时候,这种思想就是资产阶级思想。开会的时候,她就自己说出来,说自己那是受到资产阶级思想的腐蚀了。"

"同学们反映她对人不够真诚,在组织的帮助下,她找到原因,是因为没有像雷锋一样带着阶级感情去关心同志们,联系同学比较少,对同志有时采取不信任的态度。"

仲婉说:"当时是这样说的。在附中的时候,大家对姚姚就是这样的意见。她的确就是这样的人。现在想起来很自然,可那时,人人都不满意姚姚和人的距离。一提意见,一定有这一条的。那时候是要求大家不能藏着一点点事,全都要说出来。"她看看我,"你不能相信吧,当时就是这样的。我想起来,也不能相信自己经过了这样的年代呢。我是很爽气的人,心里本来就藏不住事,所以当时这方面的压力不算大。可姚姚就不同。她必须要把一点一滴都说出来才行。"

"她说吗?"我问。

"说的。"仲婉说。

"说了什么呢?"我问。

"她那时常常找团员谈心。也找我谈心。我们那时常下乡下厂。她就说,通过和工人农民在一起,感到自己过去的追求和生活方式的危险,也找到了她自己和工农之间的差距啦。有时候我们去听忆苦思甜报告,她也会说对照自己的家庭,痛恨家庭的资产阶级生活什么的。在学习目的上,她也说要努力与母亲的名利思想做斗争。"仲婉说。

"姚姚同学对照了自己家庭,从一个理所当然的过程,转变到痛恨并用行动抵制家庭在生活上的拉拢。"在团员登记表上,我还看到这样的记录。

"是有的。"仲婉说,"后来她妈妈给她买衣服,做皮鞋,她就不要。"

"可那怎么就是拉拢呢?妈妈打扮女儿,不是天经地义?"我说。

"你要知道那时候的人。那时候的人,就是要自己骂自己,越骂得凶,就表示自己革命,自己干净,自己有觉悟。要是你不这么做,就说明你落后,你心里有见不得人的东西,还不肯拿出来。所以大家都拼命检讨自己。要是看到什么好看的衣服,想了一下:要是自己穿,一定好看。那马上就会想,自己这是资产阶级思想抬头了,贪图享乐。就要在开会的时候说出来,这样才算干净了。"仲婉说。

原来,在那时,姚姚已经在批判自己的家庭,已经表达出自己和妈妈的界线,已经用这样的方式来表示自己的革命。

"那这样自己骂自己,自己骂自己的妈妈,心里不难过吗?"我问。

"心里当然不高兴。可是你能怎么办呢。"一个人告诉我说,"那时候就是这副样子的。我爸爸是旧社会的银行高级职员,我那时候也很积极,做到学校里的学生会主席。我也像姚姚一样狠挖家庭的坏影响。你想要进步,就一定要过这一关。只要你有一点不革命的想法,就要把自己的活思想和家庭的影响联系在一起考虑。有时候,自己也会很真诚地想,自己从小生活在那样的家庭环境里,一定也会受到腐蚀,自己就应该格外警惕一点,这样才能成为革命所需要的人。我能理解姚姚的心情的,不一定完全是被形势强迫的,自己也主动。"

因为心里对自己将来的生活有着盼望,希望自己能融汇到主流生活中去。听说姚姚总是在外衣上别着团徽,能参加共产主义青年团,她高兴极了。

"姚姚,她是真的高兴自己入团,真心要求进步吗?"我再问。

"那是真的。"仲婉很肯定地说,"大家都知道,落后是很危险的,很多事情会把你排除在外,那时候一个十几岁的孩子,被排除在外面,是十分可怕的事啊。"仲婉说。

听说上官云珠也为姚姚高兴,她总是鼓励姚姚争取进步,就是在外景地排戏,给姚姚的信里,也总教育姚姚小心做人,争取进步。长大的姚姚在革命的名义下和她公然顶嘴时,她总是马上沉默,不再坚持自己的看法。

上官云珠那时也一直是要求进步的人。从她的传记里看,那时她参加了社会主义路线教育工作队,到乡下去搞"四清"。四清工作队的生活非常紧张和辛苦,他们和农民同吃同住同劳动,按照工作队的规定,不吃大米,不吃白面,不吃鱼、肉和鸡蛋,还有豆腐和粉条,总之一切好一点的食物。白天和农民一起干活,晚上开会搞运动到深夜。而上官云珠,就是在农村累得吐了血了,也悄悄把嘴里的腥味漱掉,再回到会场里去。她是豁出命来,想要改造成一个受到党真正信任的演员。我猜想她这样是为了可以继续自己的舞台生命。我猜想她心里已经非常明白,要是党不把你当成自己人,你就再也演不成戏了。她和熊十力有所不同,熊十力只要有纸笔,就可以继续工作。而她,要是没有舞台和银幕,就结束了。从1940年开始,当一个电影明星,就是她的梦想,她的追求,她生存的意义。她习惯了要为它付出自己所有的东西。而那时,上官云珠已经四十五岁,是一个演员的黄金岁月,因为心智和演技都已经成熟,创造力可能喷薄而出。也是一个女演员害怕的时候,一天天地,在镜子前,能看到作为一个演员扮相上的美貌,用流水的速度,汩汩地在消失。就是不演戏的女人,也会在那时多拍一些照片,知道自己将要老去了。在这样的时候,上官云珠心里一定会着急的吧。

但即使上官云珠心里会有这样的想法,她也从来没有告诉过姚姚,从来没有用自己的想法影响过姚姚。就像那时候许多家庭会做的那样,父母和孩子不会说心里话。

大概"通情达理"这样的词,就是这样一点点地,从人的心里铲除出去的吧。而积极的生活态度,就是这样一点点地变得暴烈、单一和政治化。

"姚姚要是这样积极要求进步的话,我认为她是受到家庭

上官云珠那时也一直是要求进步的人。

的影响,家庭的影响要比受到社会上的压力作用大得多。学校里是会有压力的,但我觉得家庭的影响才是决定性的。"约伯说,"那时候我姐姐因为响应学校给党提意见的要求,写了大字报,结果成了右派,被送去青海的劳改农场。那时候学生右派去青海劳动教养,要家长签字,表示是家长送她去的。那天晚上姐姐回家来,我看见姐姐对着爸爸哭了。以后,我家从来不要求我进步,要我入团什么的。我爸爸谨小慎微,他的原则是离政治越远越好。所以我在学校里不和团员说话的。在学校里的压力,大家都是一样大,可家庭影响的不同,孩子就可以有不同的表现。"

约伯大概不会跟仲婉讲话吧,要是他们在一间学校里读书的话。那时仲婉是一个率直而淳朴的团支部书记,梳着小刷子辫子,亮着女高音的大嗓门。那么,约伯会跟姚姚说话吗?她是个娇滴滴的女共青团员,穿着在蓝棠定做的搭襻皮鞋和朋街女装店的细腿长裤,那都是上海当时最高级的服饰店,等于现在的古弛皮鞋和宝姿女装。她以仲婉认为"不像"的姿态积极争取着进步。刚刚入学的第一个冬天，姚姚就跟着全院学生和老师下乡，参加社会主义教育革命运动，和她的妈妈一样，姚姚也要白天和农民一起干农活，同吃同住同劳动，晚上开会，查生产队的账，注意阶级斗争的动向。年轻的学生在那样的日子里学习了鸡蛋里面挑骨头的本领。在农村的两个多月里，姚姚努力地干活，努力地开会。

"像不像不去管它，不过姚姚是一直比较注意要求进步的。"仲婉说。我猜想姚姚也想要为自己争取光明一些的前途吧。在1960年代的上官云珠家，"进步"意味着许多重要的事情。

"你知道她那时有过一个比较认真的男朋友吗？"我问。

"在大学里？"仲婉问。

"不是你们大学的，是一个研究军舰的工程师。好像是人家介绍的，她妈妈也认可了这个人。"我说。

仲婉摇摇头，她脸上失望地笑着。

"后来，这个工程师的单位转成部队编制，要是他和姚姚继续保持联系的话，就要离开原来的工作，也不能进入军队系统，因为姚姚的家庭背景太复杂。知道消息以后，姚姚就主动和他断了联系。以后，她再也没有对任何人提起过对他的感情。"我说。

"那时候，这样的事经常发生。那时候出身有问题的人，处处要碰壁的。不过我不知道姚姚也遇上了。"仲婉说。

姚姚是一个位置很尴尬的人，她不像约伯那样完全断了念头,也不像桂未殊那样理直气壮,不像仲婉那样明朗直率,也不像程述尧那样被打了左脸就再递上右脸,她总是在边缘的地带,不太知道,不太甘心,不太单一。

仲婉说:"可是姚姚还是和别的同学不一样,虽然她也和大家混在一起笑,可她心里还是有事。等她静下来的时候,还是能看出来,她心里还是藏着什么不高兴的事。像小时候一样,她嘻嘻哈哈说的事,仔细想一想,都没什么内容。她从来不说她家的事,从来不请朋友到她家里去,我就从来没到她家去玩过,暑假寒假,都是她到我家来。其实我们两家只有五分钟的路。其实,她心里到底想什么,我还是不了解的。"

能不能说,姚姚的确是一个往心里藏事的人,同时她也是一个不肯诉苦的人呢?要是一个人愿意把自己不快活的事说出来,比较容易放开,也活得比较容易。而要把那些事都放在心里自己藏着,不容易。而姚姚是那种将苦果连皮带渣全都吃进,吞下,不让人知道,只是自己拼命努力摆脱的人。所以,她第一个正式的男朋友,因为她的出身而离开她,对这样的事,姚姚到底有什么感受,有没有难过,谁也不知道。而作为母亲的上官云珠,对自己的过去将孩子拖累,又有怎样的感受,也没人知道。

"姐姐和妈妈一样,到哪里,哪里就热闹,就开心。她们都从来不说自己心里的苦处。我觉得她们是想尽量保持她们的自尊。"灯灯说。

是的,想起来了,1947年在片场,在演一个被侮辱的弱女子时,上官云珠哭得拍不下去,但她并没有对任何人解释失态的原因,只说了一句:"金妹就是我呀!"

那一年,姚姚三岁。

要是她们母女在各自的环境里拼命努力,是以为靠自己的努力可以最终改变这一切,那就是她们对世事的天真。比起约伯一家人来说,她们太天真。上官云珠的天真让我感动,因为我从来没有想到过,从旧上海的明星路上过来的女子,像她那样靠自己奋斗出人头地的,在心里,还保持着这样清白单纯的理想主义的世界观。而姚姚,看上去是和妈妈感情上那么疏离的,又进入反抗期的女孩子,继承的是妈妈积极乐观的世界观,还有对命运与社会的倔强。姚姚到底是跟着妈妈长大的孩子,我的意思是,也许她们不亲,但是她们很像。

我看到了她们家最后一张全家福照片。那是在1965年的夏天照的。灯灯已经长得比姚姚还要高了,但是他来上海过暑假的时候,姚姚一回家,还会冲进门去到浴室里找到正在洗澡的弟弟,一把抱住了他正站在浴缸里、湿淋淋的身体。

姚姚和上官云珠都刚刚从乡下回上海。姚姚这一次和音乐学院的同学一起,在奉贤农村住了七个月,参加"四清"运动。在照片上,还能看到姚姚被乡下海边的阳光晒得结实了的脸。音乐学院的老师在农村创作了许多有民族气息的歌曲,学生也在农村排练一些节目,带回上海演出,作为下乡的成果。《不忘阶级苦》就是在"四清"下乡中的新歌。"天上布满星,月亮亮晶晶。生产队里开大会,诉苦把冤伸。"这支歌里这样唱着,带着听上去属于学生的抒情,那一定就是姚姚在奉贤乡下某一个晚上的生活写照。听说,学生们在乡下"四清",组织农民并斗争大会,也逼死过地主和富农,逼疯过他们的孩子。在城市里,资本家被送到远郊的改造学习班去。在阶级斗争的旗帜下,人和人之间严酷的莫名的疯狂的厮杀已经开始,我不知道姚姚和上官云珠是不是知道这样的事已经发生了。

那张全家福照片,现在已经发黄了,四面切着1960年代上海照相店通常会切的花边,简陋的讲究。照片上,他们穿了三件白色的衬衣,男孩子,女孩子,母亲和孩子,一律的白色衬衣,最简单的式样,有着像蝼蚁一样的温顺,让人感到了那个时代的紧缩和严厉。人们开始自动抹杀自己的特征,以求混进人群中,得到心理上集体的温暖,就是上官云珠的家庭也不例外。在那样像危卵一样白的白衫里,他们的笑脸上带着照相店里大灯的阴影,那应该是从左面来的灯光。

那家照相店在那个街区里名声不错,照相的人得在楼下开了票,在柜台上领到一只装照片的信封,再上楼照相。楼梯是木头的,踩上去咚咚地响。上面的摄影师是个中年男人,要是他手里正忙着修照片,就头也不抬地说:"镜子那里有梳子,先自己整理整理。"镜子里反映着灯光,梳子用一根白麻绳吊在镜子边上的墙壁上,锯齿里留着别人头上的气味,有时是凡士林的油气,让人想到,也许上一个用梳子的人,是个中年的讲究的银行职员。

1965年夏天的全家福。

　　我小时候也到那里去照过相,我能够记得那间不大但有趣的摄影间,没有窗,在空气里带着隔壁暗房里显影液的酸气。屋子中间放着一个木凳子,比通常用的要宽,屋角上有一些用三脚架支着的大铁灯,黑色的,灯泡很大,鼓着,像高度近视的眼球。地上爬着很粗的电线,走过去的时候,摄影师会提醒你当心拖倒了大灯。

　　他的脸上带着照相店里的摄影师通常有的怀才不遇,还有一些倜傥。我会怕这样的摄影师,因为觉得自己大概不能做得让他满意。但我想,上官一家一定不会这样想吧,也许那类似电影片场的气氛会让她兴奋起来的呢。当大灯突然亮起,美丽的眼睛像钻石被放到灯下一样,熠熠闪光。

　　他将头埋在黑色的箱子里,从镜头里看着他们,然后走过去,将他们没有放正的头或者肩膀轻轻搬动一下。他并不是真的温和,叫他说话的声气非常轻,是照相店里的摄影师那样的耳语。他轻轻说:"过来一点点,来,来,好!"像大人哄孩子那样,又像一个风流的男人对待他已经不再喜欢的女朋友,礼貌忍耐里有一点点不耐烦。

　　他的手指上有照相纸酸酸的气味。

　　然后他走回去,到黑箱子里再看看,接着从黑箱子里拿出一个连着箱子的橡皮球,捏在手里。他站在右面的灯下,脸上突然就露出了很夸张的笑。因为他怀才不遇的样子和他的倜傥,所以他突然笑的时候,你心里有了一种受宠若惊的感觉。他对照相的人说:"来,笑一笑,高兴一点,来,笑,好了,笑!"于是大家就笑了。

　　要是你不笑,他就不高兴。他是一个真正的照相馆摄影师,不能容忍他手里拍出一张不笑的合家欢照片。

　　也许是我多心了,我感到了那张欢笑的合家欢里,在灯光阴影的笑容里,有什么别的东西,像在皮肤下的动脉血管那样跳动着。

　　我能看见在灯灯的笑容里,有着温和的妥协,是"既然你要我笑,我就笑吧"这样的妥协。那时,他是一个寄居在爷爷家的少年,他看到别的表哥表姐的衣服,在换季的时候,都是从大箱子里,和爸爸妈妈的衣服一起取出来。只有他,一年四季的衣服是一个人单独放一个柳条箱子,好像随时可以一提就走的。在一个大家庭里,他却有自己独用的脸盆,独用的毛巾。人人都对他客气,可他从那样的客气里知道,因为他们不是你的父母,所以才会这样的客气。他羡慕姐姐被妈妈痛骂,因为那是亲人才做得出来的事,因为她爱,所以她用不着客气。

上官云珠和姚姚都笑得用力,可姚姚用力笑的嘴唇让人能看出来,她到底还年轻,还不懂得怎样将一个笑容,像威尼斯的狂欢节面具那样完整地罩住整张脸。上官云珠则已经懂得了,她开始发胖的脸,真的像一个安宁端庄的慈母。而看她的眼睛,我总是觉得,那不是一对高兴的眼睛,虽然它们美丽地弯着。

那时,姚姚已经和她的工程师男友分手,上官云珠已经没有戏可演。姚姚已经入团,上官云珠已经不再受到毛主席的接见。姚姚已经长大,她的命运已经让她感到了那严厉的脸色,与她的童年经历比较,好像仍然没有大的不同,和她没有关系的东西,拿走了她的爸爸,又拿走了她的男友,她已经改姓为韦,那是她妈妈的本姓,叫耀。这个字,我想是寄托了她妈妈的希望。她的大学学生证上,已经叫"韦耀"了,上官云珠已经开始老了,她的命运还是没有像她渴望的那样给她机会到达自己的理想,她是一个好演员,可是她没有遇到过一部真正让她发挥出自己才能的电影,一部也没有。她还在努力着,她还不知道,在她的乳房里,癌肿正在形成。每天,一个癌细胞会分化成八个,像渐渐向他们全家默默走来的危险一样,很快就会把他们完全吞噬,而且是以一种让人们觉得是他们咎由自取的姿态。此刻,他们都还不知道,都想努力让自己感到安全,除了灯灯,他们都抱着"事在人为"的世界观。那是上官云珠信守了一生的世界观。因此,姚姚拼命努力,要做一个红色青年,上官云珠拼命努力,要做一个能够上戏的红色演员。

而一个紧接一个的运动,像隆隆的雷声一样带着不寻常的雷暴来了。他们一定也听到了那些雷声,只是他们还不知道什么要来了。也不知道它要将像白衬衣那样单薄的保护撕去,要是说那白色的衬衣更像是投降的白旗的话,它也不会理睬,也不会怜悯,更不会放过他们。1965年的夏天,他们的笑颜和白色的衬衫,像巨石下的危卵那样泛着微光。也许是我多心了,我天天和他们的照片在一起,和他们的故事在一起,当他们在自己的命运里一天天往前走的时候,我站在四十年后的岁月边上,已经知道了他们将来的命运。也许,在他们和历史中间,只有我这么一个人,像元朝的曲里那个宋朝的鬼一样,朝天甩出一个悲怆的水袖。

三十五年过去以后,我在一家台湾人开的日本式咖啡馆里见到了程钰先,他是姚姚的一个朋友。他的头发已经花白了,但皱纹并不多,他的眼睛里带着一种打哈欠时候会有的泪色,我看着他,我想起来别人的眼睛,我还是第一次这样,在几个月里,总是看着1940年代出生的人的眼睛,听他们说。他们的眼睛常常有这样淡淡的泪色,那是因为眼睛已经开始老了吗?在他们这一代人开始老了的时候,眼睛原来是这样的。他说:"姚姚常常让我为她放照片,从前她拍的照片已经找不到底片了,'文化大革命'前的照片也丢了不少,她从人家那里借了照片来。年轻时代,我喜欢拍照和暗房技术,就为她的照片翻拍放大。她有时点着那时候的照片说,那是她最好的时候。"

"是具体什么时候?"我问。

"就是上大学的时候吧,也是剪着短发,也是夏天。"程钰先说。

1965年的时候,她在奉贤乡下参加"四清"运动,直到6月才回学校上课。

9月,学校把全校学生分成十七个小分队,由青年教师带着,每周下工厂半天,边劳动,边参加艺术实践。这是向草原上到每个牧民点去演出的乌兰牧骑学习。姚姚跟着下工厂去了。

11月,全院开始在党委的号召下学习另一个雷锋式的忠诚战士王杰,那又是一个全国范围的学习运动。学习他"对同志像春天般的温暖,对敌人像严冬般的冷酷"的精神。整个音乐学院的师生都参加了紧张的排练,12月,他们在上海音乐厅举行"歌唱王杰——师生创作音乐会"。姚姚所在的声乐系担任了音乐会的大合唱部分,演出了大合唱《一心为革命》。然后,他们又开始排练《焦裕禄之歌》,这也是一个大型合唱,由五部分组成。包括《迎困难立誓言》、《跟着书记千里走》、《风雪进柴门》、《改天换地战自然》和《红松岗前表壮志》。演出的时候,他们换上学校合唱队统一的演出服,浅色的绸子衬衫,深色的裙子,上面还留着在服装箱里压过的皱褶。音乐学院的礼堂门厅幽暗,散发着乐器的木头气味,高大的门敞开,能看到里面剧场墙上黄色的壁灯光,它们照亮了一排排木头扶手的座位,带着剧场那种充满了期待的昏暗和不安。四下里弦歌四散,小提琴在调音,小号在试音,后台的地板上拖满了电线,合唱队站上了木头楼梯,雪亮的灯光照亮了年轻的脸颊,它们像苹果一样发光。声乐系同学的嘴里,散发着一股子中药气味,那是他们在繁重的大合唱排练中,唱哑了嗓子,校医务室的医生们特地用中药配了保喉汤给学生,他们嘴里的气味,就是保喉汤的气味。姚姚在演出的时候还和同学穿着演出服照相留影。

也许,这就是声乐系的两年级学生韦耀,在日后所感到的最好的日子吧。

1966年的5月就这样在《红松岗前表壮志》的歌声中到来了。

那一年我将要上小学一年级了,夏天的时候,我妈妈为我买了一个人造革的蓝色书包,虽然空空的,可也有了点人造革的重量,就像我心里对小学的期待,因为要开始当大孩子了!那个夏天我摔破了膝盖,每天傍晚洗澡,用水冲干净身上的肥皂时,都疼得大叫。我哥哥的回力牌球鞋放在大门边上的暗处,散发出类似浙江人家窗上吊着的大风肉的臭气,而他们很自豪自己的鞋子竟然能散发出那样强烈的气味,常常忍不住把球鞋端到鼻子前面去闻。我妈妈见到除了骂他们,还把我从走

1965年12月，姚姚和同学演出后留影。

廊里拉开，说："你不用看他们那些臭男孩的样子。"

那一年姚姚是大学三年级的学生。在学校里参加由当时的上海市委宣传部长张春桥授意，由党委组织的对院长贺绿汀的批判。开始的时候，还去上课，只是每星期一、三、五的下午集中学习"文化大革命"文件。到5月下旬，就开始停课批判贺绿汀，不几天后，学生们在学校开了对贺绿汀的批斗大会，给那个瘦小的老人戴上了自己用白纸糊的高帽子，把他打扮成中国传说里的鬼。小小的校园里贴出了四千多份大字报，有三百多人的学校，在大字报上有一百十六个人被点名批判。

我爸爸妈妈难得回家来吃晚饭了，哥哥整天在学校里干革命,饭桌上只有我和照顾家的姑妈,我们就在厨房里的小桌上吃饭。四方形的煤气灶下的烤箱门开着,里面放着姑妈留的牛奶瓶上的厚纸,小线头,坏了的锅盖,姑妈不会用西式的烤箱,她就把它当成小柜子,姑息着我们家的蟑螂。远远地,我们听到马路上的高音喇叭响,那是学生开上街的宣传车,在车顶上装着大喇叭,叫着革命的口号。这样的车总是慢慢地在街上开过,它发出的声音充满了安静的房间和走廊。

　　姑妈不让我出门,她说:"女孩子看热闹就没有好事。我从来不看热闹,从小就不看,有人在街上围作一团的时候,我马上走到马路另一边去,连头都不回,连眼睛都转到另外一边去,一眼也不看。"

　　"你不懂。"我对姑妈说,我嫌她是吃素念佛,一辈子不出门工作的人,不懂外面的事,姑妈最凶的时候,也不过是在晚上到厨房里开灯,发现四下里逃散的蟑螂,她追着去踩死它们。其实我也不懂,远远地,我听不懂宣传车上到底叫着什么,那是从来没有进入过一个孩子和一个家庭妇女生活中的句子。

　　"应该是'革命无罪,造反有理'吧,那时候大家都叫这样的口号。"仲婉说,"音乐学院也乱了套啦,学生都停了课,许多教授都是作为反动学术权威被揪出来批判,我们当时的院长贺绿汀第一个被打倒,关在学校里不让回家。"

　　"应该还有革命歌曲吧,毛主席语录歌,还有《大海航行靠舵手》那样的歌。"贺元元说。她是贺绿汀最小的女儿,那一年刚刚进音乐学院学小提琴,是十八岁圆脸的女孩子。她的父亲已经在学校里游斗,她和她的姐姐贺晓秋必须跟着学生参加父亲的批斗大会。到了喊口号的时候,她们也必须在众目睽睽下举起自己的手。"那时候,到处都能听到那种《大海航行靠舵手》。"

"说不定我小时候听到的宣传车,就是你们学校的红卫兵开出来的呢,我家离你们学校很近。"我说。

"可能啊,音乐学院那时候有一百四十一个战斗小组,除了我们这样的黑五类子女。"贺元元说,"我们只有听到这种声音心惊肉跳的份。"

"可能啊,我们学校的红卫兵常常出去宣传毛泽东思想。"仲婉说。

"说不定你和姚姚正在车上呢。"我说。那时,我已经看到过她们在毛泽东思想宣传队里跳忠字舞的照片,后排那个戴眼镜的青年,就是当时上海音乐学院唯一的指挥系学生桂未殊,他将手臂平举在胸前,迈着工字步,那是忠字舞的标准造型。可他的脸看上去却像一个沉浸在自己世界里的科学狂人。小时候,我常在街头看那样的忠字舞表演,跳舞的人,大都是从校园里来的学生。他们年轻的、喷红的脸上流着汗。他们的动作都很有力。当他们高高地抬起手臂时,可以看到他们腋下有一大块衣服,被汗水浸湿了。用木板搭起来的舞台在他们的脚下浮尘滚滚。

"那不会。"仲婉摇着头,"不会不会,那时我们都是家庭出身有问题的学生,姚姚就更不用说了。她生父在美国,美国那

1966年，姚姚（左）在毛泽东思想宣传队里跳忠字舞。

可是中国人的头号敌人,她妈妈又是旧上海的电影明星。我们老实说,没有资格在宣传车上。刚开始的时候,我们只能属于在边上看的那一类。出身好的学生先起来造反,大辩论啦,斗反动学术权威啦,贴大字报啦。像燕凯那样的红五类干部子弟,他是我们学校第一批起来造反的学生。"

"姚姚是在那时候认识他的?"我问。

"那时候他们互相还不认识吧。燕凯是民乐系吹笛子的,比姚姚小一级。"仲婉说。

"'革命无罪,造反有理'?对的,常常听到大卡车上叫这样的话。"张小小说。那一年,她和姚姚一样,也二十四岁了,和姚姚不同的,她是一个悄悄站在远处看世事的女孩子,她和我住在同一条小马路上。她说在家里听着由远而近的喇叭声,总是吓得心头乱跳。"最早知道'文化大革命'的时候?让我想想看,好多年以前的事了。我想大概是那一天,我看到爸爸在他们的房间里和妈妈说话,爸爸在流眼泪。后来爸爸妈妈告诉我,爸爸在报社里被人当成反动学术权威批判,被人贴了大字报,那时候被人贴了大字报还了得吗?是大事情了。爸爸妈妈说我是孩子里最懂事的,就告诉了我一个,叫我不要对别的兄弟姐妹说,我对谁也没说,但我心里真的担心,总是害怕。走在路上,看到别人家抄家了,心里就别别地跳,怕自己家也抄家。后来姐姐在学校里也被别人贴大字报了,大字报上说的只是些小事,姐姐回家来哭,爸爸还安慰她。我那时候觉得爸爸真好,他自己心事那么重,还安慰姐姐。"

"那时候,大字报还不是到处都是吧?"我问。

"开始的时候还不是,所以被人贴了大字报,打击是很大的。"张小小说。

"姐姐告诉我,建国路的家里,贴满了妈妈的大字报。有的话说得很难听。大字报一直贴到家里的大门上。门上被来抄家的人砸得全是洞。开始还关着,后来常有人来砸门,贺路怕把门砸坏了,也怕砸门的声音吓着妈妈,就一天到晚敞着门,谁愿意进来就进来。妈妈那时候头部已经动了手术,常有思维障碍。她不明白发生了什么事,有人砸门她就怕极了。就是那一年,妈妈的所有照片,包括剧照,全都被烧光。一些是抄家的人烧的,还有一部分是贺路害怕,自己动手烧的。到二十年以后,要为我妈妈开平反昭雪的追悼会时,家里连一张妈妈的照片都找不到。"灯灯说。

"后来,我到表哥家吃饭,他家在复兴中路上。那是个礼拜天,下午我们出来,看到复兴路上走来走去,都是红卫兵。他们看到穿得好看的人,就拦住人家,看到头发卷的人,也拦下来。把人家的头发剪掉,裤子剪开,从裤脚管那里开始往上剪,说人家是穿细腿裤子,其实根本不是什么细腿裤子。随便他们高兴。马路上好多人被剪了头发和裤脚管,因为上海人在礼拜天的时候还是注意穿着的。我吓死了。我是天生的卷发,回家去,马上用发夹把卷的头发全都夹在头上,不让人看出来。我也不敢穿皮鞋了,红卫兵要是说你是尖头皮鞋的话,就叫你把鞋子脱下来，扔到火里烧掉。我从那时开始找布鞋来穿。"张小小说。

想起来了，那一年街上是有火光，人们在街上烧书、唱片、高跟鞋、口红和画轴。火光在绿色的梧桐树下金灿灿的，像孩子舔着蛋筒冰激凌的柔软而灵活的舌头。在大街上看到有女人被剪了头发，用两只手捂着头上被剪得不成样子的地方哭。树上婆娑的绿叶遮住了太阳光，但街上还是很热。也许是因为那些到处燃烧的火光，它们冒着黑烟，蒸发着焚烧的臭气。到火灭了的时候，在灰烬里能看到各种各样被烧焦了的皮鞋。"他们恨穿得好看的人。"张小小告诉我说。

"那天你被剪了裤子吗？"我问。

"我没有。"张小小说。

但是姚姚被人剪过裤脚管。听说她被人在路上拦下来，说她穿小裤脚管裤子，就剪开了她的两只裤脚管。她弯下腰，把剪成一块布的裤脚管挽上去，使它们看上去像一条中裤的宽宽的翻边。姚姚当街整理妥帖了，然后转头走开。"姐姐就是这种人。"灯灯说。

这时的姚姚，已经不是约伯记忆里的惹哭精了，她可以在1966年火光熊熊的街道上镇定地整理自己被剪坏的裤子，看不出害怕和惊慌。姚姚在这举动里，除了爱美，一定还有不甘，她不肯让人那么容易就摧毁你在大街上广众前的仪态。要是遇上约伯，也许那个举动叫做反抗，可是，共青团员，学雷锋积极分子的姚姚，那就叫不甘。可这不甘又是从哪里来的呢？仲婉在看姚姚扮游击队员时曾感到她的"不像",在这"不像"里,大概有什么东西,被深深地埋住的,是和这一天姚姚的不肯示弱有联系的吧。有时候,有的人也把这样的心劲,叫做"虚荣"。那是一种没什么理性的心劲,而不是理想。像一股河水在激流中撞上了石头,看那惊涛骇浪的样子,好像充满了斗志,可是,水的本身一丁点要一往无前的意思都没有的。

当姚姚回到学校,和同学们一起收听了中央人民广播电台播出的北京大破"四旧"的消息以后,她看着学校的红卫兵同学马上冲出校门,上淮海路破"四旧"去了。

"街道上到处烧着火堆,有人家被抄了家,抄出来的东西就堆在人行道上烧。开始的时候还觉得新奇,别人家的东西一下子全都暴露在外面了,这是从来没有过的。后来不久,我家也被抄了。那是9月2号。差不多同时,姚姚家也被抄了。"张小小说。

"你到她家去看过?"我问。

"姚姚后来告诉我的。她妈妈看到红卫兵来抄家,吓得躲在门后面发抖。"张小小说,"那么漂亮的人,那么要强的人,真的很可怜呐。"

"姚姚她怎么说?"我问。

"她说,妈妈真可怜。"张小小说。

那么说,姚姚那时还是回家看过妈妈的,上官云珠那时已经被人从医院赶了出来,被电影厂的红卫兵批斗了。听说被红卫兵打得头破血流的上官云珠怕红卫兵也会打姚姚,叫姚姚住到学校里，不要轻易回家。手术后，上官云珠已经不能好好说话，只有家里人能听清楚她想要什么。那都是在8月底发生的事，姚姚回到学校住，听到了民乐系的副教授自杀的消息。到了9月，一开学，学校中大部分学生到北京去参加毛主席在天安门接见红卫兵，贺绿汀在音乐学院读书的两个女儿贺元元和姐姐贺晓秋随着学校同学到了北京，可因为她们的黑帮子女身份，不让她们去天安门。姚姚和仲婉留在学校里，她们听到在校园里被打的老师发出的惨叫声，她们听说学生让一对教授夫妇对面站着，脱下自己的鞋，用鞋打对面人的耳光。要是不打，要是打得轻了，就被红卫兵打。第二天，她们又听说这对教授夫妻自杀了。他们在夜里开煤气自杀。为了减少痛苦，他们事先吃了大剂量的安眠药，以保证自己能够安静而庄严地离开生命。他们自杀的方式是那样有吸引力，连当时不在学校里的贺元元和贺晓秋一回来也听说了。听说后来贺晓秋自杀，也学习了老师的方法。校园里的教授们几天里就死去一个。按照当时的说法，他们全都是用自杀来反革命的现行反革命。

"但是我记得的，不完全一样。"在学校医务室里经历"文化大革命"的校医葛医生这么说，"对打的，不是一对夫妇，而是附中的老师们，那时造反的学生让有问题的老师站成两排，对打。自杀那对夫妇，妻子是附中的副校长，教基础理论的。那天也在被迫对打的队伍里。她的个性很强，根本受不了这样的人格侮辱。我听说的是，妻子想要自杀，丈夫是我们学校作曲指挥系的系主任，他们就一起自杀了。他们是吃了安眠药以后,开煤气自杀的。那时我已经在医务室当校医了,这种在校园里发生的自杀的事,通常就会先请校医去看,我有一本学校死亡人员登记本,对学校里死的人做登记。

"但是他们并不是第一个自杀的教授,第一个自杀的教授是民乐系的陆修棠教授,他跳了河。

"而那个开煤气自杀,死的时候穿得很漂亮,并且化了妆的教授,是钢琴系的李翠贞教授。她是贺院长特地从国外请回来教钢琴的。平时她很注意修饰自己,1965年以后,别人都不敢穿得好看了,她照样子穿白色的高跟鞋,旗袍,擦口红,别人说她,她也不在乎。她自杀的时候,穿白色高跟鞋,擦好了口红。

"我们学校还有一个教师,那时候刚刚从苏联留学回来。他也被整得一心想自杀,跳楼,没有死成,割脉,又没有死成,用铁丝戳心脏,戳伤了,但是仍旧没有死成。后来他就疯了。"

葛医生说:"还有那些被打的人。红卫兵要我去看,他们也怕在自己手里出人命。打得很厉害,有的人被打得肿了,肿得把皮肤都绷裂了。有的人被踢得眼睛都睁不开。红肿、出血,骨折,内出血,我都留了病史记录。后来音乐学院形势变化了,原来的红卫兵被新起来的造反派打压下去,于是,原来打人的人,现在就轮到了被人打的命运。那样的人也是我去处理的。被打破的伤口要做清创处理。太疼了,也开给他们一些止痛片。还有被斗的老师们,有病的,不能再被斗了的,我为他们向造反派和红卫兵做病情证明。"

"你怎么想呢?"我问。

"我是医生。我的本职工作是救死扶伤,治病救人,这是毛主席说的,基本的人道主义。"校医这么说,他眯起了温和的眼睛,"在那些年,我看到了校园里那么多血腥的事啊,我恨打人的人。"

"上海音乐学院的'文化大革命'好可怕啊。"在贺元元家我遇到了一个男教师,那时他也还是个学生。他的脸,在回忆中渐渐皱了起来,皱纹一条条在加深,像核桃那样深而且硬的皱纹。他对我说,"提起来,不知道说什么好。常常能听到惨叫的声音。"

是啊,惨叫的声音充满了原先晨晨昏昏弦歌四起的音乐学院,这就是"文化大革命"了。

1966年9月,音乐学院的北大楼,当时学校里最高的大楼上挂下两条大标语:"老子革命儿好汉,老子反动儿混蛋。"这两条在热风里猎猎作响的大标语揭开了音乐学院按照人的出身划分革命与否的序幕。红卫兵按照毛泽东培养无产阶级革命事业的接班人的五条出身标准,划分出没资格当无产阶级革命事业接班人的五类人子女,那就是在1966年的中国青年里如惊雷灌耳的黑五类子女。

因为上官云珠属于三名三高的资产阶级知识分子,姚姚在上海音乐学院成为黑五类子女。

当时的音乐学院,有不少同学的家庭出身都比较富裕,大多数父母被细究起来,总会有这样那样大大小小的问题。那些人都在各系召开的表态大会上，一一表示和家庭划清界限，加入到革命的行列里来。姚姚在声乐系的学生大会上表态，坚决与母亲上官云珠划清界限，站到无产阶级革命派一边来，以后不再回家去。后来听说，姚姚去参加了电影制片厂对妈妈的批斗大会，并且贴了一张给上官云珠的大字报。

"那时候大家都这样做的，每个人都得表态，谁也没法子逃过去，而且大家都这么做，也无所谓对自己的家庭就真那么大逆不道。那时候，要跟着毛主席干革命嘛。"仲婉说。

而且，姚姚在1965年以后，已经学习过怎么做了，在她争取入团的时候就已经练习过怎么说，说什么，她对这并不陌生。只不过这次，对家庭的划分更残酷，自己的行为也就更暴烈和公开。她早已明白，出生在她这样的家庭里，重在自己的表现。所以她还像从前那样认真地参加运动，积极要求进步，明确地表达出了自己要坚决和无产阶级站在一边的决心。

"我和姐姐就没有和爸爸划清界限。"贺元元说，"那时候我在音乐学院刚读一年级，姐姐是作曲系1966年的毕业生，要不是'文化大革命'，她已经毕业了。要说压力，在整个音乐学院的学生里，没有人比我们受到的压力更大。我们和爸爸在一个学校里，爸爸是被市委点名打倒的院长。我们周围的同学一下子全都不理我们了，和我们划清界限。在校园里遇到有些原来要好的同学，我和姐姐也不会主动和他们打招呼，怕我们连累了他们。连每天到食堂里吃饭，都没人要和我们坐在一张桌子上。我们得天天留在学校里参加运动，不能回家去，我们家被红卫兵抄得一塌糊涂了,我小时候留下来的洋娃娃也被抄家的人用刀砍成了碎片。要是他们想要打你,你也无处可逃。那时候我小,不像姐姐,她想得更多,顶得更厉害,我跟着姐姐,我们就是不服气。"

贺元元说着,睁大了她的眼睛。她仍旧有一张孩子气的脸。当她回忆起自己受到的侮辱时,她倔强地紧闭着像孩子那样薄薄的嘴唇,睁大了眼睛。她脸上的样子,像一个死死抵抗但已经遍体鳞伤的孩子那样绝望和愤怒。许多年以前,对她来说那个命运突然翻覆的夏天,她也许也是带着这样的表情度过的吧。她不相信自己的父亲是坏的,像人们说的那样。她父亲和姐姐的不屈不挠的抗争鼓舞了她。可对姚姚来说,她早就被教育过,面对家庭和社会的对立,自己应该怎么做。像洪水通过已经挖好的渠道那样顺理成章,姚姚也像从前自己经历过的那样,积极要求进步。她去电影厂贴了大字报,和正在被批斗催逼,被惊吓,被打骂侮辱,而已经重病缠身的妈妈划清界限。

"那时候大家都那么做,以求过关。"仲婉说。

"那时候你做了什么呢?"我问张小小。

张小小说:"我也不会和我爸爸划清界限的,就是打死我也不会的。"

"那你是为什么不会的呢?"我问,贺元元姐妹是为了黑白不被颠倒。

"我爸爸是很好的爸爸,不管我爸爸做了什么,我也不可能伤害他。"张小小说。

那么说,除了不像同学贺元元姐妹那样,姚姚也不像好朋友张小小那样。

"你知道姚姚那时候去电影厂贴她妈妈大字报的事吗?"我问仲婉。

"不知道。"仲婉说,"她那是自己去电影厂贴的,要不就是电影厂的人来逼姚姚去的。那时候,要是有人问你去不去贴家里的大字报,总是会去,因为谁都知道,那是考验你的时候。"

可要是那样的话,姚姚应该是做给音乐学院的人看才对。可连仲婉都不知道她有过去贴大字报的革命行为,这是为什么呢?我想起了小时候姚姚对妈妈的惧怕,对父亲的想念,青春期时她挨了妈妈耳光后平静的脸,想起了她不快乐的童年,想起张小小的话。

也想起了我小时候的一件事。那也是在姚姚和妈妈划清界限差不多同样的时候吧。我仍旧是七岁的孩子,把管教自己的人当仇人。在我的爸爸为了什么小事责备我的时候,我开始犟嘴,但我找不出理由来,于是我说:"我也可以和你划清界限,不要你管的。"记得爸爸那时马上停下嘴,过了好一会,他很轻地应了一句:"是可以的。"然后他什么别的都不说,就离开我的房间。我知道我逃过了一次责骂,也知道真的伤了爸爸的心。七岁的那个下午,我知道伤别人心的滋味真的更不好受。

姚姚是不是真的想要伤到她妈妈的心?因为妈妈曾经一次又一次伤了她的心,她在上大学以后,妈妈把她原来搭在餐室里的小床都拆了。那个家,好像只是妈妈和继父的。这些事,是不是也会化为姚姚的力量呢?她不再是那个站在妈妈身后继续打扇的女孩子了。

听说,"文化大革命"对许多人来说,也是一个报复的机会。在革命的洪流中,被卷在里面的许多恩怨的小石子,借着洪流的雷霆之力,以从未有过的力量击向前方。对姚姚来说,又是什么呢?听说,后来上官云珠问姚姚,她做的那一切,是有人逼她做,还是她出自内心,姚姚掉着眼泪,什么也没有说。

那一年的9月,北京南下兵团第七纵队一百二十六个人到上海音乐学院,他们在小小的、由一些散落在草坪和樟树边的洋房组成的校园里住了下来,号召学生起来打倒党委闹革命。燕凯和北京的学生在大门口的大樟树下大声演说,发动群众,他和许多干部子弟一样,以为自己终于等到了另一个像父辈经历过的革命大时代,自己终于可以像父辈那样做一番大事业,这样的感觉使得他们热血如沸。仲婉看着燕凯,他整天整天站在那里演说,直到声音完全嘶哑。后来他成了"抗大战斗队"的发起者。"抗大战斗队"是上海大学中最早的造反派组织,它不同于红卫兵组织的地方,在于他们是参加夺权,最终摧毁了党委控制,把领导权掌握在自己手里。

音乐学院中,有不少像姚姚一样的黑五类子女,不久,革命者把黑五类子女称为可教育好的子女。要是与家庭划清界限,也可以当红卫兵造反派。不久,在音乐学院的可教育好的子女中坚决要求革命的人,加入到"抗大战斗队"的外围组织"红战友"中。

　　姚姚和仲婉跑到教室里,像红卫兵那样,狠狠写了三天三夜的大字报。在这三天三夜里,她们俩商量决定,也参加"红战友",造走资派的反。

　　"三天三夜不睡觉,不困啊?"我问。

　　"不觉得,真的不觉得,反而觉得过瘾。"仲婉笑着说,"平时看姚姚那种娇弱的样子,可她能熬得很。"

　　就这样,姚姚认识了"抗大战斗队"的领袖人物燕凯。仲婉熟悉了"抗大"的核心人物桂未殊。

　　现在已经没有人能回忆起,那时,姚姚是从什么地方为自己找到一套红卫兵服:一套陆军女兵的草绿色军服,一顶带硬檐的老式军帽,铝制毛主席像章,她还有一条帆布军用皮带,是铜扣子的。那一年许多人曾用它打人,音乐学院的红卫兵们用它打过捉进学校来的生活腐化分子,"一皮带上去,一道鲜血紧跟着挥舞的皮带飞出来。"目睹过打人场面的仲婉回忆说,"真的很可怕。"电影厂的红卫兵也用这样的皮带打过上官云珠。她被人一个耳光打得后退好几步,才倒在地上,然后被"红卫兵皮带"打得血肉横飞。参加了红卫兵后,姚姚找来一身衣服换上,她穿着这样的衣服在学校奔忙,是因为她的这身衣服,那张大字报,让家里的保姆记恨姚姚的吗?上官云珠家忠心耿耿的保姆阿妹阿姨一说到姚姚,就说她对妈妈真不好,真没有良心。妈妈天天被打得鲜血淋淋,拖着连路都走不稳的病体回家来,她想念姚姚,可姚姚却不回家。她在外面疯,到处跳忠字舞,开心得不得了。

"姚姚啊,那时候我就记得她跳忠字舞,跳得很起劲的。"贺元元说。

"那时候我已经在牛棚里了。我记得姚姚并不打人,可她一直跟燕凯在一起,戴着红袖章。在学校里,也算是让人害怕的人吧。"周小燕教授说。

"姚姚她有什么光辉事迹值得你写吗?"一个人问,在我四处打听姚姚在学校里的事,想要找到她学生时代的档案,一个不认识姚姚的人有点不解,又有点调侃地问。他问着,忍不住在脸上浮出一个笑,一个打趣的笑。

"她可没什么光辉事迹。"我说。

他看着我,带着一个问题似的。是在问为什么吧。

为什么呢?

我想要写一个普通人,一个不像有的人那样坚强,也不像有的人那样冷静,不像有的人那样聪明,也不像有的人那样理性,对,一个感性的人,一个努力在沙上建房子似的,想要建立自己积极向上生活的徒劳的人,也许还是一个捂着伤口不让别人看,自己也不看的乐观的人,一个实在不懂得怎样去应付,弄得满身满心全都是伤的痛楚的人,一个怕被别人落下,被别人孤立,被别人抛弃的认真的人。我是想,要是我是姚姚的话,生活在那样的年代里,也许像她一样不知所措,像落水的人那样忙乱地在挣扎中下沉。她面对的考试实在太难了。是谁有权利给普通人出这样难的题目呢?从她一出生开始,就开始面对难题了。"生活用一种最残酷的面目向我扑过来。"姚姚曾经这样描写过自己的生活。而且,有时候我望着桌子上姚姚的照片想,她还是一个按照自己天性生活,并没有用是非观修剪自己的质朴的人,即便是她在照相的时候,在脸上放满了扮得十全十美的假笑,在她少女时代、青年时代,和将要进入中年的时候。我是想写一写这样的普通材料制成的人,在一个动荡的大时代里的际遇啊。

"我知道她不是英雄。"我说。

我也知道当年的贺晓秋是个有英雄气的刚烈女子。在1966年那个如火如荼的秋天,姚姚和仲婉一起,乘免费火车到北京去等毛主席第四次接见红卫兵;而她们的校友贺晓秋也在差不多的时间出发去北京,她去北京找政府部门,为已经被红卫兵隔离了的父亲鸣冤。

"文化大革命"开始以后,毛泽东佩戴红卫兵标志,领着国家领导人在天安门广场接见狂热的学生红卫兵,表达了对红卫兵运动的支持。所以,红卫兵的造反运动会如火蔓延到全国各地。从夏天的第一次接见以后,全国的学生就开始纷纷涌往北京。国务院对全国铁路系统发了紧急通知,要求各铁路局的火车要免费送学生到北京见毛主席,各地政府要为学生提供所有方便。不到十岁的孩子被管着不能去,在大街小巷唱着突然在孩子里流行的儿歌:"我们要去革命大串联,上海市委为啥不同意?"

月台上人山人海,全是去北京的学生,全穿着差不多的衣服，有人不停地用手在胸前摸索，怕别人把自己别在衣服上的毛主席像章挤掉了。从门上不去，于是有人从窗爬进去。身手矫健的，是从体育学院出来的。车厢里坐满了，站满了，行李架上坐满了，长椅子下躺满了，最后连薄薄的椅背上也坐了人。大家都是毛主席的红卫兵，彼此亲爱，不分男女，也真的没有人想到性别。

和逃难的车不同，车厢里全是年轻人，此起彼伏地背诵着毛主席语录，唱着毛主席语录歌，气氛热烈。有时候，也会在组织下轮唱。那是一种在那时很流行的唱法，带着要压过对方的火药气味。"下定决心，"第一部分的人先唱，"下定决心，"第二部分的人紧接着，两部分的人要保持自己的速度，不被另一方拉过去。那是铿锵的歌声，让人的心怦怦地跳。

"你是问那时候去北京的火车吗？"一个人在他虽然已经花白可还是像士兵一样修得很短、显得意气犹存的头发下望着我，他是最早一批在上海的高中里出现的红卫兵，那时几次上北京去等待毛主席接见红卫兵，还有一次，是组织了红卫兵长征队步行去的。"很挤，可秩序并不乱，有红旗，旧军装，年轻的脸。那是峥嵘岁月。毛泽东有一句旧体诗，红旗漫卷西风。你能想象那样的情形吗？红卫兵旗从车窗里伸出去，把车厢里染红了，猎猎地响。"他自嘲地笑了一下，"一车的人，都以为自己是青年时代的毛泽东，中国红色的历史就要从自己的肩膀上继续。"

"你千万不要把那时的火车写得太好。我看到过凶极了的人,冲上来就问:你什么出身?要吃人一样。我家是银行职员出身,那个人一听,就说:狗崽子,不革命就滚你妈的蛋。像我这种出身不好的人,在这样的车厢里暴露身份,就是给自己找了一个批斗的地方。"另一个人告诉我说,"那时候真的,所有的人都虎视眈眈看着你,真的比死还要难受。"隔了二十四年,她说起红卫兵火车上的事,还是把脸屈辱地涨红了,"绝对恐怖。"

这样的火车,一小站一小站地停过去,因为沿途的红卫兵也要去见毛主席。没有吃的,没有喝的,也没有厕所,没有洗脸的水,年轻人肌体的芬芳、酸腐的汗气和排泄物蓬勃的臭气充满了整个车厢。

三天三夜以后,火车到了北京。这时候,她们才知道,从全国各地到北京的火车,都是一样的狼藉。

经过红卫兵接待站,姚姚和仲婉来到中央音乐学院住宿,她们找到一个大教室,里面从各地来北京、等天安门接见的学生已经睡了满地,她们被安排在空出来的一小块地板上。

仲婉一头倒下去,那是三天以来第一次躺下。

姚姚倒下去,又坐了起来,因为她边上睡着一个从北方小城来的人,头发结在一起,散发出气味。"她一定有虱子!"姚姚推着仲婉。

"累死了,就将就一下吧。"仲婉说。

"不行啊。"姚姚推着仲婉,想要另外换一个地方。

到哪里去换呢?到处都挤满了人。而且这是嫌弃一个红卫兵脏。仲婉不愿意。"真娇气。"仲婉说她。

姚姚垂下眼帘，不再坚持了。

陌生的教室里，满是累得要死的年轻孩子，一夜睡得死去活来。肚子里有蛔虫的人磨牙的声音，熟睡的人打鼾的声音，路上受了风寒的人咳嗽的声音，浸透了脚汗的回力牌球鞋散发出来的奇臭，北京深夜硬朗而干燥的气味，在每个人的睡梦里游荡。等仲婉早上醒来，看到姚姚还在原地坐着。她实在是睡不下去。"她就是这样的人！"仲婉说。

我笑，这才是姚姚呢。

她们在天安门广场上见到了毛主席。毛主席站的敞篷车慢慢开过来，被几十万人挤得满满的广场上，发出闷雷般的欢呼声。所有的人都在喊"毛主席万岁"，所有的声音都混在一起，红旗猎猎地在风中响着，一条条手臂像世界上最密集的森林，每只手上都握着一本小小的红塑料封面的《毛主席语录》，那里面有许多段毛泽东的语录，当时的学生都能背诵，有的人甚至可以从最后一个字开始倒着背，也居然一字不漏。大多数人现在能脱口而出的已经不多，可大多数人还是记得"下定决心，不怕牺牲，排除万难去争取胜利"这一段。那时候，人们就常背诵这一段，大街小巷的大喇叭里也轰轰烈烈地唱着这一段，在那四处都涂满了红油漆的疯狂的生活中，人们经常要用到的，也是这一段。红书在秋天的阳光下挥舞着，"像一片红色的海洋"。1966年的记者这样形容，在世界上少有的大广场上，三十万条手臂握着红书，向天安门上挥舞着绿色军帽的人

1966年秋,姚姚和仲婉一起,乘免费火车到北京去等毛主席第四次接见红卫兵。

波浪般地倒伏过去,所有的孩子都激动得哭了。

"姚姚她,也哭了吗?"我问。

"哭!"仲婉说,"哭得要命。那时候是见到了毛主席啊,还能不高兴得直哭?连喊了什么都不记得,就把嗓子全都喊哑了。真的幸福得可以死掉。"

她们都是受过专业声乐训练的人,那时能把嗓子喊哑了,这是用了什么样的感情和什么样的力气呀。仲婉紧接着就生了猩红热,在北京发高烧,由姚姚照顾着。

姚姚借着去北京各大学看大字报的空,独自去看了灯灯。从贴满了大字报和毛泽东像的育英学校走廊里出来,灯灯已经是一个饱读祖父家藏书而沉默不语的十五岁少年。他在祖父家被客客气气地照顾着长大,暑假时看到妈妈用耳光管教高中时恋爱的姐姐,心里反而有些羡慕。灯灯那时也主动要求住在学校里,画毛主席像,写大标语,参加歌咏队唱《红卫兵之歌》,他也不愿意回家。

"家里太压抑了,我爷爷家也受到一点冲击,因为是旧式家庭嘛,也抄得很厉害,四合院里撒得满地的箱子和衣服。就是这样,我不愿意在家里住,只要有可能,就想要离开。那就是为了逃避,逃避家里的状况。所以,我能理解姐姐。"他说。

还有一点阴森森的感觉吧,我也想起了自己的家里,小时候。父母只有在家里用不着扮一张虚心而自尊的笑脸。阳台门的对面,就贴着一幅大标语,爸爸的名字在上面,名字上划着红色的大叉,所以一家人都尽量不去阳台。爸爸是坚韧的,紧张的,竭力想要平衡自己,妈妈是惊慌的,怨怼的,但是他们都已经是惊弓之鸟。一般他们并不多说话,在他们不说话的时候,家里的一切声音他们都会烦。要是他们说话,他们就轻轻的,避开孩子,远远的,只能看到他们尽量平静的脸,但不包括他们的眼神。在那样的家里,孩子是一个在刑场上陪绑的人,你站在一边,子弹并没有打到你,可是你的心已经跳不动了。

可是要是你出门去,就像把一块肉放进动物园的狮虎山上一样。

也许是为了这样的缘故吧,离开了家门的姚姚参加了"红战友"。灯灯住在学校的图书馆里,专门为游行和学校大批判栏画毛泽东画像。

他们俩就站在灯灯的学校门口说了一会话,在高音喇叭铿锵的音乐声里。

他们说到妈妈。

姚姚告诉弟弟,妈妈在上海被斗得很厉害,被打了。因为她是旧明星。还有,因为毛主席曾经单独接见过她。

"这不是光荣的事吗?"灯灯惊奇地问。姚姚他们千里迢迢到北京来,不也是想受到毛主席接见一次吗?

姚姚没有说话。

"她告诉你,她去电影厂贴了与你妈妈划清界限的大字报吗?"过了三十四年,我问灯灯,他已经是一个四十九岁的编辑了。

"没有。"

"她说妈妈被斗的时候表现出什么?担心?难过?"

"没有。"

"她告诉你她到北京干什么吗?"

"说是串联来了。"

"没有说是等毛主席的第四次接见红卫兵?"

"没有。"

"她什么样子?"

"挺高兴的。好像很忙,说了一会儿就走了。"

姚姚没告诉仲婉自己去看过弟弟。

1967年4月,《人民日报》发表姚文元标题为《是爱国主义还是卖国主义》的文章,从批判姚克的《清宫秘史》开始,拉开了把国家主席刘少奇赶下台的序幕。在这篇文章中,毛泽东发出了严厉的质问。姚克这个早已在解放前就离开大陆的鲁迅扶棺者,成了被毛泽东亲自点名的著名反动文人。但是,在那一年,姚姚还挂着红袖章,听说,这是因为音乐学院里所有的人都知道,姚姚在不会说话的时候就被姚克抛弃了,她是个没有爸爸的孩子。上官云珠在电影厂里为了姚克被打得鲜血淋漓,但姚姚并没有被为难。

当时的国家主席刘少奇被斗,被隔离,被关押,被开除出党。国家的大小官员也一并成为"走资本主义道路的当权派",被清除出原来的权力位置。新的一轮抄家和划清界限,游斗和批斗,自杀和隔离又在这一个春天,在另外一些人中展开。

乱了一阵子,到1967年的秋天,学校开始复课闹革命了。复课以后,上海音乐学院的课程表上,一共有五门课:毛泽东思想课,斗批改课,劳动课,每天五十分钟的军事体育课,还有专业课。但并没有人真正上课,大多数老师在牛棚里,身体虚弱的教授在强迫劳动中暴死在路上。大多数学生还在红色狂想之中。

随着干部被夺权和冲击,燕凯的家庭不再是红色的了,他的父亲作为"刘少奇在化工局的代理人,走资本主义道路的当权派"被罢官和批斗,他的家在被抄了以后,又被造反派查封。燕凯曾带着弟弟妹妹,从窗子上爬进被造反派贴了封条的家里,去拿家里日常要用的东西出来用。桂未殊的父亲被扣上一个特务嫌疑的罪名,关进监狱。革命的风浪终于也席卷了无数中国的红色家庭。转眼之间,红色的他们,就也成了黑的。那时,舆论特地为他们这样的人在原来的黑五类子女后面加上两类,作为他们的位置。黑五类子女成为黑七类子女。但他们仍旧是"抗大战斗队"的元老,只是以更加决绝的姿态掩盖住自己的迷惑。我想大概还有恐惧的心情吧,曾经坚信自己是当然革命者的青年,一定会怕被革命突然当作异己,排除在外面。

贺绿汀仍旧被关着,可他没有屈服,也没有自杀,这个倔强、英勇而天真的音乐家正在隔离室里为自己准备申诉材料。"我是不会屈服的。"他对人说。而被学生们定为反革命、叛徒、牛鬼蛇神的于会泳因为江青革命样板戏的需要,成了无产阶级革命文艺战士,样板戏创作的有功之臣。受到毛主席接见的于会泳回到学校,向全院师生作报告,听说,他的报告不断被掌声和"毛主席万岁"的欢呼声打断。会后,师生们争着和他握手,因为那是毛主席握过的手。他终于因为自己的专业有利用价值,而成了学校里最风光的人物。这时,再也没有人敢说他是"白专典型"了。

"抗大战斗队"曾经跟着红革会整过张春桥的反革命材料,又在于会泳被江青调到北京搞样板戏的时候,整过于会泳的反革命材料,年轻的学生们怀着对"文化大革命"的责任感和对一切不符合他们心目中革命者标准的人的刻骨仇恨,向北京揭露江青用的人不对。当时他们认为自己有着鲜明的阶级感情,是毛泽东和"文化大革命"的卫兵。但他们的行为开始受到打击和清算,包括燕凯他们那些家里开始倒霉的干部子弟。在他们曾经摧枯拉朽的校园里,他们开始感到压力,也许还有惶惑和害怕吧,他们的前途,他们曾经豪迈火热的心情,都像一个一百支光的大电灯泡,耀眼的、粗大的钨丝突然就爆坏了。漆黑突然就来了。我不知道他们是不是也会预感到,从前他们对别人的手段,就要出现在他们自己的将来里。

于是,他们组织了毛泽东思想宣传小分队,自动离开学校,到东海前哨各岛和苏北沿海的部队去做巡回演出。姚姚也参加了小分队。小分队将要在外面过冬,姚姚回家去取了一些衣服。

这时的家,谩骂上官云珠的大字报仍旧从公寓的大门楼梯上一直贴到29室的门口,那都是些不堪入目的话。整个楼道上散发着纸张、化学糨糊和墨汁的酸气,那是姚姚在学校里已经非常熟悉了的气味。她的家已经被抄了无数次,什么人都可以来,有一段时间,连大门都不能关。学校的学生来了以后,工厂的工人来,居委会的人也可以来抄一次,就是社会上的闲人进来抄一抄,也没有人敢挡一挡,要金笔,要钱,看到喜欢的东西就拿走,临走再把吓得发抖的上官云珠打骂一番,原来一丝不乱的家,现在不再有了。上官云珠脸上身上伤痕累累,还有更多的,是被人用包着橡皮的铁条打的内伤,皮肤上并看不出什么痕迹。打她的人,不许她说出逼她交代的到底是什么,也不许她告诉别人,她曾在审问时被打过。"那些事,是死也不能说的。"上官云珠告诉姚姚。

姚姚很快就回到学校，准备出发。知道上官云珠身体不好的同学，劝她不要去了，回家照顾妈妈，她说："她不愿意我留下。"

"我那时是因为贴了妈妈大字报，被我妈妈在自己隔离的前一天从家里赶出来的。我妈是蒙古人，脾气刚烈，她哗的一声拉开门，用她的大嗓门吼，给我滚出去，你这个小白眼狼！"一个人告诉我。那时她是女中的红卫兵头头，叫自己"红奶奶"。现在，她是一个孩子非常慈爱而且耐心的母亲。

"当时我妈妈也希望我们姐妹出去串联的。她怕我们留在家里会被来抄家的人打，会出事情。我们家里是妈妈一个人撑着的。你知道她是怎么过的吗？晚上连灯都不敢开，在家里摸黑。怕一开灯，外面的人知道这家里有人，就来抄家。我妈妈想要看看报纸，都是躲在一间外面看不到窗子的小房间里，开一个很小的灯，凑到那一点点光下看。那时候，在家里不安全。我们姐妹也出去串联，有人问起来，我们都用假名字。"贺元元说。

听说姚姚离开家的时候，把自己的相册带在随身的行李里面，那里是她从小到大的照片，还有所有和妈妈一起拍的照片。她的本意，一定是怕把自己的照片册放在家里不安全，宁可随时带在身边。但是，她还是把那本相册弄丢了。丢失在她一生中也许是最甜蜜的一次演出中。

在一个秋天的早上，小分队从音乐学院出发。他们从绿色的军用卡车的后车厢爬上去,卡车很高,先上去的人得站在卡车边上,把后面的人一个一个往上拉。卡车是敞篷的,摇晃得厉害,风扯直了大家的头发,像宣传画里的红卫兵八面临风的感觉。他们随身带着红卫兵宣传队的一套行头:红旗,红布横幅,毛主席像,也许他们用的也是《毛主席去安源》那一幅,画面上有一个穿灰色长衫的青年,握着一把雨伞。在刘少奇倒台以后,这幅画曾经非常流行。他们小心地把画像轮流抱在身上保持它的端正。在行头里有一套中国锣鼓,一个小圆桌那么大的鼓身,漆着鲜艳的红漆,用牛皮绷的鼓面上,能看到发黑的小点,那是牛皮上的汗毛孔。随身带着的乐器夹在穿着黄色军裤的两腿之间,红色的《毛主席语录》握在手上。那红底子上贴上了金色大字的,是布置舞台用的毛主席语录牌。有人从学校带去了一只非洲鼓,他是表演"非洲人民要解放"这个节目的。还带着一对沙巴,在早期的爵士乐队里也有人用沙巴,但他们肯定不是用沙巴演奏爵士,他们带沙巴是用在《新疆人民热爱毛主席》的伴奏上,让那曲子更有新疆风格。

听说那一次演出安排得特别紧张,几乎没时间自由活动,只有在行军坐长途汽车到下一个演出点时,大家才有时间在一起说笑。可本来活跃的姚姚这次几乎不参加大家的玩笑,只是独自坐在一边。"她出奇地沉静。"连一起去演出,平时没有什么交道的男同学,正陷在与仲婉的初恋中的桂未殊都注意到了。他望着她,觉得"她突然像一个沉静的未知世界"。

在1967年那个动荡的深秋,她爱上了燕凯。那一年,她二

姚姚参加毛泽东思想宣传小分队,到东海前哨各岛和苏北沿海的部队去作巡回演出。

十三岁。听小分队里别的人说,姚姚那时的沉静,是因为她和燕凯那时正在恋爱将明未明的时候,那时,恋爱中的双方都会突然拘谨起来,因为心里有了那种感觉,可还一时不知道该怎么办,怕自己多说了什么会暴露自己的心事,也怕吓跑了对方。我想,对于姚姚,在一切是是非非全被感情冲开以后,大概还会怕自己又是自作多情。而燕凯,心里那像小虫子一样磨人的爱情,对他这么一个曾理直气壮地惩罚过恋爱中的男女的红卫兵来说,又意味着什么呢?

"姚姚特别娇小,燕凯特别高大,姚姚是上海娇小姐的样子,燕凯完全是那种剽悍爽朗的山东大汉。姚姚比燕凯大两岁,比燕凯要成熟许多,姚姚的心思没人能说知道,燕凯却是那种心里的东西完全写在脸上的透明的人。燕凯的父亲是响当当的革命者,从很苦的山东农村出来闹革命的军人,母亲是蒙古人,他是在那种标准的革命家庭里长大的,而姚姚的妈妈是旧上海的电影明星,爸爸是住在海外的反动文人,要是细说起来,他们真的是没有相配的地方。"仲婉说,"可是,突然,他们就爱上了。"

按当时小分队里一起的同学回忆,当时一切都是军事化管理,他们并没有足够的时间单独在一起培养爱情,他们几乎是在各自的感觉中进入恋爱的。

"在当时的音乐学院里,有人因为这一点,对姚姚很有看法。"一个人说,"有人说姚姚这是卖身投靠。"

但是,看到过他们恋爱的人,都说那是一个从冬天到春天,让人看着都心醉神迷的爱情。"就像在外国电影里看到的一样。我那时也在恋爱,可从来没有像他们那样过。"仲婉说,她的脸上又浮现出轻轻的笑容,惊喜的,有点害羞的,犹豫的,有点被吓着似的,那是拘束的中国孩子看到亲热的情人时的笑。"他们真的是很爱,很爱。是那个时候少见的爱。开始他们一下子变得拘谨了,抗大的时候大家已经很熟了,常在一起说笑。可他们俩突然总是在一起,却不怎么开玩笑什么的。"啊,那就是桂未殊所看到的"沉静的"姚姚。"后来回到学校,他们一下子就公开了。燕凯是藏不住一点点事的人,他总是一下子把姚姚抱起来转圈。他们的脸非常的幸福。他们真的很疯狂。"

高大英俊的燕凯,当着同学们的面,把姚姚抱起来转圈。被举起的姚姚,满脸飞起红云,连眼皮和额头都是红的。当她在燕凯的手里转着的时候,她大声地笑了起来。

"我也见到过他们那样亲热。我不是红卫兵,只是一般的逍遥派,可也必须在学校里住着参加'文化大革命'。我的活命哲学就是努力避开别人,什么事都单独行动,不相信任何事,任何人。有一个半夜,或者后半夜,我忘了自己为什么到校园里去,在路上我看到他们俩,好像一起到什么地方去。走着走着,燕凯就把姚姚一下子举了起来。我吓呆了,看着燕凯举着姚姚转圈,燕凯的鞋子踩得地上的叶子沙沙地响。那时候好像全世界都停住了,只有燕凯沙沙的脚步声。那么幸福的脚步声。我的眼泪哗地一下就掉下来了。我也不知道,这是你们写小说的人说的感动,还是痛苦,或者是妒忌。"很偶然的一次,我去看一个朋友,在他家,遇到他女儿的钢琴教师来,他是个已经退休了的钢琴教师,也生着一张小心翼翼、时刻准备认罪的脸。我们就在一起聊天。说到我在写姚姚,他突然这样说了起来。

他说:"你知道我想起来什么?我想起来从前有一个苏联电影,后来当资产阶级人性论被批判的。"

"《第四十一》。"屋子里的三个人同时说了出来。在战争时期,一个女红军,一个男白军,被困在没人的荒岛上,当他们成了男人和女人时,就爱上了。当白军的船到荒岛来接男白军时,女红军就把他当敌人打死了。

"我看到的那个情景,大概是1968年的春天吧,我记得,晚上的樟树香得要命。"钢琴教师说。

"是的。"我点头,从部队演出回来,姚姚和燕凯就在校园里公开了他们的爱情,连当时关在牛棚里的周小燕教授都知道了。"不要看姚姚平时总是掩盖自己的心事,她并不是那种文雅克制的人,有时候,她也会很疯狂地表达自己。燕凯为姚姚疯了,姚姚也为燕凯疯了。"仲婉说。

在1968年的春天,中国所有的男人和女人,大人和孩子,全都穿一样的蓝布制服,凡是被匿名大字报揭露出来的爱情,男人和女人就像被钉在了耻辱柱上。经受着耻辱的人,在一夜之间就变老了。经受不了耻辱的人,就在黎明将要到来的凌晨自杀了。那个因为和附中的学生谈恋爱,曾被抗大战斗队的学生们痛打的美丽年轻的女孩子,已经被送到新疆去劳改了,从此,没有人知道她的下落。青浦潮湿的田地里,大片大片的油菜花黄了,在人的神经系统最脆弱的时候,有人就疯了。那是一个以革命的名义铲除柔软人性的残忍的春天,在那个春天长大的孩子,都会有一颗性冷淡的心。

暮春时,姚姚住进了燕凯的琴房,他们日夜都在一起。姚姚常常不回寝室睡觉的事,在学校里很快传开,这并不是寻常的事,大学的校规明确写着,要是在校期间恋爱,会被开除学籍。刚刚经历过血洗"不洁爱情"的学生们,一时不知道怎么对待这样的同居事件,有人就装作不知道。桂未殊和他们是熟朋友,会和他们开开玩笑,他们的脸上就出现了红光。"那就是幸福。姚姚还是一个有过幸福的女人。"他说。

"她一定很高兴的吧,就这样,什么也不管,什么也不怕?"我问。

"当然,不光是高兴,他们真的是幸福。当时小分队里有好几对恋爱的同学,没有人像他们那样。"仲婉说。

被世事一层层地埋到身体最深处的爱情,终于在这个春天,像野地里的荒火一样燃烧起来,烧掉了所有不是从心里出来的东西,也许包括了人们在内心由于造反和被造反燃烧起来的怨愤,那是在当时的社会上像斑马线一样明显的界限。

我没有想到,像姚姚,像燕凯,他们还能有这样汹涌的真挚的疼痛的爱情,那是让他们的战友们经历了血雨腥风的眼睛都变得温柔起来的爱情。就像他们在战友们滚烫的枪筒里插进了一枝玫瑰,或者也在他们自己血污的命运里挖出了一条清清的小溪。他们在爱情里的沉迷和奔放,在那样一个禁欲与凄苦血腥的春天里,带着一种倔强不甘的气息吧,像隆冬里的花,不论怎样的不合时宜,它就是要开,而且要像春天里所有的花那样开放。

我相信那是不可思议的事。可是它就这样发生了。像上帝应该住在他的天堂里,小河应该流在它的河床里,小孩子应该在他的摇篮里一样单纯地发生了。

在姚姚和燕凯爱得物我两忘的小琴房外面,音乐学院酷烈的"文化大革命"还在轰轰烈烈地继续。贺绿汀被关进了上海市监狱,贺晓秋姐妹被软禁在学校里,贺晓秋在不断升级的批斗中意识到,造反派将要向她清算她为维护父亲做出的事,包括当年姚文元批判贺绿汀时,她在同学中对姚文元音乐常识缺陷的非议。她趁看守她的人不备,从学校逃回家中。家里没有人,父母全在监狱里。贺晓秋马上在家中的厨房里打开煤气自杀。现在,没有人知道她事先有没有吃安眠药,让自己死得容易一点,像她的老师们曾示范过的那样。当有人发现她的时候,

1968年春天,姚姚和燕凯离开学校,去杭州旅行。

她躺在厨房的桌子上,已经死了。

这时,姚姚和燕凯离开学校,去杭州旅行。春天的时候,白堤上,一棵桃树夹着一棵柳树在绿色的西湖里蜿蜒着。桃树上开着白色和水红色的花朵,长长的金色的花蕊,像美人的刘海一样弯弯地从淡粉色的花瓣里挑出来。柳树青青的枝条一直拂到地上,像西施的裙子。他们在古代人归隐山林的山水间走着,照着相,在现在他们留下来的照片上,不知为什么,竟没有看到一张他们戴红卫兵袖章,穿红卫兵式衣服的照片。姚姚穿着小格子的短袖衬衣,委婉地扣着领子上的第一粒扣子,像与

姚姚坐在白堤粗粗的铁链条上。

她的妈妈和弟弟的合影里一样,依旧是个教养严格的女子。

姚姚坐在白堤上的粗粗的铁链条上,它像吊床一样舒服地弯着。潋滟的湖水在铁环上和她的牙齿上闪着光,她在笑着。姚姚坐在秀丽的大树下,抱着膝盖笑着。站在一座青苔斑斑的石桥上,姚姚用她的手扣着栏杆,垂着眼睛,阳光照亮了她的面颊,因为她在轻轻地笑着,笑意鼓起了她的面颊。

要是我不知道那是1968年暮春的照片,我不知道那是上官云珠正度日如年,不知道灯灯那个单薄的少年,将只身去极其贫困的山西农村插队当农民,靠一天七分钱的工分养活自己,不知道在那时,贺晓秋刚刚用学校里教授们的方法自杀,不知道那时在音乐学院里有一百三十八个人被列为"清查对象",

九十八个人关在牛棚里,还有不断有教授死在隔离室里,就在那个春天,又有人被关进监狱,有二十六个人被打残废了;不知道贺绿汀在听到他亲自从国外请回来的教授们纷纷自杀时,悲愤得嚎啕大哭;要是我不知道就在那个暮春,就在离音乐学院仅仅几个街口的地方,熊十力在他的纸上,纸条上,裤子上甚至袜子上,写下了对"文化大革命"的不满和自己的悲愤,他终于意识到,知道中国文化要亡了,自己已经没有活下去的愿望,于是,他绝食,精神崩溃,死了。要是我什么也不知道,我会以为那是情人在旅行中愉快的照片,西湖畔的夕阳在照片上拖着长长的影子,后面的柳树一直把枝条拖到了水里,那些阴影都像城堡里的公主在幽会时落到常春藤上深情的长发。

然而,那不是的。

我一直看着灯下姚姚1968年时留在照片上的笑容。我看见,她曾用力笑着扬起的上嘴唇,此时轻轻地弯起,她垂下眼帘的脸上一派温柔,当她在阳光下仰脸笑着时,那神情让人想到了她小时候的照片,只是在乖巧里多了灿烂的欢颜。我真的不知道,那是不是她真的笑容。要是这就是,那她是用什么力量,能忘记严酷的现实。要是这不是,那她为什么在她的情人的眼睛里这样轻轻地、温柔地笑着,在笑着的时候还轻轻地握着拳。

"你是真的在笑吗?"我问照片里的人。要这还不是,那姚姚你就不再有时间真正地笑一次了啊。我这么想。可,要是现在已经是,你又是一个多么没有心肝的人呐,你就真能把杭州当成荒岛了吗?或者,你从来就知道有心肝的人活不下去,所以,你早早地就把心肝埋到看不见的地方去了。像全世界的人都会在亲人的坟墓四周种树和花一样,让它们使得死亡庄严和美丽,你在埋了心肝的地方,种下了满脸的笑容,你又是想让自己的笑容做些什么呢?

1968年11月23日清晨,仲婉听到楼道里有人叫:"韦耀,家里出事了,快回去一趟。"在这以前,已经有一个叫唐群的同学,也在一个清晨,被学校办公室里的人叫回家,结果是母亲自杀。仲婉从床上起来,打开自己寝室的门,正看到姚姚从楼上匆匆下来,女生们已经纷纷起床,站在门口看着她。姚姚垂着眼帘,脸上什么表情也没有,谁也没看,穿过女生们的注视,跟着学校来叫她的人下楼去了。

"你会写到上官云珠的自杀吗?"有一个在那个街区长大的人问我。他在1968年十岁,是复旦大学历史系的毕业生。"要是你会写到她的自杀,就把我听到的细节写进去。上官云珠跳楼的时候,正好跳到楼下正在歇脚的菜农的菜筐里。那时候是凌晨,小菜场还没有开门,送菜的农民在她家楼下等着。你记得我们小时候小菜场用的那种大菜筐吗?用粗铁丝编的,有圆桌那么大。她正好跳在一筐青菜里。11月份,那种一烧就酥的小棠菜,碧绿生青的小棠菜。那筐菜里全都是她的血。跳下来的时候她还能说话,告诉人家她住在哪里。你知道那筐菜后来怎么办?小菜场的人用冲垃圾用的橡皮水龙头,打开水龙头,把菜上的血冲掉,卖给了那天来买青菜的人。"

他告诉我这些的时候,我们正在一个餐馆里吃饭。饭桌上还有一个十四岁的孩子,她"啊"的一声叫起来:"你们不要说了好不好啦?这是在吃饭的时候呀!"

建国西路高安路口的公寓,1968年11月23日凌晨,上官云珠从这座楼房的四楼窗口跳下自杀。

她的妈妈笑着安抚她,然后对我们说:"她不喜欢和我们大人一起吃饭,她说我们一说,就要说到那种残酷的事情上去。"

"要么,就是黑暗的事情。总是很没劲的。"那孩子加了一句,"像心理不健康的人。"一桌上的人都笑了。

"听说她还没到医院就死了,死在一张从小菜场借来的真正的黄鱼车上。"那个人等桌上的孩子专心地去夹一块炖得极烂了的虾子大乌参的时候,再次说。

"是的。我也听说了。"我说。

那天,燕凯陪着姚姚,从学校赶到家里,继父说已经把人送到医院去了,他们从家里赶到医院,医院说人死了,已经送到火葬场去了。他们赶到火葬场,火葬场说已经和死掉的反革命分子集体火化了,没有骨灰。就这样整整奔波了一天,姚姚没有再见到妈妈。由于上官云珠无法交代天亮以后必须要向外调人员交代的事,她跳楼自杀了,于是,姚姚在顷刻之间又成了现行反革命子女。

"你说姚姚有可能知道那些逼死上官云珠的内幕吗?"曾目睹一筐血染小青菜的人问。

"你们又来了!"那个孩子叫起来。

于是大家都住了口,我们知道,我们又忍不住在说那些"黑暗"的事情,我们在破坏一个孩子本来可以高高兴兴地度过的、在餐馆吃清秀杭州菜的晚上。他们没想到过自己的身边会有这么黑暗的往事,这让他们太不高兴了,感到太不安全了,他们不想听。这就是孩子。他们总是以为不听的话,就可以觉得什么事情都像是没有发生过。"好了好了,不说了。"桌上的大人都答应着,转向一个轻松的话题:孩子暑假到海边去玩的好处。

我还在想那个没来得及回答的问题,是的,姚姚知道母亲最后的秘密,她们做过秘密的诀别。

那个乱世中的普通晚上,有人传话给姚姚,说楼下有访客。

姚姚走出去,看到妈妈站在灯的暗影处。自从妈妈生病后,身体一直极为虚弱,连站都站不住,似乎神志也不清楚。但在暗影里的母亲,却瞪着一双异常明亮的眼睛,深深看着姚姚。姚姚吃惊地问:"你身体好啦?"

母亲看了她一眼,引她出了音乐学院,去了普希金像的那个三角形的小街心花园。1968年上海的晚上,人们都早早地关灯,上床,睡觉。年轻的红卫兵们开始一批批地被送到农村去,带着他们火热的青春一起走了。城市就是从那时候开始,显出了它的萧条。街区整条整条地暗着,无数堆着杂物的窗台上没有灯光。紧闭着的门窗里,甚至连婴儿的夜哭声都没有传出来。偶尔有载重卡车在路上隆隆驶过,让黑暗中的人们立刻紧张地从枕头上竖起耳朵。当它隆隆地驶远,枕头上硬硬的耳朵才又变软了,埋进枕头里去。那时的上海的晚上,就像落进了敌方野地里心惊肉跳的伤兵,瘫倒在黑暗里喘息。等走到汾阳路上的重重暗影里,母亲才说,你不要忘记,我是一个演员。许多年后,当灯灯辗转得知母亲最后的告白,立刻想起大哥告诉他的话。大哥最后一次探望被迫从医院搬出的母亲,看到她的

在有普希金像的那个三角形的小街心花园里，上官云珠生前与姚姚最后一次单独见面。

情形，与后来她对造反派表现出来的读写皆废很不一样，他也在心里打过一个问号。

那时，汾阳路上的普希金像已经被砸了，那是铜像的第二次被砸，第一次是在1942年，日本军人砸了它。这一次是红卫兵砸了它，不知是谁，在白色的石柱上贴满了大标语，那些漆黑的毛笔大字，把普希金称为"赫鲁晓夫分子"。

在晚上，那没有了铜像的残缺的石柱，在黑色的树影里泛着白色的微光。右侧，白先勇家的花园里，高大的树和花又在悄悄散发森然的气息。在我小时候的记忆里，那时候晚上的普希金花园是感伤的。小孩子的心里因为看到夜光下的它，而想要人抱抱自己，可不知道那样的感觉就叫感伤。上官云珠和姚姚会想起她们曾在这里照过相吗？在她们生活中短暂的和平日子里，一个夏天的早上，上官云珠戴着一副墨镜，她们在石柱那里坐下，会也有想要有什么人抱抱自己的念头吗？

我想，她们是一对在感情上并不亲近的母女，像一些看起来最应该亲近，可在感情上就是不能亲近的母女，命运让她们一再错过了，被伤害的感觉像一块块砖头，渐渐在沉默中一点点地堆起了高墙。我想，那是永远不能摧毁的高墙。就算有一天倒了，那里还会留下满地的碎砖。何况，她们从来没有机会推倒那堵墙，事情从来就是朝着越来越坏的方面发展的，而且还是以"革命"这样大的名义，让人不能抗拒。在这个晚上，她们之间的距离有多大？隔着一个拳头，还是有一尺远？

上官云珠告诉姚姚，她要自杀了。1960年代发生的一些事，如今交代给空四军的人是死，不交代也是死。

接着上官云珠说起了家里红木雕塑的来历。那尊小雕塑一直放在沙发桌上，但这并不是从卡罗维发利电影节上带回来的礼品，而是姚姚的生父送给她的礼物。1956年夏天，上官云珠唯一一次离开中国大陆，是随中国电影代表团去捷克的卡罗维发利电影节。姚克找到她住的酒店，偷偷与她见了面。姚克希望上官云珠脱队，留在海外，但被上官云珠拒绝了。姚克再希望能把姚姚接出来，也被上官云珠拒绝了。最后，姚克请上官云珠带一件礼物给姚姚，上官云珠答应了。那就是沙发桌上的大象雕塑。大象的长鼻子里卷着一只小猴子，因为姚姚属猴。直到这时，姚姚才知道那只小猴子与自己的联系。直到这时，上官云珠才吩咐姚姚，要是以后还有机会，就去找爸爸。她留在世上三个孩子，两个已经分别给了他们各自的父亲，只有姚姚一直带在身边。现在，她对姚姚也放了手。上官云珠说，现在她知道自己错了，应该让姚姚早早就去找父亲。

灯灯对此毫不知情。从那以后，姚姚只是对他反复说："灯灯,我们俩一定要相依为命。"

从那以后,姚姚再见到张小小时,跟张小小说过:"有些事情不知道,就是安全,所以,我有的事情不告诉你,是对你好。"

听说,那天,上官云珠回家告诉贺路,姚姚什么也没说,只是哭。

从小到大,姚姚是有太多的理由可以哭的。但是那天清晨当她被叫回家的时候却没人看到她哭,因为她已经知道了。

上官云珠自杀以后的一段时间,姚姚天天和燕凯住在一起。音乐学院的同学们都认为,要是那时没有燕凯,成为孤儿的姚姚也活不下去了。

一个多月后,灯灯在山西农村接到姚姚的信,要他来上海一次。怀着不祥的预感,十六岁的灯灯赶到上海,在音乐学院里找到姚姚。姚姚匆匆把灯灯带到燕凯用的小琴房里,灯灯进了门,姚姚把自己的身体向门靠过去,挡在门上,抱住弟弟,就哭了。

"姐姐说,妈妈死了,跳楼自杀,从楼上跳下去了。"灯灯说。

"就这些?"我问。

"姐姐说得很简单。"灯灯说,"但当时自杀也是常常发生的,所以好像我们都没有感到意外。"

"你们去看了妈妈自杀的地方吗?"我问。

"没有。好像没有想起来要去看看。"灯灯说。

灯灯在上海音乐学院住了一个星期。姚姚领他去看了自己的寝室，走进大门开始，姚姚就用她受了训练的大嗓门，歌唱般嘹亮地欢快地一路叫着："男士到！"警告楼里的女生注意。十七岁的灯灯一定是第一次被人郑重其事地称为男士，他对这一个情景印象深刻。

"姐姐乐呵呵的。"灯灯说。

然后，穿着黑色大衣的燕凯来了，他们把灯灯安顿在男生宿舍。白天，他们总是待在燕凯的小琴房里，小小的房间里，只有一张桌子、一个书架，还有几把椅子，墙上挂着燕凯为姚姚拍的照片，是自己动手放大的。地上放着一个洋铁皮做的簸箕，在1月上海最阴冷的下午，他们在一起，把旧报纸团起来，烧报纸取暖。中午的时候，他们一起去食堂打饭吃，灯灯看到学生们欢乐地打打闹闹，像在学生食堂能看到的情形一样。有一个窗口，专门给牛鬼蛇神买饭的，"前面排着二十个人左右的队伍，都小心翼翼的，没有声音，穿着的该是旧衣服吧，是我记不清楚颜色的衣服。看到他们，会想到，原来这是'文化大革命'的时候。"灯灯说。晚上，他们在燕凯的宿舍里自己放大照片，灯灯给燕凯做下手。"我们放大了姐姐在杭州照的相，燕凯会照相，会暗房技术，懂得很多事，我真的喜欢他。我觉得，他们生活得很无忧无虑。"

"是真的吗？"我问。好像这是不可思议的。

"是的，那时候清队还没有开始，造反已经结束，红卫兵都逍遥了。学生们无所事事，整天在一起穷开心。"仲婉说，"有好几对在谈恋爱，好几对都是在去部队演出的时候发展起来，回来以后,就是轰轰烈烈。走廊里到处是歌声琴声。"

"我听到过俞丽拿在琴房里拉《梁祝》,也没人管。"灯灯说,"好像学生们都高高兴兴的。姐姐有时也和大家在一起唱歌。她很爽朗,像妈妈,叫唱一个,就唱一个。他们琴房的那条走廊里很热闹。我还记得有一个山东籍的学生用山东话讲笑话,能逗一屋子的人笑得要死。"

"你一定也高兴吧?"我问。

"看到别人高兴,当然自己也觉得高兴。姐姐和燕凯也整天高高兴兴的,不过他们更多的时间是两个人待在一起。"灯灯说,"我记得他们很亲热,也很有默契,好像干什么,两个人都愿意一起去,都高高兴兴地去。他们征得贺路同意以后,一起去淮海路的旧货商店卖掉了妈妈的一部分遗物,姐姐就要下乡了,需要钱准备行李。燕凯借了一部黄鱼车,拖去了妈妈的一个樟木箱。有时候我看出来,他们俩想单独在一起了,他们就让我去睡觉。连这时候,他们都默契,都步调一致。所以我心里从来都把燕凯当成我的姐夫。"

还有一个星期,姚姚这一届毕业生就要去到江苏溧阳军垦农场劳动,而燕凯将要留在学校里。姚姚要去的,是江苏最穷的地方,据说那里的狗是吃人屎才得以长大的。燕凯为姚姚准备了不少东西,还去食品店买了一大块纯巧克力,那种原来做巧克力蛋糕时用的巧克力块。1960年代的人,认为这种巧克力最有营养。他们用手托着纸包里的巧克力走回学校。怕手上的热气弄化了巧克力,灯灯记得,他们不一会儿就把巧克力换一个手,倒过来放。一路上,他们说说笑笑,灯灯忘记了说过什么,但是记得那相亲相爱的、欢快的感觉。灯灯没有手套,是燕凯把自己的一副黑毛线的无指手套给了灯灯。这对从来独自守着自己的衣物箱的灯灯,一定是很大的温暖。直到现在,灯灯说他还是喜欢买黑毛线的无指手套。"我喜欢那副手套的感觉,舒服。"灯灯说,"燕凯是我的大哥哥。我知道他一定会爱护我姐姐和我。"

在姚姚临走的一个隆冬晚上,他们一起去淮海路上一家萧条的西菜社吃冰激凌。姚姚和燕凯用他们少得可怜的钱,为灯灯也买了一顶蚊帐,那时他们三个人都不知道,在北方的山西,夏天并不需要蚊帐。每个月只能从家里拿到三十元生活费的姚姚,为燕凯买了一些好酒和好烟,希望他不要因为劣质的烟酒伤了身体。西菜社的店堂里,和所有的地方一样,贴着毛主席穿着灰色人民服的照片,边上,用红绉纸拉出一条条红线,表示他像太阳一样散发出来的红光。冰激凌放在玻璃高脚杯里,用小铁勺挖着吃,那还是从前的吃法。卡座也和从前一样,只是桌上的玻璃下压着毛主席语录"千万不要忘记阶级斗争",看了让人一惊。但是要是你换一张桌子,可能看到的就是另一条毛主席语录:"洋为中用"。它又让你感到很安慰。

灯灯发现,姐姐他们常常到外面吃馆子,虽然他们没有钱。张小小的弟弟们也在红房子西餐馆遇见过姚姚和燕凯。那是一家开在汽车间里的法国菜馆,那时候,带领着青年学会点红房子招牌菜虾仁杯的成年人大多不敢,也没有心情到西餐馆去,在上海剩下的几家西餐馆里,大多数是没有把柄可抓的青年学生。但在那里,他们常常会悄悄地对自己桌上的人说:"看那桌上的男的,他爸爸是从前的组织部长。"当然也有人轻轻说:"看那桌上的女的,是上官云珠的女儿。"被这样悄悄议论的人,嘴里不说什么,可脸上矜持的不自在,谁都能看出来。那是种遗少遇到知音时的矜持。"遇到被人认出来的时候,姐姐就很骄傲。"灯灯说。

那一个星期,对灯灯是少有的美好回忆,他居然看到了一群快乐而颓废的人,他们闭着眼睛什么也不看,什么也不想,他和他们在一起过。

"你度过的是快乐的时光,是吧?"我问。

"可以说是。"灯灯说。

"即使这是在 1969 年。"我说。

"是啊。"灯灯肯定地说,"也可以说,就是在那时候,才会有这样小心维护,全神贯注的快乐。而且是从心里,从本能,从身体里爆发出来的,对快乐的渴望。这可是一群二十多岁、学习艺术的年轻人。"

"对燕凯这样有过疯狂革命史的人,对姚姚这样有那么深的家庭隐痛的人,在 1969 年的时候,他们有资格这样快乐吗?我常常要这么想。看到姚姚笑容满面的照片时,也是这样想,好像他们太没有心肝了吧。琴房里的快乐气氛,这太过分了吧。"我说。

"啊,是这样想。"灯灯说。他停了好久,他在想。这是许多年以前的往事了,被人们深深地往心里埋,因为它的惨痛,像生癌的人不想说自己的病痛那样。我就等着。"其实我也常想这样的事。我的亲人,都死在上海了。你说到了资格。在1969年的时候,大家并没有想到是'文化大革命'疯了,那时候的人,是在积极响应党的所有号召的教育下成长起来的。普通的人,都没有怀疑的能力,但内心很压抑,又想不明白。我想,这种连说都说不出来的压抑心情,就是资格了吧。"

"你是说,他们的欢乐是想要逃避?"我问。当真理都不能镇静心灵的时候,本能就站起来救护一个普通人的心了。

"从混乱的现实和是非观的冲突里逃开,从各自惨痛的家庭遭遇中逃开,总要有一个地方去吧。年轻人乐观的天性,爱的要求,很自然的,他们要逃到快乐和爱情那里去。我觉得真的很自然。绝大多数人困惑。最初的困惑,就是不去想它,找一个地方躲起来再说。这与我和姐姐当初想法子离开家的心情是一样的。最好连看也不要让我看到。"灯灯说。

"像鸵鸟那样?"我说。

"就像鸵鸟那样。"灯灯说。

可他们只能找到仅仅几粒沙来埋住他们的头,他们甚至不能成为一只幸福的鸵鸟。姚姚马上就要离开上海了。

"现在想起他们来,会觉得可怜吗?"我问。他们像无知的溪水一样唱着歌,那样湍急地流向毁灭和不幸。

桂未殊认为,姚姚和燕凯总算还真正地爱过,高兴地笑过,他为他们庆幸。

就像一个人,在家里失火的时候,总算抢出来了一只绣花拖鞋。

"要是姚姚和燕凯,他们连那一点点快乐都没有过,才是真正的可怜。"灯灯断断续续地,边想,边做出自己的判断,"是啊,我也为他们感到庆幸。"

我想,我也是。可我还有伤心,我为他们制造的快乐情形伤心,那是真正的快乐吗?他们是笑着的,可已经被什么东西弄霉了,一块白白的嫩豆腐,变成了一块臭豆腐。我为这个变化伤心。

一个星期后,姚姚就和音乐学院1968届的毕业生一起去溧阳了。因为已经听说溧阳军垦农场的艰苦,大多数人带了一些肉松、麦乳精,铁听的罐头午餐肉和饼干,准备了补丁衣服。汽车上拉着红布的横幅,在寒风里猎猎地飘,上面写着鼓舞人到广阔天地里去锻炼成长的话。他们在人民广场乘上学校租用的公共汽车。广场上挤着许多送行的人,和许多行李,乱哄哄的。由于"文化大革命",上海高校从1966年就应该毕业的大学生们被推迟了分配,这时,毛主席号召青年到广阔天地向工农兵学习,毕业生们也被组织到上海附近的地区劳动,直到国家腾出精力来考虑他们的前途问题。经历过插队落户生离死别火车站的灯灯,感到那一次,像是从前学校组织学生下乡的情形,混乱而轻松。这么说,音乐学院的学生,像姚姚这样的,已经经历了许多次,习惯了的。

"再见。"姚姚笑着对燕凯说。

"再见。"燕凯也笑着,穿着他黑色的大衣,光着他的手,因为他的手套已经给了灯灯。

大家都以为,他们很快就会见面的,大不了像从前去农村搞"四清",几个月就能回来,然后,生活就继续下去,也许,那时候,等燕凯家对姚姚的出身不那么反感了,他们就会考虑结婚。

送走了姚姚的第二天,灯灯也离开上海回山西。灯灯回忆说,"那是我们下乡以后的第一个春节,大家觉得既然是去扎根的,就应该在农村过。后来,有一半的同学还是回北京了。不过我没有回去。"

"还是为了逃避家里的那种气氛么?"我问,我记得,我们在讨论"逃避"的心情时,他曾经说过自己的经历,从家里被抄以后,他开始是住在学校里参加刷大标语,后来又是参加中学生《红卫兵之歌》的排练和演出不回家,再后来,演出停止了,他住在外面画毛主席像,然后,学校动员去山西插队,他很爽快地回家迁户口去插队,只要有机会,就离开家。那时,他也一起提到这次春节不回家的事。所以我随口再问,想要得到再次证实。可是这一次他说不。他断然说:"不是。"

"你看过《钢铁是怎样炼成的》吗?是保尔修铁路的那一种感情。"他说。

"你是指要锻炼自己,改造自己的那种豪情吗?"我犹豫地问他,"你和上次说的不太一样。"豪情和鸵鸟的行为,是很不同的感情。

"那么你想要回家吗？你说到，虽然大家约好了不回家过节，可还是陆陆续续走了一半人。看到他们走，你有没有想和他们一起回北京的家去呢？"我问。

"我没有。那时候，留下来是对的，而回家是不对的。"灯灯说，"而且留下来过春节，比回到北京要有趣。老乡不相信我们这些学生娃能包饺子，我们就包了好多，而且一个也没有煮破，给老乡们送去。我们也到老乡家去过年，他们很欢迎我们去，到现在我都记得，山西小村子里的人情很暖。"

听上去，它和保尔的苦行精神还有些感情上的不同，我会想到，逃避以后，给一个青年心灵上的安慰，不光是保尔那样的充实和豪迈，还有私心里的冷暖。它们搅在一起，弄乱了我，我想也许它们也在灯灯的回忆里弄乱了他。像小时候在一个玻璃缸子里搅动最黏稠的麦芽糖，你心里想要搅动，可你的手做不到。我们想要把一件事做一个明确的解释，可要是你认真，你就发现原来不可以做什么明确的解释，事实是那样黏稠，那样牵丝盘藤，像中国盒子一样包含着无穷的分裂的可能性，无穷的独立的答案。

"是这样的，所有的事情都有它的不同方面。"和仲婉在一起时，我也遇到同样的情形，我记得她这样安慰我说，"人的心情是很复杂的，何况是在那么乱的时候，常常自己也不能解释自己的行为。多得是。"这是总是直白的仲婉说出的不多的语录之一，我想，这大概也是她的人生经验。

姚姚的事，姚姚的心情，虽然和仲婉与灯灯一样，是个乱世中跟着大浪沉浮的普通人，就是沉了，也不过变成一个旋即消失的气泡，可是，也像一小团最乱的线头一样的复杂吧，我想。也许由于她地位的普通和弱小，背景的不单纯，而有更加复杂而且真实的心情。

"当然。"灯灯说。

姚姚去的溧阳军垦农场果然艰苦，经历了大学里不断的下乡锻炼，与贫下中农同吃同住同劳动，音乐学院的毕业生们还是无法想象那里的苦。没有食物，也真的没有厕所。大家都在野地里找一个没人的地方方便。野狗只要看到有人蹲下，就飞奔着聚拢来，瞪着饿极了的眼睛。常常人还没有站起来，狗已经向他的大便扑过去了。大学生的大便里带着上海营养品的残渣和臭气，于是，溧阳农场的野狗就特别爱吃大学生的屎。听说那些饿急了的狗常常把学生吓得不敢大便去。

还有就是蚊子，成群地飞。听说姚姚的血甜，天生招蚊子咬。晚上轮着她在农场站岗的时候，只要她一站下来，整个人就像穿上了一件蚊子做的斗篷。

当然还有劳动和军事化管理。像在四清的时候一样，白天到地里干农活，晚上开会搞"文化大革命"，批判会，学习《毛泽东选集》，写大字报。

燕凯大量地往农场寄蚊怕水。

我找到一个当时也在溧阳农场劳动过的大学生，现在，他是一个电脑工程师。"农场么,你知道那原来是劳改农场,学生们觉得自己是改造去的,都穿补丁衣服,当地的老乡当我们是劳改犯对待。现在回想起来,吓自己一跳,怎么可能在那么苦的地方,过那么枯燥的生活。想起来,都觉得一定受不了。可是,居然,当时没有觉得有多苦。我们班上,也有同学特别招蚊子的,我记得晚上开会的时候,她带了一把梳子,在腿上梳。你知道为什么,腿上的蚊子块来不及一个个抓痒,要用梳子梳。这也是小发明呢。大家笑,她也笑。"他给我看了他保留在农场的照片,他的头发,像很瘦的野狗背上挓开着的毛一样长,一样挓开着,可他的脸上也在笑着。

"是假笑的吧。"我问。

"哪里,是真的笑。有人来看我,给我照相,我觉得很高兴。"他否认说。

"你那时想了什么呢?"

"既然是来改造自己的,就好好劳动啊。"他说,"很苦的时候,也想,看起来农民是真不容易,粮食是来得真不容易,我们从前不知道这样苦,可见我们是需要锻炼。那时候的人,是很真诚地这么想。"

从冬到夏,姚姚在农场也留了一些照片下来,不知道是谁为她拍的了,她站在雪地里,站在阳光下,站在夏天被平原明亮的阳光晒白了的土路上,站在茅草顶的屋子前。冬天时,她照片上的每一张脸,都是笑着的。将手插在上衣袋里,微微偏着头,像是一个乐观的女干部那么硬朗。她也有灯灯那样的保尔式的激情吗？或者，她也像电脑工程师那样地想过吗？她硬朗的笑容里，有着一种那个时代的人迎面而上的斗志。

"这么个娇气的人，不容易啊。"一个人说。

"你别只看姚姚娇气的样子，其实她也有泼辣的一面，真的要她吃苦，她也可以吃。"另一个人说，"她也很坚强，不是那种软塌塌的上海小姐。她有时候也看不起娇气的人，会学她们娇气的样子给人看，然后哈哈大笑。她其实是一个有激情的人。"

"那么说，她就是像上官。她妈妈也是这样的人。"黄宗江说。

1970年，姚姚和音乐学院的同学们在溧阳三塔荡部队农场劳动。

"我那时也到溧阳农场去过,去看学生的病。"校医说,"那时候学生们都还是拼命想着要好好改造自己,出工时很卖力,很多同学在那里得了腱鞘炎,他们的手很宝贵,搞音乐的人啊,我去为他们治手。还有,那里伙食有问题,有人得了胃病。但他们的精神面貌还是很振奋。我还记得姚姚,她总是笑嘻嘻的。我回上海时,她还让我带了封信给燕凯。她的身体也很健康。"

1969年夏天,在溧阳军垦农场艰苦的生活中,姚姚依然笑着。

"你说她会是装出来的高兴吗?"我问。

"姚姚在我的印象里不是怕吃苦的人。我们学校有怕苦的人,她还不算。四清时,我们在乡下撒猪獴,很臭,而且都要用手来抓了撒开,姚姚也去做的。"校医说。

"那时候我也是这样的,完全不是装出来的。"一个那时候的毕业生说,"那时候我也很革命,你能想象得到吗?在毕业生分配表上,我填的是,党的需要就是我要去的地方。你能想象得到吗?这是真的。我的家庭出身有问题,我那时候就想,别人都可以革命,都会革命,我为什么就不行?我也会革命。"

到了夏天的时候,姚姚的辫子长了,搭到了肩膀上,毛毛的,不再像冬天那样整齐,肥大的布裤子上也充满了皱褶,她的手臂带着被阳光晒干了的焦色,她还是笑着的,像一棵晒蔫了的豆芽菜一样力不从心地,听之任之地,但一如既往地笑着。

"别人能吃苦,我也能吃同样的苦。"那个人说,"那是赌一口气,也是真心想要改造自己。"

1970年3月,音乐学院留在上海的人全部到乡下集中搞运动。在乡下,工宣队认定燕凯是新挖出来的反革命小集团中的成员,开始批斗燕凯,并让他写交代材料。白天大家下地劳动时,不让他去和大家一起劳动了,可也并没有隔离他,他还和同学住在一起,借了老乡家的房子。一起下乡的校医,就正好和燕凯在一个屋子住。

3月6日,学校放两天假,大家回上海。燕凯向工宣队提出来要留在乡下,好好写交代。于是大家都回上海了,留下燕凯和他的老式剃刀,还有校医的药箱。那是一把长长的剃刀,从前理发店里用来给络腮胡子的人用的,非常锋利,而且被小心地磨利了。"燕凯拿给我看过,那是把寒光闪闪的大刀。燕凯说,也许会用得上,当时我只以为他的意思是用来防身。"仲婉说。

"等我从上海回来,还没到住的房子里,就听到别人说燕凯自杀了。回到房间里,我看到燕凯床头的墙上飙了鲜红的血印子,然后听到老乡说燕凯自杀的情形。他用剃刀割脉,两个手腕上都割了,然后脖子上的大动脉也割断了,再割两条大腿腹股沟上的动脉,最后切腹。我想,他能这么做,一定是抱着以求必死,以求速死的决心,他还把被子盖在自己身上。听说那床被子,完全被他的血湿透了。"葛医生说。

"是这样,"我说,"对自己这样下手。"

"是啊,我感到他的恨。我们屋子前就是一条河,他不投河。我的药箱里就有安眠药,他没有动我的药箱。我们屋子里有电灯,他也没有触电。我们住的屋子里有一根很粗的横梁,他也没有上吊。他选的是这么一种暴烈的死法,好像是要表达什么恨。"葛医生说。

燕凯他恨什么呢?

3月8日,姚姚在农场突然被学校的工宣队隔离,天天盘问她和燕凯的关系,在一起做了什么,说了什么。姚姚被逼急了,就说:"你和你的妻子做了什么,我们也做了什么。"

两个月后,姚姚被释放,工宣队说当时隔离她,是为了保护她才采取的措施。这时,她才看到燕凯两个月以前寄给她的食品包裹,满满一大包麦乳精,午餐肉,凤尾鱼罐头和一小瓶蚊不叮。回上海后,她才知道燕凯在她被隔离的前一天已经自杀。他将自己的身体割成了一条松鼠黄鱼。他割开的喉管噗噗地翻着血泡,是那声音先惊动了房东家的小姑娘。他的尸体,放光了血以后,缩得小小的,让人都认不出来了。

这一次,抗大战斗队里的激进派作为现行反革命小集团被肃整,原因是他们曾经整过张春桥和于会泳的材料,他们揭露张春桥曾经当过旧上海的小报文人,于会泳的档案里则有过变节行为的记录。

仲婉和桂未殊同一天被关进学校自设的隔离审查室。参加过抗大战斗队的学生也大多被关押,连桂未殊十一岁和十二岁的两个弟弟,也一起被关进音乐学院隔离室。上海音乐学院当时有二百五十名学生,就有三十间隔离室,而且关满了学生。接着燕凯的道路,有人上吊自杀,有人割腕自杀,有人跳楼自杀,都说他们是"畏罪自杀"。隔离室渐渐看管严厉起来,想要自杀已经办不到。于是有人就疯了,像桂未殊。几个月以后,他在隔离室里发生了囚禁性精神病,于是被转移到上海市精神病监狱继续关押,直到打倒"四人帮"以后,家里人到音乐学院贴大字报,要求停止迫害桂未殊,才把他从精神病监狱中释放出来。

仲婉经过了严厉的盘查后被释放,她马上离开学校回家,而且决定找一切机会离开上海,永远不回上海音乐学院。"从那以后,同学们都不来往了,好像也不怎么想看到同学的脸。大家都回自己家,不去学校。"仲婉说。她和桂未殊仳离,独自带着他们的孩子。

大概是因为,回忆变成不愿意再忍受的惨痛了吧,即使连爽朗的仲婉,也只想躲避在家里了。

"不知道怎么搞的,当时就是不想看到学校里的熟悉的脸。"仲婉说,"我和姚姚也不联系了。"

等张小小和新婚的丈夫一起,试探着到姚姚家去找姚姚的时候,已经是1970年的秋天了。

那时,疾风暴雨的红卫兵运动已经被上山下乡运动所代替,上海的青年一批一批地被送到北方的农村去,在街道上呼啸而过的锣鼓点子,大多数是为了欢送中学生到农村去接受贫下中农再教育。惨烈的锣鼓声显出了越来越沉默的城市。从烈火和红旗的日子里走过,那个夏天,城市像一个剧烈运动后的中年人,瘫软在那里,突然就老了。在白色的路灯光下,房子是失修的斑驳,残破的落水管四周的墙面上有发黑的水渍。梧桐疯长的枝条在街道上空纵横纠缠,墙上的红油漆已经不再鲜亮。张小小走上姚姚家的楼梯时,楼道里本来一层层贴满的大字报已经被人清洗过,在大理石的护壁板上,留下了隐约的墨渍。楼道里寂静无声,人们很早就睡下了。

给张小小应门的是一个陌生人,上官云珠的家里现在住了三户人家。

"姚姚看到我们来了,很吃惊的样子。她穿着一件咖啡色的旧呢外套,头发盘在头上,很瘦。"张小小说。

"姐姐把头发养长了盘在头上,为了遮掉她头顶上的一缕白发。那是她知道燕凯已经死了的那天长出来的。"灯灯说。

姚姚家房间里,留着一张妈妈买的红木雕花的圆桌。上面铺着报纸,报纸上盘着一些晒干的面条。那是在上海的粮店里,早上可以买到的新鲜面条,用标准面粉做的,一毛七分钱一斤,看上去比较黑,下锅煮的时候,水会变青,因为面条里放了不少碱。还有一种是用精白面粉做的,精细一点,两毛一分钱一斤。姚姚晒的是黑面条。她把新鲜面条卷成一小团一小团的,垫着报纸晒干。如果是买干面条,上海人叫卷子面,要三毛一分钱一斤,煮熟的时间也会略长。每顿饭,姚姚就吃一小团面条。

"你到我家来吃饭吧,我们吃什么,你也来吃什么。"张小小说。她把自己新家的地址给了姚姚。

"她哭了吗?"我问张小小。

"没有。她看上去很恍惚,不知道在想什么。我一个字也没提燕凯,她太可怜了。"张小小说。"我就问了她,为什么那时候真的就不跟妈妈住了,因为我真的不知道。她长大以后,其实和妈妈关系并不好,她妈妈是很凶的,可那是她妈妈的脾气,不是不喜欢她。所以这并不是要住出去的理由。她听我问,拿眼睛看着我,好像有什么事不能对我说,最后她才说,因为学校里很忙。"

"燕凯的死,对姐姐的打击真的很大。她后来告诉我说,开始的时候,她根本静不下来,不能看报纸,不能看书,整个人好像是在梦游一样。一静下来,单独坐一会,就受不了。"灯灯说,"过了好几年,她才能和人说燕凯这个名字。"

从此,姚姚差不多每天都到延庆路上的张小小家里去,张小小的家安在一栋洋房底楼的一间六平米的小房间里。花园里的树,一直得不到修剪,看上去营养不良的样子。花园的对面,是一栋高楼,有人从上面跳下来自杀,尸体很快运走了,可那个人的鞋却一直丢在人行道上,整整一天,那双鞋躺在路牌对面的人行道上,散发着死亡的奇怪气息。人们都绕着它们走,不敢碰到。靠马路的阳台上,常常有自私的人,把家里正在滴水的湿拖把搭在扶手上,亮晶晶的水滴,下雨一样落在行人的头上,泼辣的人,抬起头就骂:"啥人家介勿要面孔!"

张小小要用煤球炉子烧饭,姚姚要是去了,也会一起帮忙。她们都是小时候没有学过多少厨务的女子,长大了,才慢慢地摸索做饭的手艺。小小的邻居是个小资本家,太太是个大学生,做家庭妇女,照顾着一个温暖的家。她教会了她们怎么生煤球炉子,怎么照顾炉子里的火,怎么把家常的小菜做得可口。

隔着一道墙,旁边是华亭饮食店,旧旧的老平房里,墙上落着油锅子黑黄色的油污,做油条和大饼的木头案板上有雪白的麦粉和切小了的青青的葱花,客人们都坐在方桌旁吃面和馄饨,面汤上浮着厚重的油花。下午的时候,饮食店里开油锅炸油条,喷香的油气在刮西北风的秋天里传过来,在越来越冷的下午,这样暖而且香的油气,让人感觉很笃定。

马路的对面,是从前的丽丽鲜花店,现在已经关门了。原来丽丽鲜花店的老板娘,把新鲜的玫瑰花拿到街上去卖。她将花放在一个竹篾编的扁篮里,有时在路边,有时到小菜场里去。夏天到来的时候,她还会卖白兰花,那像冰一样清冽的香气,混合在露天鱼摊散发出的小黄鱼咸咸的腥气里。"栀子花咪白兰花——",她在路边吆喝。

走到五原路上,就能看到一个红砖的小基督堂,教堂上的彩色嵌铁玻璃早已在"文革"开始时,就被破四旧的红卫兵打碎了。它在五原路上的梧桐树影里,是红色的废墟。教堂边上的小学教室里,常常传来风琴的声音,那是小学生们在上革命文艺课,木头的老式风琴就算是在演奏最欢快的音乐,也有一种呜咽。"金瓶似的小山,山上虽然没有寺……"小学生们用尖利的声音唱着歌,也许那里面也有我的声音,那就是我的母校。上课的时候望出窗子去,能看到对面人家沿街的新式里弄房子,小格子的钢窗里,挂着利用蚊帐布做的白色抽纱窗幔。

再往前去,就是五原路小菜场。像大圆桌似的树桩子上,摆着带皮的肥肉和宽宽的大刀,那是卖肉的大刀,像一本杂志那么大,那么厚。猪身上最大的骨头,连着冒着白气厚厚的冻肉,一刀剁下去,也就整齐地裂开了。卖肉的人都是油腻腻的胖子,而卖青菜的人都长着一双生冻疮的手,指甲缝里满是污泥。卖蛋的摊子上是一个长相斯文的女人,小心地把打碎了的蛋放在一边,每个买蛋人必须买两个碎壳蛋:"大家搭了买,谁也不要吃亏,谁也不要占便宜。"她说。物质匮乏的年代里,小菜场里挤满了抢购的人,买到东西的孩子,小脸上放着光回家。

小菜场的肉摊子后面,就是程述尧和吴嫣的家。他们被人从淮海路沿线赶了出来,因为淮海路沿线是通往飞机场的道路,不让有问题的人家住。于是,他们搬到了隔一条马路的五原路上。

姚姚也开始到程述尧家走动。"爸爸!"她仍旧这样叫他,带着女孩子的娇气。

"是宝贝啊。"程述尧站在门前的暗影里这样叫。

在楼下的公共厨房里,姚姚和吴嫣一起做过上海色拉,她们把煮熟后切成小方块的土豆,剥了皮切成小块的红肠,新鲜微甜的小豌豆加上一个去皮后切成小块的苹果,拌在用蛋黄和色拉油搅成的蛋黄酱里。这是 1970 年代五原路的家庭里在重要的家庭聚会上要做的一道西餐。有时姚姚已经离开程述尧的家了,程述尧会追出来叫:"宝贝,明天来噢,我们做色拉吃。"

这是一条充满了规规矩矩的日常生活气息的小街。即使是在 1971 年的夏天,在五原路上还可以看到,小孩子提着家里的热水瓶,去华亭饮食店打一瓶生啤回家给爸爸妈妈喝,只花一斤面条的钱。

不知道是不是那个街区呈现出来上海的日常生活抚慰了姚姚的心,每天每天,她走在这些还是充满了沉着的生活情调的小马路上,坐在张小小家的小房间里,闻见油炸面团的香气,听着家常的琐细的声音,渐渐,姚姚的脸上又有了笑容。我想起了从前音乐学院那弦歌声声的琴房,当爱情也使姚姚白了头发,最最家常的生活,带着那一年上海人默默的珍惜的气氛,来救姚姚了。姚姚在那时学会了烧上海家常小菜,拌色拉,炸猪排,炖香菇鸭汤,炒素。不是理想,不是欲望,也不是贺元元那种"我就是要活下去,看看最后的结果"的斗志。

程述尧和吴嫣一起住在五原路一栋小楼房二楼的房间里。他成了一个无论面对什么侮辱都不动气,只要能在门口的肉摊上买到排骨,就可自得其乐的人。为了能多买到凭人口定量供应的肉,他用电影票贿赂卖肉师傅,和大胖子成了朋友。他带着黑框眼镜,穿着打补丁的咔叽布裤子,坐在吴嫣家留下来的柚木雕花高背椅子上,以翻译莎士比亚喜剧为消遣。只是那椅子面已经又脏又旧了,到六月黄梅天时,它们从深处散发出老椅垫子复杂的气味,维多利亚风格的雕花里藏满了纤尘。程述尧坐在那样的椅子里,并没有如人们想象的那样,会感怀伤时,而是带着温和的愉快逆来顺受。

"他不光是逆来顺受,简直是逆来而兴高采烈受,热烈欢迎受。所以他老是乐呵呵的。"他的燕京同学黄宗江说。

吴嫣已经老了,在五原路上被监督劳动,天天在弄堂里扫马路,通阴沟,穿的是五原路上老太太的蓝色细布的对襟罩衣。知道她底细的女孩子,有时会好奇地多看她两眼,然后很失望地嘀咕:"她的好看,怎么我一点也看不出来。"但她脸上仍旧留着强硬自尊的神情,让小孩子发贱的时候,不敢轻易欺负她。比起上官云珠来,程述尧和吴嫣几乎没吃什么苦,吴嫣几乎没有被斗过,程述尧只是在电影局系统陪斗,"我们都是死老虎了,没有什么搞头。"吴嫣这样总结说。

比起当年在上官云珠打程述尧耳光时,沉默不语地站起来走掉的程述铭和任以书夫妇来,程述尧和吴嫣要平静得多。程述铭是非常自尊的天体物理工程师,在上海天文台作为反动学术权威被监督劳动时,有孩子朝他们扔小石头。当时有一块小石头打到他的脸上,他就感到受到了极大的侮辱。任以书是非常敏感的女子,她的家从来不让外人进去,姚姚和灯灯是程述铭最喜欢的孩子,他们只要一到她家,程述铭就领着他们到花园里玩,怕闹着妻子。她的厕所,地上不能有一滴水。红卫兵占了她家楼下的客厅当司令部,有时上楼来用她的厕所,她就再也不肯用别人坐过的马桶。他们心理上的灾难淹没了整个生活。上官云珠死了,程述铭越来越沉默,任以书越来越紧张和唠叨,而程述尧和吴嫣,在被监督劳动回家后,照样要炸猪排吃,吴嫣在楼下的公用厨房里,咚咚咚地,用刀背把大排骨上的肉拍松,这样炸出来的猪排就会松软。

然而,像程述尧、吴嫣这样身份的人,还是主动断绝了和老朋友的来往,自动隐名埋姓,大隐于肉摊后面的旧木门里。这样的人,大多数也都被迫搬了家,不是偶然遇到,就要刻意去找。

这一次，姚姚的出现，给蜷缩在一小栋陈旧的灰色房子里的程述尧和吴嫣，带来了生气。姚姚还像从前做小女孩那样，对程述尧撒娇。这一次，他们还是像姚姚九岁时的那样，对姚姚的经历和心情，什么也没有说，就像这些年，在生活中并没有可怕的事情发生过。

闲着无事，姚姚就唱李铁梅给吴嫣听。吴嫣在年轻时正经学过京戏，她专工老生。后来，余派老生的唯一真传张伯驹将余派的名段一一传给了吴嫣。吴嫣从前是个交际极广的人，鲍吉祥、李少春都教过她京戏，孟小冬是她要好的小姐妹，梅兰芳的小儿子梅葆玖认了她做过房娘。到上海解放时，上海各界劳军筹款演出，就是程述尧主持筹款的那一次，吴嫣与梅兰芳、周信芳同台演出，她唱的是压轴大戏。这时，她在自家唯一的一间房间里，用旧京戏的招式，教姚姚唱《红灯记》里的李铁梅，"我家的表叔——"吴嫣把古汉语里"叔"的这个入声字唱出来给姚姚听，"叔——"她唱，然后说，"你噘那么高的嘴，算是什么京戏。"姚姚就笑着学。

来往于五原路和延庆路上的人，于是常常能听到姚姚的歌声。"姚姚真的很可爱，她很大方，很高兴。只要有人邀请她唱，她就说好，就唱，从来不别扭。她只要在，我家就热闹，大家就会有很好的兴致。我家的朋友和邻居都喜欢她。"张小小说。"只是她不能停下来，四周要是没有人，只有我们两个人，她就会很难过，人也一下子就显得老了。"

"她对你哭过吗？"我问。

"常常讲讲就要哭的。她的眼睛就那样定定地看着你,然后,眼泪哦,吧嗒吧嗒,落雨一样地落下来。她很想她妈妈,也很想燕凯。她想要把她妈妈的事搞清楚,让她妈妈好安息。我问她那样对她妈妈,后悔了吧,她说是后悔,她怪自己太不懂事。"张小小伤心地说,"一提起来,她的样子就在我眼前一样。她真的伤心,就是在别人面前不肯表现出来,不肯让别人看笑话呀,她也是要强的人。所以在别人面前,她总是最高兴的一个人。"

"所以有人说她这个人十三点兮兮。"我说。

"他们不懂。"张小小说。

偶尔的一天,一个人到五原路灰房子的一楼去看亲戚,说起来,才发现他失去了联系的老朋友程述尧就在楼上住,他便找上楼来。背着窗子而天光暗淡的门里门外,两张寂寞收敛、在平静顺服里带着警觉和悻然的脸上,像划破的伤口渗出了鲜血那样,渗出了惊喜的微笑。他闪进去,他们关上房门。他们是解放前当学生的时候,在中旅话剧团演话剧时候的朋友。于是,老朋友又有了来往。

后来,他带着太太生的女儿和姨太太生的儿子来看望程述尧。他的姨太太解放前去了美国,听说在联合国当译员。他坐在程家破了的高背椅子上背诵年轻时代演过的《哈姆雷特》,背得泪流满面。

"他背的是哪一段?生存还是毁灭,这是一个问题?"我问。

"我不记得了。那时我还在睡着,我的行军床就支在高背椅子边上。他告诉我,那是《哈姆雷特》。"灯灯说。

那天,姚姚在程家透过竹帘子变得青青的阳光里,遇见了那个长相酷似燕凯的少年,程述尧老朋友的儿子,他的名字叫开开。

那是1971年的夏天,她二十七岁,是一个失去了父亲母亲,没有家,失去了情人,没有毕业也没有工作的人。只要她在,整个屋子里就全是她的笑声和歌声。他们在一起打桥牌,也把门窗全都关紧了,听开开四处去搜罗来的唱片,72转黑色的密纹唱片,上面有一圈圈细细的纹路,唱针像铁道上的轮子一样经过一圈圈的纹路,把里面的纹路变成了音乐。他们也在一起谈论自己读过的书。姚姚不喜欢中国的古典作品,她喜欢的是十九世纪的欧洲小说,喜欢托尔斯泰的《复活》和歌德的《少年维特之烦恼》。她用《茶花女》中咏叹调的深情,为大家唱《北京颂歌》。开开十七岁,是将要毕业的中学生,可已经看了不少书,而且喜欢说自己的心得。到没有人的时候,她才静下来,只要她静下来,她就变成一块石头,带着沉重的加速度,无所依傍,跟跟跄跄,丢盔弃甲,肝肠寸断地沉到深深的苦海底。于是她就垂下眼帘。这时开开就会独自留下来,站在她身旁陪着她。"姚姚姐姐",他这样叫她。

"他们虽然大体上相像,但开开比燕凯卖相好。"张小小的弟弟们说,"开开更斯文点,也是一样高大,开开没有燕凯的那种野气。"

而且，开开比燕凯大胆心细。他一直有一条联络的途径，与纽约的生母保持联系。那时，他已经非常明确自己一生的努力方向，只要有一丝可能，他就要离开中国，去找自己的妈妈。

听说是他的妈妈帮助姚姚找到了在美国的生父姚克，姚姚第一次知道，自己的爸爸在中途岛夏威夷，在大学东亚系教中国戏剧，做客座教授。姚姚写了一封给生父的信，由开开通过人辗转带往美国。那时，美国是中国最大的敌人，不通航，不通邮，没有外交关系。连几十年前曾经到美国留过学的人，那时都不能得到信任，收听《美国之音》的人，是马上就判刑的现行反革命。上海的知识分子，把 ENGLISH，翻译成上海话，叫"阴沟里去"。在大学里教英文的任以书，当年她的父亲任鸿俊是孙中山的秘书，为了响应周恩来的号召，从美国回来参加社会主义建设。那一年，她正好大学毕业，就跟着父母一起回国。她和杰奎琳·肯尼迪是同班同学，她是那一届学生里唯一得到了英国文学系金钥匙奖的毕业生。任以书回国以后，在大学英文系当老师，但就因为她从美国回来，所以她终身只是个英文系的讲师，无法评为教授。

"你觉得姚姚那时就想出国了吗？"我问张小小。

"还没有，她只是想要找到她爸爸。她在上海，真的一个亲人也没有了，没有一个可以依靠的人。"张小小说。

姚姚和开开，就是这样渐渐亲密起来的吧。张小小看见，打桥牌的时候，他们用一个杯子喝水。灯灯看到了姐姐在公园里的照片，把白色的衬衣领子翻在蓝色的罩衣领子上，脸上带着有一点暧昧的笑容,那是在姚姚的照片里难得看到的笑容,那样一种将许多东西混杂在一起的沉迷的笑容,那里面的顺水推舟,那里面的心痛和心动,那里面的自责和推诿,那里面的纯真的少女气息。

"对,真的会有少女的感觉。"一个朋友告诉我说。在她将要进入四十岁的那一年,她爱上过一个比她小了二十岁的男孩子,"当我爱上他,我的经历,我的年龄,我从前的生活就突然有消失的感觉,真的。"她拿着我给她看的照片,看着,说,"好像我也像他一样大了,面对着的是干干净净,还没有开始过的生活。我们也在一起照了一些相,我熟悉姚姚脸上的某些表情。

1971 年夏,开开为姚姚拍的照片。

由我说出这样的话来,大概是羞耻的吧,但事实就是这样,就是那种少女的气息,我还没有来得及忘记的气息,在心里激荡。那种爱情啊,真的可以说它是刀山火海一样的少女的感情。"

"这个人会粉身碎骨。"她说。

"何止。"我说。

1971年9月,林彪事件突然爆发,在接近10月1日国庆节时,上海各单位都接到通知,要把单位有问题的人先集中到单位控制起来,名目上是怕阶级敌人乘国庆之机捣乱,其实是防止林彪事件带来骚乱,那是第一次给"文革"红色神话的打击,所有的心灵都要受到摇撼,第一批因为理想世界的破灭而自杀的红卫兵,就要出现了。

上海天文台特意把已经回北京省亲的程述铭叫回上海,派人到程述铭家带走了他。他拿着妻子为他准备好的小行李经过院子,他看到有邻居在看他被带出家门,于是有些迟疑。来带他的人拉了他一下,让他快走。他离开院子的时候,满脸通红。

任以书在楼上的阳台上看到丈夫通红的脸和脖子,立刻下楼,到商店里买了一个收音机,送到上海天文台,她想要用收音机的声音排解他的心思。在送收音机时,她告诉工宣队,她认为他会想要自杀,因为他曾经说过,要是再有人侮辱他,他就不活了。可他们并没有理会她的警告,也许还把这样的说法当成了笑话,怎么就侮辱他了呢?又没有打他,也没有骂他。当天晚上,他把自己吊死在隔离室的日本式移门的门框上。到第二天早上,看守他的人想要进去,他的尸体挤在移门上,外面拉不开门。

姚姚在程述尧家听到了这些事,看到了他留下的遗书,看他在遗书里托人照顾自己的妻子,遗赠自己平时用着的《毛泽东选集》,最后申诉自己的委屈,"我既不是卖国分子,也不是什么五·一六分子。"她看到他在遗书上解释自己自杀的理由,"我是活厌了。"她不哭,也没说什么。他没有给人被逼迫而死的那种让人愤怒和不平的感觉,他直率地说明,自己是活厌了,对生命,也可以厌烦的。

吴妈说过:"熬一熬就会过去的,他性子也太刚烈了。"

姚姚看看她,没有说话。

"姚姚从来没有对你说过对程述铭自杀的看法吗?"我问。

"没有,那时候我在农村,我们没有机会谈起。写信的时候很谨慎,不大会谈论这些事。"灯灯说。

照片上,姚姚把长发编成了麻花辫子,她露出额头上的美人尖,藏着头顶心为燕凯自杀的那缕白发。我始终不知道姚姚对自杀这件事的看法,她的妈妈自杀了,她的燕凯自杀了,她的叔叔也自杀了,还有教她的教授,在一个食堂里吃饭的同学,也自杀了,他们全都是因为再也忍受不了了,才逃到死那里去的。我真的不知道姚姚自己想过没有,想过也可以在太困难的时候逃到死那里去,其实,仲婉也怀疑过。

1972 年初春,回上海过春节,住在五原路的灯灯,有一个晚

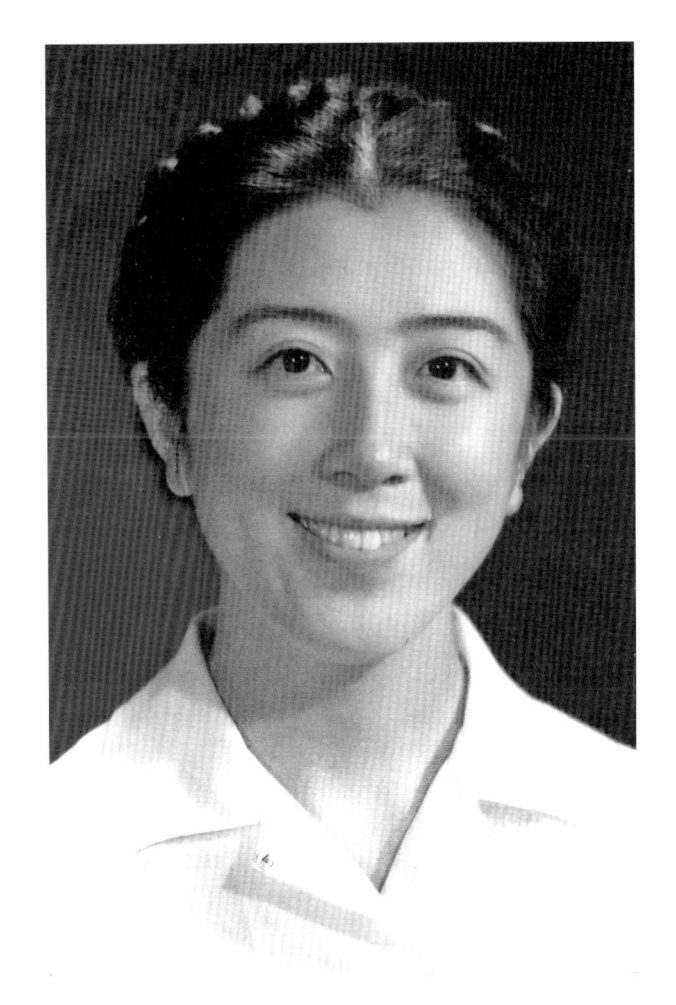

照片上,姚姚把长发编成了麻花辫子,她露出额头上的美人尖,藏着头顶心为燕凯自杀生出的那缕白发。

上,到姚姚家去找姐姐聊天。他发现姐姐老是聊着聊着,就要去阳台一下,然后回来坐下,再接着说。灯灯想到,阳台上有一个姐姐不愿意让自己见到的人,就跟姐姐告辞。

1972年暮春,程述尧偶尔在街上看到开开和姚姚走在一起,开开用手搂着姚姚的肩。他十分恼火,在他看来,姚姚和开开,几乎是乱伦的关系,差了十岁,而且开开中学都没有毕业,才是中四的学生,姚姚的行为不端。于是,他第一次对姚姚发了火,但是姚姚执意不听。生气的程述尧把姚姚拉到上官云珠跳楼的那块地方,要姚姚对着那块地方发誓,以后不再与开开来往。听说那时,姚姚低着头不停地掉眼泪,可就是不肯起誓。那一夜,他们第一次不欢而散。从此,姚姚就不去五原路程述尧的家了。

1972年夏天,姚姚还常常到张小小家玩,她和小小的朋友们也混熟了。她很想吃小小邻居家自己腌的酸黄瓜,邻居家就特地为她做了一瓶子黄瓜,让她带回家去吃。有一天,小小的朋友悄悄问她:"姚姚怎么怀孕了?"张小小马上回答:"不要瞎讲,她没有结婚,怎么会怀孕。"那个朋友就不说什么了。

1972年初秋,小小叫姚姚唱歌,唱《松花江上》。姚姚说了声好,站起来,就开始唱。可是,唱到一半,姚姚突然停了下来,张着嘴,拼命喘气。"你怎么了?"小小问。姚姚说,不知道为什么,这些日子总是喘不过气来。小小拍拍姚姚,发现她穿着紧紧的绷裤,因为她从来就穿绷裤,所以小小没有在意。但是姚姚突然就不再去小小家玩了。

1972年12月7日,上海音乐学院的毕业生终于开始分配,学校通知声乐系的毕业生到徐汇区中心医院体检。每个人拿着一张油印的体检纸。上面有一段毛主席语录:"工人阶级必须领导一切。"

仲婉去得晚了，她到医院时，大多数同学已经体检结束，诊室里空荡荡的。仲婉走到门口，正撞见姚姚满脸通红地从检查的小房间里出来。仲婉叫了她一声，姚姚没有停下来，只含糊地应了一声，就匆匆走出门去。仲婉刚往里面探了探头，就被里面体检的医生叫住。在体检中，查出姚姚已经怀了七个多月的身孕，医生让仲婉马上回去通知学校。

"我马上跑出去叫姚姚，可她已经走了。"仲婉说，"然后，我马上回学校，告诉工宣队，告诉他们要当心姚姚出事。工宣队的人叫我马上找姚姚。我就到她家去找她，这是我第一次到她家里去。贺路在家，非常冷淡地说，姚姚出去了，到哪里去了，他不知道。第二天上午，姚姚打电话到学校，让门房转告我，不要找她，她已经离开上海了。"

"你说的出事，是什么意思？"我问。

"我怕她想不开。"仲婉说，"那时候的风气不是现在，那时候没结婚出了这种事，真的是身败名裂，不能做人的。"

"过了几个星期，我在校门口，正好看到两个人押着姚姚回来，她穿着棉大衣，可还是能看出大肚子。她垂着眼帘，谁也不看。"仲婉说，"姚姚的事马上传遍学校，原来她和那个小男朋友偷渡去了。这就不仅仅是生活问题，而是政治问题。要是他们说这是现行反革命的话，你就是现行反革命了。"

姚姚和开开在学校体检的第二天便逃往广州，他们想从沙河搭车去深圳，那时它是一个萧条的小渔村，与香港的界河上拉着高高的铁丝网。他们想从那里到香港,然后转道去美国,开开去找妈妈,姚姚去找爸爸。

到广州后,他们住进一个小旅馆。第二天就一起去沙河的火车中转站。站台上迎面竖了一块大标语牌,上面写着毛主席语录:"前途是光明的,道路是曲折的。"在车站外面的山坡上姚姚和开开面向那行斗大的红漆字,高兴极了,好像那是针对他们的欢迎辞。"在广州看到了很多华侨和港澳同胞回国探亲,更怀念自己的亲人。"姚姚这样写在日后的交代上。"在沙河的山坡上坐了一个中午,看火车来回开,而自己无法走。在那时看到铁路上有火车运猪到那个方向。"他们看到了一些有着特别黑黄相间的圆形标志的火车,他们认定有那个标志的货车,就是开往香港的。为了探路,开开还特意混进站去探了探路。一切都顺利,他们决定晚上就行动。从沙河回来路过动物园,他们甚至还去动物园逛了逛,用类似小学生郊游的方式向中国大陆告别。姚姚和开开还以为自己将永别这块土地了。

但等到晚上再去沙河,沙河站却见不到一辆用黑黄圆形标志的货车,站台上来往的,都是军车。他们这才意识到,在新兵入伍的季节,沙河临时改成了兵站。

好在,开开很快就找到了答案。沙河改成兵站后,临时将去香港货车的发车站改在了三元里站。"那天晚上,我们在公共汽车站分手,他说要去探探路。说好第二天早上在旅馆碰头,他就走了,我回房间睡觉。"姚姚在交代上这么写。

第二天开开没有回来。第三天,开开还是没有回来。姚姚身上的钱已经要用光了。她用最后一点钱,按照开开香港的地址,拍了一份电报给那个香港人,追问开开的下落。可没有回音。姚姚到公安局报失找人,也没有回音。

拖着身孕,姚姚身上的钱就在这样的等待中用光了。

开开再也没有露面。直到二个月后,广州有位唐先生传话给开开的父亲,自称是与开开同监的难友,开开偷渡未遂,在深圳车站被民兵抓获。在收容所等待遣送时,又逃跑未遂。受开开委托,被释放的唐先生与开开父亲联系,希望家人到广州探望,并希望家里帮他找回旅馆里的姚姚。

他不知道被困在小旅馆里的姚姚不得不打电报给上海的亲戚,亲戚通知了学校。工宣队带着亲戚送来的路费,到广州把姚姚带回上海。那是 12 月 29 日。

这时,姚姚才知道,她的患难男友,十八岁的上海少年开开,早已经被公安局抓获。在 1972 年时,他企图叛逃出国,前途已被毁尽。

"那天在食堂里吃饭,我正好排在她后面。我就站在她后面轻轻说她:你怎么这么糊涂!她那样垂着眼睛,也很轻地说:是我不好,全怪我,是我害了他。姚姚就这么说。"仲婉说。

"姚姚为什么不回家去?"我问,我不知道,用这样的身体,在这样的学校里,姚姚怎么能住下去。

"怎么能?!她不可以回家,要在学校接受审查。她的事,在那时候是可以坐牢的,因为她大肚子了,还要偷渡。"仲婉责备地笑着对我说,"那是什么时候!"

"她怎么过得来啊?"我问。

"她可是在学校里一直住到去医院生产的那一天。"仲婉说。

我看到的她的交代,写在1973年的1月4日,离开她生孩子十三天时间。

"不是写了交代就可以过关的。不停地开会,检查。"仲婉说。

"她在学校的女生浴室里洗澡吗?"我问。

"她不在那里洗,能到哪里去洗呢?已经是冬天了,室内没有暖气,也没有热水。她也不能不洗澡啊。"仲婉说。

"你见过她洗澡吗?我是说,你陪她去吗?"我问。

仲婉摇摇头。

"大概学校的同学里也会因为这件事想到燕凯吧。"我问,"他们那样爱过。"

仲婉点点头:"当时学校里是有人说,姚姚生活作风随便,燕凯死了以后,姚姚不久就又找了一个小孩子,就是那个出了事的男孩子。"

"你知道那个男孩子的情况吗?听说过吗?"我问。

仲婉摇摇头。

那是一个长得很像燕凯的男孩子啊,像他一样高大,一样男人气。在姚姚用一个发髻盖住白发时,是他站在姚姚身后,用手环起她瘦小的肩膀,轻轻地叫她"姚姚姐姐"。也是他,帮姚姚找到她的爸爸,冒着当现行反革命、身败名裂的危险,他是一个早熟而坚定的少年。

"啊。"仲婉点点头,"是这样啊。"

"那时候要是你有了什么事,周围的人就都不会理你了,好像一夜之间就都不认识你了一样。可他们看你的眼神绝不是陌生人的样子,那种完全无情的推脱的眼神,不是陌生人会有的。她就独自在没有一个人和她说话的学校里住着,让人远远地看着,大会小会批着,那些话真的很难听,把她母亲的生活问题也连上了。"仲婉说。

1973年1月17日,姚姚在一间墙上涂着黄油漆的产房里,在别的产妇的叫痛声中,默默地生下了一个男婴。

"她没有叫痛,很安静。"为姚姚接生的医生说。她长着一张温和但悲伤的脸,深深的眼睛。她的手放在桌上,看上去是普通老妇人的手,但那双手接生过成百上千的婴孩。我按照姚姚留下来的病历上的签名去找她时,她曾拒绝我,她不愿意说姚姚生孩子的事,"这是她的隐私,我没有权利告诉你。"她说。直到她了解了我和灯灯的愿望,才解释说,"名人家里的事,别人常常好奇,弄得不好要伤害别人的。"

"一般这种人生孩子都比别人熬得了痛,比较识相的。"当时在产科工作的护士说。

"你们会因为她生的是私生子而骂她吗?"我问。

"要看她的情况。她好不好看,人要是可爱,而且也可怜,我不骂,会同情。那时候出了这样的事,走到这个地步,肯定有原因的。"护士说。

"医生不会那么做。医生只是帮她把孩子生下来,她来医院以前做过什么,革命不革命,都不是我们要管的,我们的责任是帮她安全地生下孩子。"医生说,"她进来时,是有人为她来打招呼,告诉我,她是上官云珠的女儿。我知道她的妈妈死了,那时候社会上很乱,她走到这一步,我想一定有原因。"

我想,那个为姚姚疏通的人一定是孙阿姨,她从前就是个助产士。

"她那时候什么样子?"我问。

"她比她妈妈高大,没有她妈妈好看,但一眼看上去,她们母女还是相像的,她的样子像模特。"过了这么多年,经过了那么多产妇,医生还能记得姚姚的样子。

"她看上去伤心吗?"我问。

"不,她看上去很平静,很正常,很硬气,看不出和别人有什么不同。"医生说。

而这是姚姚的虚假呢,还是姚姚的顽强? 她就像她的妈妈一样,就是痛哭,也不会告诉别人她为什么要哭。

姚姚产下孩子以后,就住进了一个六个人的大病房。

"她很好看,看上去很舒服,像那种文艺界的人。我的床就在她的对面,我先看到她床下的一双鞋子,那是一双咖啡色的皮靴,那时候很少有人能买到这样的靴子穿,很好看的。她的举动,一看就是很有文化的人家出来的。她和她妈妈很像,我认出来了。后来听护工在厕所里说,她不要孩子了,她的那个男人要比她小好多岁,不是正式的。"真的很偶然,我找到了那时和姚姚住在一起的人,我看到她的那一天,一个大眼睛的女子给我开的门,那就是1973年生在医院里的孩子。她已经有了自己的孩子,孩子的头上有两块红红的蚊子包。而她,是个朴素的良家女子,圆圆的脸上带着柔和的包容的,和一点点为你操着心的神色。

"没有什么人来看她,来过一个男的,四五十岁的样子,坐了一下就走了。还有一个老太太也来过,好像是送过一些吃的来。那时下午,到了探望的时间,家里会送些吃的来,刚刚生了孩子的人,要补补营养,也要发发奶水。但是很少有人来看她,也没有人带什么东西来。"她说。

那个老太太,一定是她的保姆孙阿姨。而那个男的,又是谁呢?程述尧在姚姚做出了这样的丑事以后,和姚姚断绝了关系,声明自己再也不管姚姚的事了。开开在劳改农场,他的爸爸也和程家绝交,他认为是不正经的姚姚勾引了年轻的开开,害开开坐牢。所以开开家的人也不会来看姚姚。他是谁呢?现在没有人知道了。孙阿姨走到姚姚的床前时,是不是也叫了她一声"宝贝"?那是姚姚从产院里带出来的小名呢。

"那别人有人来探望,她没有人来的时候,她做什么呢?"我问。

"她好像是闭上眼睛休息的吧。"她说。

"只是闭着眼睛?"我问。

她想了想,抱歉地笑了:"我也不太注意,我的丈夫来了,我跟他说话呢。"

"我们每天要喂孩子三次奶,那时候还没有母婴同房,孩子在婴儿室里住着,护士把他们抱出来给我们。我们一间屋子里,就她的孩子不抱出来给她。"她说。

"要送人的孩子,我们就不抱出去给妈妈看了。"老护士说,"妈妈一看到孩子,就会不肯送掉了。到底是自己血肉,看了以后肯定不舍得。"

"第二天,护士交班的时候没有搞清楚,把她的孩子也抱出来了。我听到她马上对护士说,我就不喂他了。她马上就把孩子还给护士去了。"

"她抱了他一下吗?"我问,自己的孩子已经到眼前了啊,红红的,小小的,香香的孩子。

"没有,她把他马上还给护士。"她说。

"一下都没有抱吗?"我问。

"没有。"她说。她看了我一眼,"我那时候想过的,我一点也不了解她的,不知道她发生了什么事,觉得她的心真狠,到底是自己的孩子,就这样。"

"那天,姚姚告诉我,那天一直说说笑笑坚持到晚上,蒙在被子里哭了一夜。"张小小说。

"她在病房里说说笑笑吗?"我问,"她是一个很活泼的人。"

"没有。"她说,"她不和别人说什么的,不知道为什么,大概因为我住在窗边上的床,她喜欢到窗边上站着,她不像我们大多数时间在床上躺着,她总是走动的,好像要锻炼似的。她还算跟我说过几句话。也就是说说天气,说说要出院了。别的都不说。大多数时间,她什么也不说。"

那么,姚姚在自己说话的那一小会,就觉得自己是"说说笑笑"了。

"为什么她就跟你说话呢?"我问。

"我不知道。"她本分地笑着说,"也许我的床就在窗边上,她就近吧。"

也许是因为姚姚在一张朴素的温良的脸面前,感到安慰吧。

"她在病房里应该是很奇怪的人,大家也都能知道她的事,有人问她吗?"我问。

"没有。问人家伤心的事干什么?大家都不问。"她说。

姚姚一定没有想到这一点吧,她没有想到在产科病房里,应该是她最尴尬的地方,她最孤独的地方,她最没有遮拦的地方,那些萍水相逢的产妇,那个至今连她的名字都不知道的无线电厂的女工,用自己的沉默保护了她的自尊。她们什么都没有表示,所以她一直以为大家都不知道,其实,大家只是知道了不说,让她能安静地住下去。

直到她出院的那一天。护士长把她叫到走廊里,最后跟她确认,是不是不带孩子走,她说,不带。然后她写下了一份保证书,保证再不要回孩子。然后,由姚姚的保姆孙阿姨安排,同一天,一对同是医生的夫妇从医院里抱走了那个孩子,他们给了姚姚两百元营养费,答应会好好地照顾这个孩子,一定把他当成自己的孩子。

"那一天她是自己走的,好像没有人来接她。她自己走下去结账的。"她说,"她到我床边上来说,我要走了。我就说,再见。她没有带孩子,自己走了,到底是难过的。她的声音很轻,就说,我走了,再见。就走了。"

"她的脸上看得出难过吗?"我问。

"看不出。就是她的声音轻下来了。"她说。

走出五楼的产科病房,被水拖湿的走廊地上倒映着黄色的病房的门,早上,孩子就要从婴儿室里出来了,有性急的母亲穿着白蓝条子的病员服等在走廊里,等着装婴儿的木头车出来的那个时刻。宽大的木头车里睡着整个病区的小婴儿,像一只春天的小鸡筐一样,小孩子在里面发出各种各样的哭声,从走廊的尽头,那些稚嫩的、美妙的声音传遍了整个产科病房,对母亲来说,那就是天堂的声音。就是躺在床上的人也都会马上直起自己的身体,揭开自己的衣服,不管那时她有没有奶水。

楼梯上涂着绿色的油漆,窗子对着医院的锅炉房,地上堆着一小堆黑色的肮脏的煤块,还有一个工人拉长的脸,他也许长着一张斯文的长脸,让人想到他也许原来是个医生,被赶到锅炉房里惩罚他的。那时,你常常能在体力劳动的地方发现一些不属于那里的脸,它们沉默着,像一块落到灰堆上的豆腐。要是姚姚也看到了那张脸,她会停下脚步来吗?也许她会想到自己。从孩子那里解脱出来,她将要回到原来的生活里去了,那就是她原来的生活。学校在她生产的时候已经分配毕业生了,原来听说她可以分派在上海乐团,但因为她的生活错误,原来的分配已经被取消了。她又将要面临着什么呢?她的皮靴在水泥楼梯上发出响声,那是双咖啡色的漂亮的靴子,要是楼梯上有人走上来,也会多看她一眼吧,看一个独自出院的漂亮的产妇。为什么没家里人来接她?那么,谁会来接她呢?

墙上贴着毛主席语录,用水彩笔,蘸上红色的颜料,写在厚厚的铅化纸上:"下定决心,不怕牺牲,排除万难,去争取胜利。"当时在不少医院的墙上都挂着这样的语录。姚姚从它的下面走下楼去。听说当时在楼梯进口的地方,挂着一张毛主席穿白衬衣的像。那时候,革命的洪流已经渐渐随着林彪事件给人们心灵上的震动和伤害平息了,搞政治宣传的人,也会想办法找一些新鲜的材料,毛泽东的画像仍旧必须挂在重要的场所里,于是,他穿着简单的白衬衣,坐在藤椅上笑着的照片印刷品,就出现在许多地方的墙上,代替了原来穿绿色军装表情严肃的画像,那是他身边常常站着林彪、整个中国都烈火熊熊的年代。而这时是 1973 年的冬天了。姚姚默默经过他的画像,走了。别人也默默经过了他的画像,向他欢呼和鞠躬的日子已经过去了。那些用油漆画在室外的画像,都已经开始褪色了。

离开产科大楼后,姚姚要经过一个小小的花坛。在 1973 年的冬天,花坛里能种怎样的花呢?也许就是用一圈简单的冬青树围着花坛吧。上海湿漉漉的冬天,总是阴天,总是下着冻雨,树叶子瘦小地微微合着,坚忍地,气息恹恹地绿着,它们几乎就是城市里最后的绿色了。可，那个花坛，还是一个简陋的花坛，像卡在头发上的一只劣质塑料发夹。穿着病员服的人，在花坛边上散步，那是准备生产的孕妇们。

在医院门口，姚姚看到缓缓开过的公共汽车，那是十五路和二十六路公共汽车，简陋的洋铁皮车厢，中间用人造革软软地连接在一起，像手风琴的风箱那样，为了转弯时的方便。在里面，那里是用香蕉座位挡住的，没有窗子，所以很暗。在汽车转弯的时候，那里总是发出吱扭吱扭的响声。要是遇到路上的小坑，车厢颠簸，所有的窗玻璃都会在铝制的槽里发出格拉拉的响声。那样的公共汽车，在春节将要到来的时候会挤满了穿蓝衣服的人，下乡的青年都回家来过春节了，他们带回来的大多数是坏消息，很苦的生活，没有回家的希望，养不活自己，黑暗的现实，他们使得上海人再也不敢离开自己的城市，说什么也不离开。外地的人趁出差的机会来上海买东西回家好过年，不管怎样，上海那时还是一个中国的商业中心，上海产的奶糖，还是最好吃的，最体面的。

随着林彪事件的爆发，对许多事物曾经坚定不移相信着的中国人终于默默地猛醒过来，1966年被点燃的激情虽然已经疲惫，但要等到林彪事件从各个礼堂的麦克风里传播到每个人，人们才领悟过来，原来自己被骗了，原来看上去神圣的东西是这样肮脏可怖。记得那时是妈妈先知道的，她是党员，那天她回家来，再三说："太可怕了啊。"我问她什么事，她只是说，她不可以告诉我。但是,"太可怕了。"失望最深的,是几年以前勇敢的红卫兵们,他们以为他们是在为伟大的事业而献出青春,这时他们才明白原来不是这样。最激烈的人,就为了这失望而自杀了。但也有人在这漆黑的时代里看到了曙光,看到了人们渐渐变冷的心里面,疯狂开始褪去,像高烧的孩子终于出汗了。那时已经寡居的任以书,有一天乘在公共汽车上,春节将要到来的时候,街道上很挤,冬雨还是下个不停,公共汽车在被连日的雨水浸透发黑的街道和树干边上,开开停停。这时,她看到一个拾垃圾的小孩子,把自己的身体吊在一个弄堂口的大垃圾箱上,整个身子都挂到了垃圾箱的箱口里。公共汽车上的任以书一直看着那个孩子,不知道他拾到了什么好东西,这么专心。那个孩子终于抬起了身子,原来,他从垃圾箱里拾到了一枝快要谢了的玫瑰花。拾垃圾的小孩子,他举着那枝从垃圾箱里拾到的玫瑰花就走了。任以书回到家里,把这个路上的小孩写在一首英文的十四行诗里。

身心疲惫的姚姚去一个远房亲戚家,在那里住了一个月,那家亲戚照顾了她的月子。我猜想她也会像我妈妈一样,每天晚上很早就上床睡下。那些寒冷的冬天晚上,全上海的人,好像都早早地上床睡下。梧桐树后面的房子,窗子像瞪大的眼珠那么黑。野猫像路灯下的影子一样无声地掠过亮着红绿灯的街口。我的妈妈总是等天一黑,就上床了,路灯灰白色的光铺在房间的地上和她的床头,她一定没有睡着,因为她总是在厚厚的棉被里翻身,把热水袋里的水弄出声响来,妈妈像一个蚕蛹那样,在枕头上露出她的黑发,在冬天长长的、长长的晚上。我哥哥的女朋友总是说,家里是阴森森的。她这么说,我就不高兴了。也许姚姚的情况不一样,她是一个到哪里哪里都会快活的人,像她的妈妈一样。

后来,姚姚回到了自己家。她睡在妈妈留下来的床上。她小床的对面就是继父的床,还是按照上官云珠生前的样子放着。贺路在乡下劳动,难得回上海休假。但是突然,姚姚开始在朋友家四处借宿,当继父回家时,无论如何不肯住在家里。

"我觉得他们中间发生了什么事,姐姐九岁的时候,贺路已经当她的继父了,她一直叫贺路叔叔。他们感情不好。"灯灯说,"可姐姐没告诉我发生了什么,也许因为我在山西,也许她只把我当成一个小弟弟看,她说不出口。"

"姚姚告诉我说,她的继父在乡下的五七干校劳动,难得回上海休假。要是他回来,她就觉得怕。有时,姚姚只能在半夜里到厕所里过夜。"张小小说,"从那以后,姚姚变得没有地方可以安身了。"

学校里已经进入分配阶段,姚姚原来寝室里的床位已经取消。仲婉早已经动身去了吉林。张小小家只有六个平米。从那时起,姚姚随时带着一只黑色的女用大包,把重要的东西放在包里随身带着,在继父回家的时候到处找人家住。

"姚姚能遇到这样的事,和她前面的经历有关系。因为她生过孩子了,有人就把她看成随便什么事都能够随便来来的人了。"商阿姨说,"我最心痛的,也就是这一点。姚姚不能随便来来，就说明她仍旧是个纯洁的女孩子。"

灯灯连着追了几封信到上海，要程述尧去把姐姐找回来。那天姚姚跟着程述尧回家去，住在他家的沙发上，因为他家的唯一间房间里，再也没有地方能搭出一张床来了。姚姚并不能在五原路久留。

等继父回乡下的五七干校了，姚姚才会回去自己家住。在每个月必须有几天流浪的日子里，她曾经去没收她家房子的房屋管理所要求归还她家的房子，让她有个落脚的地方。她去房管所里要求，别人烦她，觉得她不识相，科员们互相推诿，她天天到那里的办公室去等，那是间人来人往的办公室，不同颜色的写字桌对在一起放着，她没有坐的地方，人多的时候也没有站的地方。她等了一天又一天，说了一遍又一遍，可是没有回音，没有结果，后来，已经没有人愿意听她陈述的理由了。她终于是没有要到任何回答，任何结果。可她从来没有把那两张合欢床中属于她的那一张，搬个地方放，她只是让那张床一直保持着上官云珠在世时的样子。她也没有像当时不少上海人家那样，把一间大房间用家具拦成两间，房子异常紧张的上海，在那时常有人家这样做，或者干脆用纤维板做墙和门，从房间中央拦开。姚姚只是保留着房间原来的样子，照相的时候，也特地要坐到妈妈当年喜欢的雕花茶几旁边去。

她那消瘦的脸上，还是挂着满面笑容。

"你知道程述铭自杀的事情吗？"张小小说。

"我知道。"我说。

"姚姚有一次对我说,这件事对灯灯的打击很大。她说灯灯真的可怜,要想办法把灯灯接到上海来。"

"我不记得叔叔自杀的事对我有那么大的打击。在叔叔以前,我家重要的亲人,妈妈,燕凯,都已经自杀了,而且都是用那么酷烈的方式,我已经有思想准备。我也不记得对姐姐说过那样的事。我一直要到1975年才遇见姐姐,因为姐姐终于用我是爸爸独子的理由,把我调回了上海。"

那么,也许是姚姚自己的想法,灯灯叔叔的自杀,一个小时候疼爱的长辈又弃世了,对她才是很大的打击。从姚姚生了孩子以后,张小小变得紧张,只要姚姚几天不去她家,她就要去找姚姚,她怕姚姚又会出什么事。也许,对这样的朋友,姚姚不敢说出自己心里的凄凉?那么说,姚姚其实也是考虑过自杀这件事的,在她走投无路的时候。

"要是我是姚姚,我早就不要再活下去了。有什么好活的呢?这样活着,到底有什么味道呢?"一个人对我说。

"想到自杀,对我和姐姐都是很自然的事。"灯灯说,"一直到现在,我一直都有一种白日梦,就是看到自己在爬高楼,不停地往上爬,爬上去,是为了跳下去。常常,这样的感觉就突然来到我心里。要是姐姐曾经在那时候想到过要自杀,我一点也不会吃惊。那么多亲人不是就这样死了吗。就是学,也早已经学会了。"

但是姚姚还是在夏天的照片上,抱着膝盖,坐在公园的草地上。那原来是一个法国公园的中央草坪,树木修剪得十分规整。但在那个夏天,公园里的树木再也看不出法国园林的工笔了,它们像乡野里的树木一样恣肆地长着,在草地上留着爆炸般的影子。姚姚就坐在那样的树下,脸上带着像玉兰花那样大的一朵笑,像玉兰花那样白净,那样不可阻挡,那样不容易闻到它的香气。

1973年夏天,姚姚在复兴公园的草地上。

有一天,她跟着一个童年的朋友来到武康大楼的一户人家,因为那家人有一架钢琴,她想要找一架钢琴练声,怕自己久不练声,会把学业荒废了。那家人家的女主人姓商,是跟着解放军进上海来的文工团员,在刚解放时演出的《白毛女》里,演过喜儿。

"商阿姨,我从前和妈妈老是一起去一个文工团,看人家解放军演《白毛女》的。我妈妈说是要去学学别人怎么演革命戏。"姚姚说。

"那么,你就是姚姚啊!"商阿姨叫了起来,"你和妈妈来看我们排戏的时候,只有那么小,头上戴了一个大蝴蝶结。"商阿姨比划着说。姚姚就笑,就说是啊是啊。

"那时候在我家看到姚姚,发现她长得开始像她妈妈了。"商阿姨说,"小时候她大概是像爸爸的孩子。开始,姚姚的心事一点也看不出来的。她在我家唱歌,高高兴兴的,很讨人欢喜。那天,她说正好没有地方住,就住在我家里。

"后来,她常常来玩,借钢琴练练声,和我谈得也多了,她慢慢把自己的事情告诉我。上官也能算是我们的一个熟人吧,死得那么惨。

"我家在'文化大革命'里也被当成走资派整过,我们这些当兵的人,能有什么事?照样有人给你的头上安上种种莫须有的罪名。那倒是'文化大革命'给我的教育了。我们在部队里的时候,要是一个女同志犯了生活上的错误,就是永世不得翻身的。那时候我也遇到过那样的女同志,我们大家都骂她,把我们女同志的脸都丢光了。到了'文化大革命',自己经历了冲击,就更容易理解别人了。姚姚的事,我是能够理解,她苦闷,想要有人安慰,怎么能说她是不正经的人!

"我自己也是一个做娘的,看到姚姚如今家破人亡,总也是心痛。

"等我们慢慢熟悉了,她才告诉我她和继父一个房间再也住不下去的事。我想,大概那天临时要住在我家,就是实在没有地方去了。一个女孩子,出过那样的事,又没有工作,没有娘,真的是走投无路了啊。我是当兵的出身,最看不得人被逼得走投无路的样子,看不得。正好我的孩子都在外地当兵,丈夫在外地工作,我就叫她马上搬到我家来住。姚姚高兴死了,好像是当天吧,当天就搬过来住,说是搬,其实也可怜,不过就是带了一些换洗衣服来。

"现在想起来,姚姚的样子就在眼前呢。她是个很会撒娇的女孩子,总是把她的脸在我的肩膀上磨,小狗撒娇也是这样的,阿姨啊,阿姨啊,这样叫着。睡觉的时候这样,我在厨房烧饭的时候这样,阿姨啊,阿姨啊,这样叫。她和人还是很亲热的。我真心痛这个女孩子。"

商阿姨拍拍自己的肩膀,告诉我姚姚的脸摩挲的地方,她的脸上带着一个母亲被孩子撒娇时那种酥酥软软,六神无主的笑容。"她就像是我的大女儿一样,我们大楼里的人也以为是我的女儿回来了。住到我家里来了,我才看出姚姚没有钱用,省得要命,从来不为自己买什么东西。虽然她住在我这里,不用另外花钱,可一个那么大的女孩子了,身边总要放一点钱吧。她的继父本来给她每个月二十块钱生活费,后来又不想给她了。我告诉她我家里放钱的那个抽屉,那时候我家也没多少钱,抽屉从来不锁的,我告诉她,要用钱就从里面拿,我女儿也是一样。可她轻易不在里面拿钱。要是实在要钱用了,总是先跟我说,脸上总是很为难的那种样子,总是告诉我什么地方一定要用钱了。那真的是个懂事的孩子。"

商阿姨说着,渐渐把一张微笑的脸缩到自己的双手里去,不再让我看见她的脸。她瘦弱的手背上,有一根青青的血管静静地跨过了手背,像地图上的河流:"我真的不愿意想起这个孩子来。一失足就成千古恨,那时候样样事情,都要把她往绝路上逼过去。想起她来,我的心里,那种难过,说也说不出来。"

商阿姨被细细的皱纹密密包裹起来的眼睛,因为泪水而逼红了。她用力闭了一下眼睛,像一个体育课上被老师逼着跳下深水去的孩子那样。我又触动了别人心里努力埋着的回忆了,我的心里充满了抱歉。贺元元的脸也在我眼前浮现出来,我并不知道什么时候提起,用怎样的方式提起,才是不那么打搅人平静的现实生活的。"怎么这样的不幸,会让我遇到了。让我的孩子遇到了。"

我把手放在桌子上,商阿姨在桌子上垫了一块黄色的毡子,她在画毛笔画,有空时就去老年大学的书画班上课。她的脸因为回忆而悲伤地皱了起来,缩成小小的一团。她说:"可是,我还是常常想起姚姚来,有时候,突然,她的样子就跳到我

武康大楼，姚姚生命中的最后几年经常住在顶层中间的商阿姨家。

的眼睛里。"

"那是什么样子呢？"我问。

"笑着的，撒娇的样子啊。"商阿姨说。

"身体不好，我也不再记得那么清楚了。从前我的脑子很好用，什么都记得住，现在什么事好像都记不住了。"商阿姨说。

"她在我家里住了三年，就像是我的大女儿一样。她和我睡在一张大床上,她总是挨着我睡的。在睡觉以前,说许多话。她睡在床上,也把头这样凑过来,阿姨啊,阿姨啊,把头放在我肩膀上,这样叫我。我喜欢她,跟她说,要是没有地方去,就可以一直住在我家里,把这里当成家。"

这样,姚姚总算是落下脚来,这已经是 1973 年的夏天了。那一年夏天,姚姚晚上常常坐在商阿姨家阳台的藤躺椅上。她说是在乘风凉。阳台用铸铁栏杆围着的,躺着也能看到楼下的街道和灯光。隔着两个街区,就是那间产科医院。在那里,姚姚成为一个母亲,但是亲手送掉了自己的孩子。他们母子唯一的一次见面,就在那里的漆了黄色油漆的产科病房里。在那里,小时候将她带大的保姆来看了她一次,保姆轻轻地用英文的调子叫她"宝贝",那是她的爸爸给她留下来的唯一痕迹。

商阿姨在房间里燃着用除虫菊做的蚊香,绿色的,怕蚊子的人总是十分喜欢那种气味,在那样的气味和灰白色的烟雾里感觉到安全。

商阿姨家的阳台,差不多在公寓的顶层了。在当时的上海,这样高的公寓很少。黑色铸铁的阳台,临着武康路。贴着阳台望下去,窄窄的马路像一个深谷,点心店口坐着削土豆的人,淡黄色的土豆像一些米粒一样。八年前的夏天,1966 年,曾有一个商阿姨从前的同事,有过一点生活上的事被人揭发出来。那是个敏感的知识分子,感觉自己不能见人了,就借着到商阿姨家来做客的机会,乘商阿姨到厨房烧水的时候,从她家的阳台上跳下去,以求一死。可从八楼高的阳台上跳下去时,他

1974年，姚姚和商阿姨在阳台上。

先是挂到了三楼的高压电线上，然后，又摔到马路上的一张堆着不少织物的木桌上。木桌被他压塌了，可他一点也没有伤，就是牙齿松动了些。这个故事，让后来的人说起来，像个黑色幽默。

有时候，一个人想要自绝于党，自绝于人民，也不那么容易做得到。商阿姨说，那个人什么也没有伤，可当时躺在地上站不起来，是吓伤了。用救护车送到医院去，医院让他回家。因为他企图自杀，马上就被隔离审查了，反而罪加一等。

姚姚一定也知道这个阳台上发生过的又一个关于自杀的故事，现在，她静静地躺在除虫菊的气味中，该舒口气了吧。

在姚姚的生活中，好像那些可怕的事终于算是被摆脱掉了。她躺在夏夜软软的风里，在细藤编起来的躺椅里，大概会很像一大包辗转到站的行李。

1973年的夏天该是个平静一点的年代了吧,我打算再去问魏绍昌老人。1973年的时候,他已经退休在家里了吧?像挂在学校里闲逛的姚姚一样,他也是游离在社会主流之外的那些穿着蓝制服的人们。那时候我是个在小学里将要进中学的半大孩子,只是记得那时候穿着蓝色罩衣或者白色短袖衬衣的大人们,眼睛里总是闪着像麻雀的圆眼睛那样随时准备逃离危险的戒备的光,他们的脸上没有笑容,总带着告饶的神情。

也是一个下雨的上午,也是在房间的角落里充满了天光灰色的影子的时刻,我打电话找魏绍昌老人,可是他的家里人说,他的心脏不舒服,住在医院里。

上次我联系他的时候,他才从医院的心脏科病房里出来,他说已经好了,无碍大事的呀。

"你有什么事需要转告吗?"他的家里人殷切地问,带着上一代人对人的客气和斯文。

"没有。"我说,"这样的雨天,人的心脏就会不舒服的,请他保重。"我说着客气的话,但心里怀着失望。要是老人不能跟我说什么,我一时不知道到什么地方才会找到自己真正需要的东西,那些小人物留在记忆里的底片。我想着从前老人平静的声音,他没有被政治观念和个人的恩怨污染的记忆,小而真实,就像是135的底片那样的。现在我能找到的,也许都是些宏大的历史事件,受害者至今不能释怀的,你死我活的感情。或者是在那时候的画报上,幸福的笑容和绿色的梯田,还有那些铿锵的句子,因为它们的诌媚,所以是那样空洞和无耻。我后悔自己为什么没有趁老人身体好的时候问得仔细一点，我怕打扰他，每次总是匆匆地收线。我以为他是字典，总会在那里等着我的。我很蠢。

"他一定不要紧吧？"我问。

"不要紧，这次是为了预防而住进医院的。"

我高兴了一点，但是马上就想到，自己是功利的。

"你问我1973年的回忆吗？"我的朋友夏中义说。他在1973年的时候，住在人民广场附近，终年穿着蓝色和白色的衣服。因为生病，一直没能有正式的工作，那时他是个二十四岁的青年，前红卫兵。

"那时，革命的高潮已经过去。因为林彪事件，全国从此取消了国庆游行，其他大型的游行也不多了。到1973年时，人民广场已经十分寂寞，红旗招展、人声如潮已经成为过去。失去了游行集会的声音，会感到整个生活都寂寞下来。当然，对受到冲击的人来说，就是安静下来了。"

那么，对姚姚来说，大概就是安静下来了吧，在夏天的晚上，可以独自躺在一张细藤椅上，像一大包长途旅行后的行李。相对被当街剪坏过裤脚管的经历，那简直就是安全。但记忆呢，已经发生过的事情可以像水银那样消失在记忆里面吗？

也许应该说，它们还没有来得及真正转化成记忆，记忆是更安静、可以躲开的那种东西。它们还不是，它们转化成了人在日常生活中的一种感情或者说行为；转化成了蓝衣服的人们像城市里的麻雀那样的紧张，远远地，有片落叶的黑影子，它们就刷地飞得不知去向,比风还快。

"那时候在街道上,派出所门口的墙上,常常贴着法院审判罪犯的告示,很大的白纸,有时候上面还印着犯人的照片。从前我和同学想要组织一个毛泽东思想学习小组,学习理论,但被公安局认为是非法组织,因此我许多要好的同学被关押,有的还被判了刑。我侥幸逃脱了。但是,那时我很怕看到那些告示,从来不停下脚来,看看告示上的内容。在路上,要是看见有穿制服的人过来,心里也会很怕,就不由自主地有被追查、被揭露出来、被追究的感觉。"夏中义说。

难怪姚姚在1973年夏天的晚上,在她家楼道里听到楼下有警车的汽笛声,会吓得马上让陪她上楼的朋友快离开。那时候,公安局的警车常常会一路拉着声音异常凄厉的汽笛,在街道上飞驶而过。听说她那天晚上,在警笛响彻整个楼道的几分钟里,将她的朋友一把推开,独自站在黑暗的楼道里一动不动,直到警车的声音远去,才平静下来。

那就是在1968年贴满了妈妈大字报的楼道,是1970年姚姚度过了行尸走肉般的夏天的楼道,她每天下楼去买点青菜和面条,不能看报,不能看书,把为燕凯留下的她头顶的那缕白发盘进辫子里,从不说起燕凯。那也是1972年的清晨,她带着只够买一张票的钱和七个月的身孕匆匆经过、准备去偷渡的楼道。在黑暗的楼道里听着警车呼啸而过的晚上,她的妈妈已经死去,她的男孩子已经送人,她从前的男友还关在劳改农场里。那些往事变成了她的档案,变成她的轻轻一碰就会鲜血淋漓的疮疤。

"那她一定也会这样。"夏中义说。

是啊,姚姚也是这样。而且,她也面临着没有工作。那时上海各大学,终于陆续开始毕业生分配。因为"文化大革命"的关系,有五届大学生被耽搁在校园里。这时的毕业生分配,由进驻学校的工宣队主持。在姚姚出事以前,音乐学院的分配方案中,姚姚被分配在上海乐团的合唱队,那时乐团正在排练交响乐伴唱《沙家浜》。可是,参加毕业生体检的姚姚被查出了这样大的丑事。于是,主持分配的工宣队取消了原来的计划,决定要把姚姚分出上海,去黄山农场。分配小组找姚姚谈话,告诉她,由于她档案里的材料太坏,包括她的出身,她自己的表现,上海的文艺单位没有一家愿意接受她。她这样的人,留在上海的影响太坏。

"在那时候,这样的分配方案就是对她的惩罚。"一个人告诉我,他那时也掌管着另外一所大学的毕业生分配大权,"表现不好的人,就是应该为自己的表现付出代价的。那时候的规矩就是这样。我们学校里凡是谈恋爱的同学,全都把他们拆开来分配的,一个到南方去,另外一个一定把他分到北方去,更不要说出过姚姚这种事的人。要是那一年分配有一个甘肃的名额,那个名额就一定是她去,她还有什么可以讨价还价的。"

"这公平吗?"我问。

"按着那时候的标准,这就是公平。因为你的档案那么差,你就得接受惩罚。"他说。

我过去是做错过事,失误过多,损失太大。但是我感到不应该骂别人,俗话说:篱笆扎得紧,野狗钻不进。即使那是些阴谋家,骗子,坏人,但是世上总难免有这样的一堆人(也算是人),那么为什么就偏偏我去上当呢?我各个方面都受到影响:政治上,生活上,名誉上,工作前途上,经济上,果然是一失足成千古恨!

说来说去,应该恨我自己不争气。

光在那里恨也无用,即使是逢人便说"我恨自己"也不能够因此而改变过去。我明白了,我应该做。只有用我的全部的行动,用事实来说明问题。只有这样,才能够从政治上,名誉上重新挽回,在生活上重新站起来,但是我这个人是不怕的,我敢从最差的地方重新站起来。

我犯过的错误,越是被学校当成要我去外地的王牌,我越是不愿意以一种惩罚性的决定给推到外地去,左一个"错误",右一个"影响坏",而碰到我这样的继父是最乐意借助这些,作为把我推出去的"合法化"的手段。他们这样本来是不对的。(当然我也有明智,世界上有时并没有讲理之处)。我感到我应该用自己的行动来洗刷过去的错误,用有力的行动和灵活的方式来与这样一些人战斗,最后,是为了求得"真面目"。我还是相信凡事总有真理,有是非。我对不起我死去的母亲,对不起我的孩子,但是我决不允许这样一些人继续来欺负、侮辱、歪曲我,因为这等于在侮辱我的母亲和我的血肉。

姚姚曾经在商阿姨家放在阳台门边的吃饭桌上,这样写过自己的心愿:"我的想法,就是要争口气。"

于是,姚姚第一次对学校摆出了拒绝的姿态:坚决拒绝去黄山农场。

于是,学校就把她的工作分配晾在一边,去分配下几届的学生。

"要是我们学校里有这种人,敢这么做,我也会这样对付她。这一着其实很厉害,这叫把你挂起来阴干。当时要是学校不管你分配,那你的档案就没有地方要,这样,你就在社会上死路一条。你不可能有工作,也没有任何经济来源,没有户口,过年过节的时候,没有户口的人被里弄里清除出上海都有可能的。那时候的户籍制度多么严格,哪里像现在。大多数人最后总是扛不住,要服从组织分配的。"那个人说,"我们不用动气的,只要轻轻地把这样的人挂起来就行了,等她来讨饶。"

说着,那人的脸上出现了十分强硬的笑容,他腮上的两边,鼓起了硬硬的咬肌。与我认识他的时候,那个始终是温文尔雅、笑容可掬的人刹那间完全就不同了,他也已经完全沉浸到往事中去,回到了从前。刹那间,他又惊醒过来,笑了一声:"那都是过去的事了,说起来,也是受到了左的影响吧。"

姚姚天天到学校去,是商阿姨教她的一招。一是让大家看到她仍旧老老实实,天天到校。二是让管分配的工宣队看到,他们还有一个人没有分配出去。她天天都去听到同学们一一离开校园,有了自己工作的消息,天天都看到工宣队拉长了的脸色。她赔着笑脸,一遍遍地说自己的困难。他们一遍遍地拒绝她,告诉她,她的档案没有单位肯要。"他们看都不看我一眼,好像我是垃圾。"姚姚回家来,有时这样告诉商阿姨。

"我总是安慰她,凡事坚持下去,总会有结果的。"商阿姨说。

不久,音乐学院毕业生分配小组又通知姚姚去湖南,表示坚决不会把她留在上海。这一次,把去湖南报到的介绍信和离校通知单一起给了姚姚,通知她准备脱离学校。

姚姚又拒绝了。

被惹恼的工宣队告诉姚姚,要工作,就去湖南,学校不再分配她任何其他工作。

"这样的话,她一定也听说过'今冬明春'这句话。就是在1973年的夏天流行起来的一个词。"夏中义说,"那时在等待分配工作的人里,都知道'今冬明春',就好像是一句针对我们的暗语。意思是夏天没能等到,也没能实现的事,可以等待今年冬天,或者明年春天。可能一开始,是出现在哪个社论或者红头文件里的词吧,可后来变成了一种对等待和盼望的暗示。当时有过一句话说,只要唱起国际歌,就可以找到我们的同志。'今冬明春',在那时也差不多就是像《国际歌》对于革命者同样的意思。"

"难道不是绝望吗?"我问。

他说，"那时候个人没有什么选择的可能，政府不给你出路，你面前就是绝路一条。所以，大家总是盼望政府会给我们什么，会有什么新的精神，通过红头文件突然在某一天传达到每个人，于是，生活就会有起色。今冬明春的那种心情并不是绝望的，而是盼望。"

那么，默默在盼望着的，是什么呢？

"我是盼望能有一个养活自己的工作，能养活自己就行。"夏中义说，"我很希望能让我去一个小水果摊当营业员。有人来买，我就卖给他。没人来，我就有时间看看小说书。要是到晚上收摊时，烂水果还没有卖掉，我就把它们买下来自己吃，烂水果很便宜，营养也好。我的'今冬明春'就是这个。不谈政治。"

我想起来了小时候在五原路菜场里看到的砖头和小竹篮。从程述尧家出来，总是要经过大半个菜场。卖家禽的摊头，卖肉的摊头，卖鸡蛋的，还有卖豆制品的。早市一结束，那里就把所有的东西都卖空了，菜场里的人用黑色的自来水管子冲干净摊子，就回家去。那时是物质匮乏的年代，买糖，要糖票，买肉，要肉票，买青菜豆腐，也要凭票，而且要排长队。早市结束以后，空空的菜场里只留着一股臭烘烘的气味，和卖菜人冲洗的水气混在一起，变得有些酸腐。那就是上海1970年代菜场的气味。到了下午，沿着木板的摊子，渐渐就被人放上一些砖头，漏了底的小竹篮，还有百孔千疮的洋铁碗，它们一个紧挨一个，在地上排成一队，它们代表了各自的主人。到第二天黎明，菜市场要开张的时候，它们的主人就会出现，把砖头拿开，自己站在砖头或者小篮子的位置上。砖头也许代表一个帮儿子张罗家务的老太太，竹篮子也许代表一个为家里买菜的半大孩子，洋铁碗也许代表着在五原路菜场为好几家东家买菜的保姆，她们是些从浙江来的农村女人，在五原路附近的人家帮佣。

"今冬明春"，就代表着像那些菜场上密密排着的砖头和破竹篮那样，实在而微薄的盼望吧。像一个落入深深井底的青蛙，遥望着井口之上圆洞般的蓝天，扑通扑通，一遍遍地跳着，想要跳上井去。

姚姚命运中的"今冬明春"又是什么呢？音乐学院明确拒绝再给她分配工作，上海所有文艺单位都不接收她。像一件并没有到站，也没有放进行李车运送的行李，就被丢在月台上了。姚姚被命运丢进了商阿姨的家里。

"那时候，我听到周围的人为姚姚找对象。那种情况，大家都觉得还是先找个人结婚比较好，安顿下来了，再想办法。"张小小说，"姚姚一直来我家，我的朋友里也有看上姚姚的，那还是个不错的画家。商阿姨也为她着急，好像也为姚姚找过合适的人。吴嫣也是。怕她这样吊着下去，又会出什么事，另外精神上也太痛苦了。"

可是，总也不能成功。

"总也不能成功啊。有几个人，我感觉好的，姚姚也去与人家见面了，可到底她有那样的背景，人家不愿意惹麻烦的。"商阿姨说，"也有的人，喜欢姚姚，可她心里并不喜欢。她有时回来跟我说起,心里有点勉强的。"

那还是一个上海夏天的下午,还是在二楼房间竹帘子青青的阳光里,像几年前姚姚认识开开时的情形一样。这一次,吴妈为姚姚介绍了一个程述尧远房亲戚家的长子。她留他们俩在家里吃晚饭,她从底楼的公用厨房里把她做的冰糖蹄髈用一个木头托盘带上来,还有色拉。她的头发里带着公用厨房里的油气。木头楼梯已经失修,人一踩上去,就吱吱作响,她就吱吱作响地走上楼来,端着一只重油赤酱的大蹄髈。让人真不能想,她就是那个为了苏州的宅子跟特务头子戴笠打官司,最后赢了戴笠的名女人。姚姚下楼去做了一道油炸香蕉,她说这是妈妈教给她做的。

吴妈把冰糖蹄髈放在桌子中央,说,希望你们不久可以请我吃蹄髈。那是上海人谢媒人的礼物。姚姚听了不说话,低着头,笑了一下。

灯灯说,在1950年代,被革命推翻的大家庭里,有些姨太太和小姐,在走投无路的时候,就是用这个办法,默默地找一个可靠的人嫁出去,摆脱原来社会阶层的印记,只求能粗茶淡饭,安安稳稳地过日子。吴妈的一些旧朋友,也就是这么做的。

对于姚姚来说,要是真的找不到工作的话,也有人可以在生活上帮一把。我想,也会有这种现实的考虑的吧。生活有时候就是这样赤裸裸的,就是吴妈不明说,姚姚也一定会体会到这一点。那么,她一定会在心里感到伤心的吧,从一个从小穿着蓝棠皮鞋店定做的皮鞋长大、家教严格的小女孩,一路走到了只求找个老实可靠的普通人结婚,这样万不得已的时候。像一本小说里的故事,而且一点点鸳鸯蝴蝶的意思也没有了。"我知道吴娴很同情我,我能理解那是好意。"姚姚曾这样说。我想,她也体会到了吴娴这样阅历丰富,性格顽强的女子,对命运不再有一丝梦想的洞悉和悲凉的心情,还有在无穷的委屈中也要顽强生活下去的勇气。

"那个人叫什么?"张小小问。

"程钰先。"我说。

"有一次我在路上遇见姚姚和他一起。那个人,很朴实,也很普通,穿着一条米色的咔叽布裤子,为她推着自行车。那时候为女人推自行车的人,说明至少是很接近的朋友了。后来我就问姚姚了。姚姚说那个人对她很真心,也很好,可她和他不是一路人,她不能爱上他。"

"那意思是说,要是心里没有爱情,还是不能嫁人的吗?"难怪姚姚会希望程钰先是她的哥哥。

"是啊。那时我们常常在马路上散步,因为住的地方太小了,又请了一个保姆照顾孩子,说话不方便。所以我们常常就到马路上去散步。姚姚在路上告诉我,她也努力过了,可怎么也不能爱上这个人。"张小小说,"我抱着我的孩子,姚姚推着她的自行车,她从来不碰我的孩子一下,也从来不逗我的孩子。后来我想,那是因为姚姚自己的孩子没有了。她说他们大概不会有结果的。"

姚姚的那辆女式车,车上的链条格拉拉地在她们身边响着。她们走在五原路上。那时,五原路上红砖的小教堂,已经被关闭多年,在一场大火中,小教堂被烧塌。在夏天,教堂外面的废墟上长满了高高的青草,还有紫色的牵牛花。小教堂变成了仓库,原来放在紫红色帷幕后面的上帝画像早已经消失在烈焰之中。上帝已经不在他的天堂里了,孩子也不在他的摇篮里了,放眼望去,长长的街道上,在梧桐树的树梢上看不见一个鸟巢,也看不见一只小鸟。

这时的姚姚,居然还是这样严肃地说爱和不爱的事情,还有爱和结婚的事情。这是我没有想到的。在我的私心里,我也觉得,那的确是一个女人最后的路,一条好走一点的路,不用巴望着有一天可以当卖烂水果的人。就靠上一个可靠的男人,不要再想爱和不爱那样奢侈的事了。

爱这种感情,在姚姚的生活里,伤得她那么厉害,从小时候开始,爱情就像一把长长的大锯子一样,在她细如柳枝的生活里,一个锯齿,一个锯齿地拖过去,无穷的伤害,就像无穷的锯齿一样,总是排好了队,一个一个密密地、紧接着向她锯过去。可是她,仍旧把爱与不爱,当成了取舍男友的理由。爱情这个东西,在姚姚的心里,还像一个纯洁而诗意的女孩子那样,被放在一个至高无上的位置上。如果不是出于爱情,还是不能忍受。

经历了1966年对人性的凌辱长大的孩子,爱情是在日常生活中完全消失了的字眼,男女的关系,被演化成同志加生殖的关系,与爱情无关。那时,偷看在黑暗的马路上散步的情人,成了青春期少年激动人心的节目。当情人们把手拉在一起,身体犹豫着互相靠近的时候,少年们就用变声时奇怪的嗓音大声起哄,看恋人们像麻雀那样惊惧地分开,像放进热水里的砂糖那样迅速地消失在街道的拐角之外。但女孩子们并不叫嚷起哄,而是躲在哪个同学家靠街的阳台上,在一只漏了的脸盆里和了软烂的泥团,看到那样的情人经过楼下,就将泥团丢在他们的身上。那时,这种孩子的恶作剧并不会遇到情人们的反抗,软烂的泥团粘在了情人们的身上和臂上,他们总是默默地互相擦拭,然后走开。

而姚姚在这样的情形之下,几乎是早春时被万人踩过的泥一样的人了。开开的家人曾找到灯灯,对他说:"我家开开还是个孩子,可是姚姚,都不能说她是个女孩子了吧。"

就在这样的时候,姚姚还想着爱情的事,还想要在自己的生活里找到它。

原来她那人人都以为已经泯灭了的女孩子供奉爱的痴情,仍旧是这样坚强地在心里成长着,像无人的沼泽地里的野百合花那样,触目惊心地成长着,让偶然闯进去看见的人吓了一跳。

"我爸爸和吴嬷希望姐姐能够得到一点亲情的温暖,能安定下来。后来,他们也发现,姐姐即使是落到了几乎无家可归的地步了,心里还有她对自己生活的要求,而且一点也没有放弃。她不是爸爸,可以高高兴兴地逆来顺受,自得其乐,也不是叔叔,宁为玉碎,不为瓦全。她要按照自己的理想生活。就是到了当时那种已经身败名裂的地步，她也有自己对生活的要求。程钰先是个好人，可是，不是姐姐心里要的那种人。"灯灯说，"后来爸爸和吴嬷也明白过来了。"

她像一个在水里的气球，不管怎么压它，它也不会沉到水下去，要是能沉下去，也就不是气球了。

姚姚和张小小，一路经过了小菜场地上堆着的那些砖头和破洋铁碗，拐进安静的五原路尽头。在秋天的时候，有院墙凋败的院子里传出桂花甜蜜的香气，有落了一地的最后一批夹竹桃花锈了的白花瓣，还有窗上晒着的水红色的女用棉毛裤，裤裆上打着圆圆的补丁，窗台上有正在晒干的橘子皮，小孩子总是去摸它们到底干了没有，真正干硬了，就送到路口中药店里去卖钱。我无数次地看到路上有两个女人结伴走过，抱着孩子，推着自行车，说着话。那是马路上最平常不过的情形了。她们中的哪一对是姚姚和张小小呢？我不知道。

我记得五原路上的那些女人们，常常肩并着肩，有一种家常的亲昵。

"我们也是这样的。我们从小就是这样。小时候我们玩一种并脚走路的游戏，有一半身体要贴在一起，同时迈步子。要是谁出错脚了，就嘎嘎地笑。"张小小说着，站起来，在她家客厅沙发前的空地上学给我看那种游戏的样子。她的半边身体直直地，像是仍旧靠着姚姚的身体一样，"那时候，我们都还是小姑娘，还喜欢在一起串珠子。她妈妈到海南岛拍电影时，给姚姚捡回来一些贝壳,她送了我一个,是白色的。"

"在你看来,姚姚是一个怎样的人呢?"我问。

"她是一个纯真的,保留着学生气的女孩子。"程钰先说。

"即使是她经历了那么多的事情,你认为她仍旧是纯真的吗?"我问。

"我认为她仍旧是的。"他说,"那一次,她在我家号啕大哭。我家的公用厨房在楼下,我们在楼上的房间里,我妈妈那时正在楼下的厨房里做饭,听到了姚姚的哭声,跑上来问我,是不是欺负她了。我说没有。我妈妈就说,那就不要劝她,让她放开来哭。那天她真的哭得惊天动地。"

"为什么呢?"我问。

"好像我们说到了她没能把她妈妈的骨灰留下来,她又写保证书给人家,保证不再找孩子。我说,要是我的话,我不肯做这样的事。我跟她说,还是把孩子找回来吧,我愿意帮你把他养大。她就哭了,开始时,也是掉泪,后来她就开始号啕大哭。"

这是我听到的第一次,有人告诉我,姚姚曾经号啕大哭过。就是面对张小小,她也没让自己发出声音来。"她总是说着说着,眼泪就在眼眶里转,她就在眼泪后面看着我。她心里是真苦,可她不愿意说出来,就放到心里去。"张小小曾经那么说。"姐姐不哭,她就是到哪里,哪里就全都是她的笑声,像妈妈一样。"灯灯曾经那么说。"姚姚疯得要命,她从来不会把自己心里的事表现出来的。"仲婉曾经那么说。所以,当听到程钰先说,姚姚曾经哭得惊天动地,我的心里为她长长地松下一口气来。我想到了在夏天最闷的下午,连蜻蜓都飞不动了,一道雪亮的闪电以后,震耳欲聋的霹雳,大雨直倒下来,那样的痛快。

"她的大哭,大概有三五分钟吧,然后她渐渐静下来。我妈妈就上楼来了。"

"她怎么向你妈妈解释呢?这样总是失态的吧。"我问。

"她没有说为什么这样哭。"程钰先说。

我想起了当年上官云珠在片场的痛哭。这就是她们母女相像的地方呀,当年黄宗英劝说上官云珠的时候,说,不要让眼泪把脸上的妆冲坏了。这时来劝姚姚的,是程钰先的沉默,他甚至找不到一个像当年黄宗英一样的理由。

对于真挚的程钰先,姚姚写了一封信表达自己的意思。在信上,姚姚说:

> 我感到自己虽说过去的事已过去,但总是带着刚刚摆脱恶事的情况,和你在一起,这实在是很不应该的,我的错误有损于你,我犯了错误才只有半年多,按理说,总应该稳定一段时间,有个像样的样子再去交朋友。我没有工作,身体又很差,各方面都没有恢复就谈恋爱,我感到心里内疚。第二层,我感到别人对我舆论这样坏,而我过早地又交朋友,谈恋爱,别人会说我是个恋爱专家,更重要的是,又为那些坏人、骗子、别有用心的人,以及正在催我去外地的人找到口实。他们又可以任意歪曲,我又必然会牵连到你,这些又何必!

特别是你决定要和我好,我心里更是不安,害怕,因为这在我怎么可能?而在你,别人有好的品质,人好,心好,善良,慈爱,聪明,有事业心,这样的女子大有人在,何苦要在我最差的时候来找我呢?我有污点,不愿意带给你任何不应该有的东西。如果说你和我做一般朋友,我从心里很愿意。谈恋爱和结婚,我根本不是时候。所以,我再三请你另找对象,因为我一点也不想耽误你,损害你。

一个女子,要这样直白地说出自己痛苦的处境,应该不是容易做到的事吧。也许比说出自己想要从最差的地方站起来这样豪迈的话更不容易。静下心来想,有谁愿意说自己是个有污点的女人呢?谁愿意去提起独自在产院里生孩子,再把孩子送人这样可怕的经历呢?

隔了五十年,我又见到了姚姚小时候的同学约伯,他问我:"姚姚后来该不再是个惹哭精了吧?"

"姚姚真的好可怜,那时候被逼得走投无路。"张小小说。

那段时间里,姚姚就没有一点真正高兴的事情吗?

"有的。有一天她来我家,拉着我出去说话。那时我请了一个保姆照顾孩子,家里只有一间屋子,姚姚和我要说什么话的时候,总是到马路上去散步,那时候说。那次她来,给我看了一封信,是姚克写的,用毛笔写在一张宣纸上,她爸爸来认她了!从前开开请他妈妈帮着转信,一直没有回音,过了那么久,回音来了。"张小小说,"姚姚是高兴得不得了。那时候她已经快三十岁了,平时要是她伤心的时候,人会显得老。那天她满脸都是笑,好像一下子就年轻了。"

"信上说什么?"我问。

"写的是古体诗,我背不出来。就记得看了以后眼泪就流出来了。总是说想念姚姚的话。"

"姚姚那天还送了一张照片给我,就是去苏州拿到了姚克托人带来的信以后,在一条小河边上拍的。她自己最喜欢那张照片,因为笑得真正开心。"张小小说。

"姚姚也送了一张给我。"商阿姨学了一个姚姚在照片里笑着用手撩水的样子,"我喜欢那个样子,高高兴兴的。"

"姚姚那天高兴极了。她爸爸说,要见面有三个地方,一个是上海,可他正在被毛泽东批判,不可能回来送死。一个是香港,还有一个是美国。只要姚姚能出来,他就可以到香港来看她,也可以接她去美国。"张小小说,"她真把我吓死了,那时候让人知道有这种信,一定会要坐牢的,这就叫里通外国呀,这是一个大罪名。姚姚又是有前科的人。我问她拿这信怎么办,她说会随身带着。我知道无论如何她是不肯把信烧掉的,只好一直叮嘱她要把信藏藏好。"

"姚姚也告诉过我一点点。那天在家里,她说苏州老家找到姚克的下落了。我吓得一把抓住她的手说,你可再也不要和这种事情沾边了,你这个人,现在一点差错都经不起了的,离那种外国不外国的事越远越好。千万不能再出一点点事了。"商

姚姚去苏州拿到姚克托人带来的信以后,在一条小河边上留影。

阿姨说,"我也知道她想自己爸爸的,可那时候,她已经有前面的事了,真的再也不能有事。她答应我了,她说噢,知道了阿姨。她是让我放心。"

那天,她和张小小说到一件自己小时候的事。六七岁的时候,她和妈妈不开心,就拿了自己的一个小包出走。走到马路上,遇到了警察。警察把她带到岗亭里,叫她妈妈来把她领回家去。姚姚怎么会突然想起这件事来的呢?

姚姚决定还是自己努力找一个好工作。

"那时候没有什么自己可以找工作的,一举一动都要组织同意,组织分配给你。我陪着姚姚做的,其实就是找到能跟音乐学院的头头说得上话的人,想办法让他们去说服分配小组,让他们重新给姚姚分配一个工作。"商阿姨说,"我们当兵的人,从来不知道怎么送礼,怎么和人套近乎。听人家说,到这种人家去求人,要送礼的。当时我也真的不知道该怎么送礼。自己觉得很难为情。所以拿了一桶油,一些那时候买不到的香菇什么的,有时是苹果,到人家家里去。姚姚总是跟着我。我一进门,就把那些东西塞到门边上,算是送到了。"

"做这样的事,心里一定难过吧。"我问。

"当然!"商阿姨说,"我自己的孩子都送到部队里去了,那是送到老战友的部队里去,用不到这一套。现在是姚姚,情况不同了。不求人去,又能怎么办。"

"姚姚她是怎样的呢?"我问。

"她总是不说话,跟在我后面。"商阿姨说。

"但是没有结果。那些人总是说,困难啊,姚姚留下来,影响太不好了。有的人当面答应了,可实际上什么也不会去做的。隔了几天去问,总是说,再等等,再等等合适的机会。其实就是不想帮忙吧,不想沾上姚姚的事,怕影响了自己。我们不知道碰了多少钉子,软的,硬的。不知道多少。姚姚苦恼极了,有时候我看她自己坐在阳台的藤椅上,虽然不说什么,但是心神不定。"

"我也劝她安心,但到底没有工作不是办法。"商阿姨说。

姚姚仍旧每个星期去一次学校听消息。分在上海的同学已经离开,分到外地去的同学也陆续走了,后来只有几个死死顶住不肯离开上海的同学赖在学校里,不管工人师傅摆出多么鄙视的脸色,说多么粗鲁的话,就是不离开上海,无论如何也不离开。像一种非常地道的上海人,除了出国,他们哪里也不愿意去。他们并不是在上海有深宅大院住的那种人,他们就住在窄小的地方,过着上海市民的日子。路过已经被烧毁了的教堂,到路口红卫饮食店擦得干干净净的桌子上喊一客小馄饨当点心,星期天的下午去淮海路看看橱窗,有时经过一栋房子,能听到里面有人在学拉提琴,练习曲在1970年代的街道上,可以说是温和美好的音乐。听到这样的琴声,你要是抬头看看,能看到总是多云的蓝天下,梧桐枝上斑驳的绿色,像印象派的画风。这就是一个怀旧的城市,带着它的那种从一条条街道上渗透出来的默默的坚持,要把已经粉碎四散的东西一块块找到,把泼出去了的水再一滴滴收回来的执拗。

姚姚和他们这样的人一样,也算是毕业生里的"老油条"了。那种油条,从油锅里出来,已经冷了,受潮了。放进嘴里要用力拉,才能咬断,可一咬,就在嘴里变成又黏又硬的一小块面团,久久不会溶开。这就是"老油条","你这只老油条!"学校里的人就这样说她。

姚姚垂着她的眼帘,什么也不说。到这时候,姚姚一走出去,人人都说她像个上海人。

然后,学校又再次动员姚姚到湖南去,姚姚还是不去。商阿姨把贺路请到家里,正式要求贺路看在上官云珠的分上帮姚姚一把。于是，贺路同意以他的名义写一封信，用父亲的身份要求学校留下姚姚。姚姚拿着贺路的信去学校，摆出独生女的理由。但工人师傅仍旧不同意，托的熟人带来的内部消息永远仕飘忽不定。

姚姚这时，向别人推荐自己读过的罗曼·罗兰的《约翰·克利斯朵夫》："我虽然不坚强，可我还是在这本书里得到了很大的鼓舞。我也要坚强起来。"她用1970年代在上海文具店里买的那种粗糙不吸水的薄信纸写着，她这样鼓励别人，也鼓励自己。可姚姚渐渐变得焦虑紧张，每星期去学校，别人的谈话对她来说，就是信号。后来，连一个不相干的人的脸色，都能左右她的心情。有一次她进校门时，一个学校的办事员没有理睬她的招呼，把头别到一边不看她，她觉得他一定是得到了什么消息，不想理睬她。于是她连夜写信给远在西北的程钰先："我真的受不了了，要是你在上海的话，我一定要找到你大哭一场。但是我不会信命的，我还是相信事在人为，这个世界有真理存在。"

程钰先一直留着他们的所有通信，信上的主题，永远是工作的事。姚姚说："这五年之内要是在工作去向上，舆论上，没有争取到一个较为满意的实际地位和声誉，就是一败再败了。你知道，一个失败过的人在弱者的地位，就像是战败国那样，要恢复起来，是要咬紧牙关，苦心经营的。"

但是她的苦心经营并没有结果。最后，连她自己也开始犹疑了。就像一个人站在沙上，沙子往下滑去，哗哗地，就是这个人的脚还是死死踩在沙上,但也不能站稳自己。她开始意识到,自己很可能真的找不到一个理想的工作了。"现在我有一点明白了,世上的人总是先入为主的,就算我再努力,可单位一看到我的档案,一听到我的事,就不会对我有好印象,不会要我去工作的。"在精疲力竭的时候,姚姚也曾这么说。但她还是死死地踩在那块沙上。

　　档案曾像是一把利剑那样,紧紧地逼住姚姚,让她抬不起头来。所有的人都以为她的档案里一定会有不少对她不利的东西,那个神秘的牛皮纸袋袋,将她置于死地。在我坐在它的面前时,也这么想。2000年的春天,经过许多努力,我终于在音乐学院的档案室里找到了姚姚的档案。在春风流荡的窗前,我看着带着积尘气味的那个牛皮纸袋,摸上去,手指上有细细的尘土,一定是有许多年没有人动过它了。那上面印着一段毛泽东的语录:"政策和策略是党的生命,各级领导同志务必充分注意,万万不可粗心大意。"

　　我打开它,原来里面只有简单的附中毕业鉴定,入团报告,毕业生登记表,1972年的那一份体检表上,医生甚至没有把她怀孕的情况写下来,只是很职业化地写了"子宫底位于剑下约3～4cm处"。在毕业鉴定上,学校写下的评语是,"不怕压力,在资反路线白色恐怖中敢于较早起来造反。"甚至没有对她未婚先孕、逃亡广州的处分记录。有她自己的交代,自己对家庭的谴责,对母亲自杀的谴责,没有来自学校的任何不良的记录。

没有。

"就这些?"我惊奇地问。

"就这些。她是个学生,不会有太多材料的。"档案管理员说。

"可是……"我说。

可是,从1973年到1975年,所有的生活道路全被堵死的姚姚,已经被它、被这包小小的、放在一个锁了的屋子里的牛皮纸包吓破了胆,被提到它的人那种威胁的口气压得不能抬头。

"你千万不要用现在的眼光来看姐姐的档案。"灯灯着急地说,"当时我的档案一定比姐姐的东西少吧,就是有妈妈、爸爸和吴嬷的名字。就因为这三个名字,上学,招工,样样可以离开农村的事,人家只要来看一看档案,就不要我。哪怕那时也有人为我开好了后门,把我的名字放到招工的名单里去了,人家一看那些名字,就退回去了。何况姐姐的档案里还有那些事,姐姐还想去一个好的文艺单位。"

"就是再说她较早起来造反,也没有用。"我去请教了一个1973年管人事工作的干部,她也已经退休了,可还是有一张多年当人事干部所留下来的严厉的脸。她说,"这一点,大不了算她还积极,不想与社会抵触。可这改变不了她的出身,她的错误,她做出那样的事,就说明了她的作风是一种小资产阶级知识分子的投机。完全是家庭影响决定的。说实在的,我还真看不上这样的人,一动就把自己骂得狗血淋头的,还说什么自尊心呢。要是她想进我的单位,这样的档案一到,我马上就给她退回去。"她说。

"那你说,她能怎么办呢?"我问。

"也就是到甘肃和青海去吧。那里有接受这样的人的传统,对她自己,也是一个教训。"她说。

"后来,到了差不多1974年的时候,姚姚觉得她在这里实在是没有希望了。这时候真正下决心要出国去找她爸爸。"张小小说。"那天我到她家去,贺路不在上海,她就住回去几天。我去她那里,看到她在学英文。她一向是学俄语的,那时候,决定要出去了,才开始学英文。她找了一本'文化大革命'前的灵格风英文在学,好像还有一本英文版的《毛主席语录》。"

看到我笑,张小小说:"现在说起来可笑,但那时候又能怎么办。"

"谁教她英文呢?"我问。

"听说是程述尧教她。"张小小说。

难怪听说姚姚也学过莎士比亚的戏剧故事简写本。那时把英文称为"阴沟里去"的日子已经过去,上海青年已经又开始跟着家里的老人学英文了,上海的广播电台里也开设了教授英语的节目,虽然里面的人总是叫小王和小李,没有玛丽和约翰,介绍自己的家庭时,永远是"我的爸爸是工人,我的妈妈是农民,我的哥哥是解放军,我是学生"这样的句子,也有"毛主席万岁",但这毕竟学的也是英文。

因为看不到英文在自己生活中的用途,学习英文的青年还是带着一些摩登的意味,像是往身上喷香水的人那样,只是为了自己有某种气息。而姚姚有所不同。她总是在大黑包里放着英文书和本子,对她来说,它们关系到她所有的将来,是她血液中的氧气,无色无味,但生命攸关。因为商阿姨叮嘱过姚姚不要想去爸爸那里的事,姚姚学英文一直背着商阿姨,但是从没有间断过。到1975年夏天时,学俄语出身的姚姚已经可以读简单的英文小文章了。

"那时候,姚姚告诉我说,她要豁出去了。她说,小小,小小,我实在没有办法了,这次我要豁出去了。我问她怎么能去。那时候像姚姚这种有前科的人,国家肯定不会批准她出去的,再加上是要去姚克那里,更是连说都不敢对人说的。姚姚说,那里就是一条河,可以从桥上去,可以坐船,也可以游过去。她叫我不要知道太多,这样我就是安全的。她说当年她妈妈就是这样对她说的,不要知道太多。"张小小说。

"我也知道姚姚经历过这样的事情了,自己也紧张有别人知道情况。我就答应她。所以那天,我们就在一起想象以后的事,像说梦话一样。那天她说,到了那里,再也没有人知道她的档案里有什么了。那是个档案再也不会跟去的地方。我说是的,那样就好了,可以重新做人了。她说,到了美国她要去读书,一定要好好读书,然后就能找到工作。她也不能靠爸爸,要靠自己。我说对的,到那里只要自己努力,就能有成绩了。她说,她一定好好做人。我说,到那时候,你就什么都不一样了。有了钱,你就可以再回中国来,就可以找你的孩子,把他也带去,你们就可以团圆了。那时候我的孩子小,什么事总是先要想到孩子。我记得姚姚那时把一双眉毛扬起来，拍了我一下，说，小小，这下子叫你说对了！"

"这么说，姚姚其实一直在想念她的孩子。"我说。

"当然想，她就是不说出来吧。放在心里的苦才是真的苦，你知道么？"张小小说，"有一次，姚姚突然说到他们楼上有一个男孩子好玩极了，那就是一个和她自己的孩子差不多大的孩子，姚姚的眼睛都亮了，说到那孩子的时候。我自己的孩子也越来越好玩了，会走了，会说了，姚姚来了还是不和他说话。最多远远地对他笑一笑。我想想，她光是为了孩子，也肯出国去的人，她根本不能说到她的孩子，一说，整个额头都红了，眼睛里全是眼泪，她就不说了，我也不愿意问下去。现在我想想，后悔不让她大声地哭出来啊！现在我才知道，要是让她大声哭，其实对她更好啊。"

张小小说着，转过头去看窗外面。我动也不敢动一下，我像当年的小小一样，要是看到自己喜欢的人难过，自己也会马上哭出来。不敢哭，是怕自己收拾不了那样的局面。小小因为我总是问她姚姚的事，就在失眠的时候总是想到姚姚。是我搅动了他们心里那些深深埋着的往事吗？是我让他们重新跌入到那样绝望的岁月中去了吗？有时我也这么想，要是我让他们重新再回到过去的回忆里，是不是不人道的呢？从一个概念上说，忘记了过去就意味着背叛。但要是你遇到的是一个又一个的人，看到他们在回忆的苦海里为了你而挣扎，内心总是抱歉的。

因此，我遇到了拒绝的人，他们不想说，什么也不想说，只想能忘记过去，平静地活下去。姚姚在他们那里失踪了，让我找不到。在等待他们决定的焦灼的日子里，我交叉着自己的手，一次次说："姚姚，姚姚，求你让他们开口吧。"可是，他们没有，他们的答案是"不"，还是"不"。但是，在他们醒着的深夜里，一定也会像小小那样，在新世纪的暗夜里，看到姚姚的身影吧。那些人，那些人，在平静的面容里，藏着一个装满了苦水的湖，姚姚的名字像一个石头，丢了下去，才听到那黑暗的往事里，湖水的响声。

"你应该能理解我的吧，我们只想要过平静的日子了，这样的日子来得不容易。"他们曾说。

我想我理解。我也明白，姚姚一定也是在他们眼里的一颗不能抹去的灰尘吧，是不管怎么冲洗，也不能被冲去的灰尘。我也感到悲伤，悲伤那些藏在人心里的装满苦水的湖，也许它会永远藏在心里的，永远也不会干涸。在纽约华盛顿广场附近，有纽约大学教工宿舍，宿舍楼前面有一个儿童乐园。在那里我遇到过一个头发花白的妇人，她也带着小孩到儿童乐园里玩，她的孩子说了一口纽约孩子的英文，在8月的蓝天下玩得满头大汗。她听到我在说上海话，就过来攀谈，她也是从上海出来的，1966年的大学毕业生，吃尽了苦，国门一开，就到纽约来了，现在，得到了学位，在大学图书馆工作。到她一切都安顿下来，成家，立业，孩子就很小。"你看，头发都白了，像是我孩子的外婆一样。"她调侃自己。

"无论如何,你总算是安顿下来了。"我说。

"有时静下来想想,真的不能相信自己的经历,不相信自己真的会有这么一天。"她开始笑着说,可突然,声音颤抖了一下,紧接着,大滴大滴的眼泪从她还笑着的眼睛里滚落下来。她捂着嘴,捂住她突如其来的呜咽。我惊呆了,不知道能说什么。在我们突然静默了的木条椅上,孩子们的叫喊声与欢呼声像陌生人一样唐突地闯了进来。我看到夏天纽约明亮的阳光在她湿了的脸上闪闪发光。

现在,姚姚让我想到了她。要是当年姚姚被顺利地接到了美国,也许她们会有同样的经历吧。像当年姚姚和张小小梦想的那样,过上了档案再也追不到的自己的新生活。姚姚会在某一天,在某一个儿童公园里,遇到一个说上海话的人,会在说着说着的时候,突然落下泪来吗?她肯定能过上新的生活,可一定不能换上一颗新的心。所有经历了那样岁月的人,不管如何逃避,也都不能换上新的心了,也都不能填满那个黑暗的湖,那是阳光永远照不到的地方。

"1974年年底的时候,姐姐和爸爸以我是独子的理由,终于把我弄回了上海。里弄里让我先在五原路上挖防空洞,那时候每个街区都挖防空洞。"灯灯说,"我有了工资,每挖一天防空洞有八角钱工钱。我知道姐姐没有钱,所以有时候我就给她几块钱用。我看她太节约了,什么都不用。"

那一天,姚姚在商阿姨家的厨房里做饭,灯灯在厨房里陪她。那是一个小小的狭长的厨房,两个人在里面,会显得挤,可是要是说什么体己话,对着热气腾腾的煤气上的铝锅,空气里弥漫着食物的香气,那就正是地方。那天,姚姚特地对灯灯说:"我们俩以后就在一起相依为命。要是你以后有了女朋友,一定要先带来让我看,然后,才能决定你们可不可以发展下去。"

灯灯和姚姚有时一起上街,姚姚走在路上时,常常有人回过头来看她。灯灯这才发现,原来路上的人把姚姚和妈妈认错了,他们以为自己在路上看到了电影明星上官云珠。他这才发现,原来姐姐长得越来越像妈妈了。

"他们都认识我,都以为我是妈妈呢。"姚姚对灯灯解释说。

"姐姐很自豪她越来越像妈妈。"灯灯说。

真的吗?姚姚在自己将要度过青春时,从心里与妈妈和解了,而她的妈妈已经去世了六年,她永远不会知道姚姚的心情了。

"她不光是长得像,因为没有钱买新衣服,她总是挑妈妈剩下来的衣服穿,衣服都是从前的样子。她的性格也越来越像妈妈了。那种倔强,那种怎么也压不垮,那种在人面前从不露出自己软弱一面的个性,也越来越像妈妈。"灯灯说,"那时候我发现姐姐常常怀念妈妈。"

"姚姚等真正长大了,懂事了,很怀念她妈妈。她总说妈妈是有出息的人,觉得自己做了对不起妈妈的事,后悔了。"张小小说。

就是因为这样,姚姚才那样辛苦地坚持着,要让自己的家一直保持妈妈在世时的样子吗?

"有一次,姐姐和我站在商阿姨家的阳台上说话,她告诉我,开开出来了,她在街上遇到了开开。我说,你们最好不要来往了。她听了没有说话。以后再也不说开开的事了。姐姐是这样的人,她不会直截了当反对别人的想法。她只是不说。但我能感到他们又在一起了,在外面常常见面。他们好像在一起有一个计划,可我不知道那到底是什么。"灯灯说。

"姚姚知道我反对她和开开来往,所以从来不说她和开开的事。我是感觉到她和那个男孩子有来往的。我真的怕姚姚再吃他的苦头。姚姚睡觉的时候总要和我说许多话,她就是不说开开的事情。我想,要是她有了正经的工作就好了,可以摆脱那个男孩子。那时候我们都认为他是个流氓,现在想起来,也许我们是错怪开开了。"商阿姨说。

开开那时是一个因为有过叛逃行为而没有工作,被里弄监督的二十岁的青年,在漫长的生活中,他看不到哪里有一点点的光亮。而开开的妈妈对开开的事非常生气,听说她来信说再也不会帮助开开出国团圆了。

而那时,是国门开始有了一丝缝隙的时候。中央的红头文件传达到最基层的人民,党希望人民不光把美国总统看成是帝国主义头子,还要看成是美国人民选择出来的总统。已经有一些人,跟着党邀请的国外代表团从海外回国来了,他们也被安排看望自己留在大陆的亲戚。为了国外的人回来省亲,政府也发还了一些已经没收了的房子。当初人们避犹不及的"海外关系"，这时起了一些微妙的变化，开始变得不那么完全没有价值了。社会上出现了一些坚持要嫁给外国水手，以便可以跟他们出国生活的女子。那是当时普通人得以走出国门的唯一道路。她们铁了心地周旋在粗鲁的水手们中间，不管是黑瘦的香港水手，还是英文还不如她们的马来人。

"姚姚和开开要是不走，真的一点前途都不会有的。出来以后，开开更加铁了心要走，姚姚后来也铁了心。他们总是悄悄地在一起。我跟姚姚说，这次你真的要当心了。姚姚说，他们现在只是朋友，经过了那么多吓人的事，感情早已经没有了。现在是为了一起出国，才在一起商量。"张小小说。

"姚姚又说桥，又说游泳的，是不是他们想再次偷渡啊？还跟你说，你知道得越少越好。好像也准备好了再失败一次的后果。"我问。

"他们没有说，我也不知道。"张小小说，"只是姚姚总是说，她要豁出去了。"

"可是，后来，姚姚急得六神无主，因为托开开带到美国的信突然断了联系。姚克再也没有消息。我后来才听说，姚克家的信箱出了问题。而被蒙在鼓里的姚克，只以为姚姚没有了联系！他也不敢和姚姚联系，那时候他写的《清宫秘史》是毛主席亲自批判的，他怕给姚姚带麻烦来。姚姚来我家，有时急得坐都坐不下来，只好和我站着说话，有时候，话都说不下去。"张小小说。

那时候，她已经三十岁了，还是什么也没有的一个孤儿，在辫子里藏着一缕早白的头发。

"后来,我丈夫坚持要姚姚在浙江工作的亲戚出面帮忙,设法给姚姚安排到浙江歌舞团。那时候已经很紧张了。音乐学院已经给姚姚下了最后通牒,要是在两个月的限期里没有单位愿意接收,就实行强制办法,去甘肃或者青海,那里可以接收姚姚这样的人。最后的两个月里,姚姚的工作终于有了转机,姚姚终于在学校规定的限期里落实到浙江歌舞团,这是当时很好的结果。当时我丈夫就在浙江省文化厅工作,他在杭州有房子,我们说好了,姚姚就去那边的家里住,她有人照应,我也放了心。"商阿姨说。

所有的人都为姚姚松了一口气,生活终于按照姚姚的心愿,露出了它第一个微笑。

好朋友就要分离,可从来没有这样令人愉快的分离了。最后一次见到姚姚时,张小小和她在一起回忆了许多小时候的事。她们回忆起小时候她们在一起看上官云珠的大衣橱,是她们最高兴玩的游戏。她们打开大橱的门,一件件地将上官云珠的旗袍拉出来看,看那么美丽的衣服,那么好看的颜色。那时候,她们一定想过自己长大了也要穿吧。

张乐平特地留姚姚在家里吃饭,为姚姚找出来自己保留的姚姚和妈妈戏装时候的合影送给姚姚。从姚姚五岁的时候,他就认识她了,就把她当成自己的孩子一样喜欢。"现在要好好当心自己了噢。"他对姚姚吩咐说。

在武康大楼昏暗的、堆满了自行车的门厅里,去看孙道临的黄宗江遇见了姚姚。她高高兴兴地叫他:"黄宗江叔叔,我是姚姚啊!"黄宗江看到的是一个明亮的女孩子的笑容:"那是当时少见的纯真明朗的笑容,特别是在那样一个破败昏暗的门厅里,简直像阳光一样。我那时候心里真的感动,那孩子还能有那么美的笑容呐!"黄宗江说,"好像她从来没有受到伤害一样。"他说着,突然扬起眉来,他充满了皱纹的脸上突然像光一样地亮了,带着女孩子的亲昵和娇气,还有喜悦,温暖地散布在整个脸上:"你看,就是这样的笑,我总是记得她的样子。"

那一年,姚姚三十一岁。在三十一岁生日时,她收到了一份礼物,是一个学画的朋友为她画的莲花,通红的莲花,盛开在污泥里。

姚姚如今找到了工作,在临走的时候,她们又约在一起照相。

那个夏天,革命的清教在上海已经退潮,淮海路的理发店里开始按照客人的要求,给人吹蓬头发。可是那时不可以烫发,聪明的上海女子发明了用铜丝卷发的技术,在街道和公园里,常常能看到这样收拾了头发的女子。她们小心而骄傲地在街上展示自己的与众不同。铜丝的温度不那么好掌握,常常可以看到在曲卷的发梢上有烧焦的痕迹,黑发像方便面那样卷起来,发白。当风吹来的时候,她们马上扭头避开,因为那样的人工卷发很不结实,一阵风就能拉直了它。

姚姚用电话线里的粗铜丝放在煤气上烤热,然后把头发绕在上面,当铜丝冷却下来,把它抽去,头发就会曲卷,像烫过的那样。为了照相,姚姚这样收拾了自己的头发,她很熟练,没有烫焦头发。然后她用一条尼龙纱巾披在肩上,那也是那时候最时髦的饰物。她虽然穿得简单,可是并不朴素,她的脸上带着含蓄的、用一点点破罐子破摔似的放任和决然烘托着的风情,那就是上海远避革命的旧青年的神情。

1975 年初秋,姚姚拍了她一生最后的照片。

"我还记得姚姚那天去照相时的事。她把头发弄过了,抱着一包衣服,兴冲冲地到我家来了一下,说是约好了朋友一起照相,就急匆匆地走了。"张小小说,"等了这么多年,终于有了一个工作,还是个文艺单位,姚姚很高兴。"

那时候照相还是件隆重的事,上海的年轻女子常常会约了几个朋友一起照相,各自带着一包自己觉得好看的衣服,在照相的时候换着穿。要是去公园的时候,也有到无人能看到的茂密灌木丛里换衣服的时候。要是在家里,就会设法弄到口红和眉笔,在上海中等人家,当时没有被抄得太厉害,也没有革命到把家里的东西自己捧出去烧掉,这样的人家会像收藏古董一样收藏这些过去时代的东西。到了1975年的时候,女孩子们会在照相的时候偷偷用一些,把自己打扮成过去时代的人。大多数时候,她们会谨慎地请朋友在自己家的暗房里冲晒照片,只有到万不得已的时候才送到照相店里去,她们不想惹麻烦,不想让一个革命警惕性高的照相店员说她们是在"资本主义复辟"。

就这样,姚姚和她的朋友照了一些她最后的照片。在那次的照片上,姚姚的表情终于起了变化,从前那蓬勃向上的笑容,如今终于被上海旧青年的神情所代替,那是另外一种像伞一样的笑容,它遮住了所有的"现在",表达出对"现在"以外的悠闲、安全和自由以及繁华的世界的想象,涂了口红,画了眉毛,把裙腰往上卷了好几卷,使它看上去有一点超短裙的意思,姚姚的笑容里充满了对另外一个世界,另外一个自己的幻想,她假装自己是生活在另外一个地方。

"这就是那时候拍照的乐趣。"一个过来人告诉我说,"现在再也没有那种在镣铐里跳舞的乐趣了。"她也是姚姚的同时代人,她也是当时急着找一个外国水手嫁出去的人,她也是后来带着一信封这样的照片离开上海到香港去的水手妻,到了另外一个世界,她才发现现实生活与自己在上海的想象原来还有那么大的不同。"在上海偷偷拍照的日子,是我一辈子里最好的时光。"她说。

"为什么呢?"我问。

"因为我们有着幻想,那么简单的口红和眉笔,就能让我们走到一个那么美好的梦里去,然后,你一次次地看照片,一次次给你要好的朋友看照片,又可以一次次地想象自己在另外一个世界里的样子。这不就是我们的精神生活么。"她说。

那么说,姚姚也是有着这样的精神生活的上海女子。她终于在那些照片里表达了自己对生活的态度。但她自己并没有看到自己的这些照片。没看到在这样的照片上自己和妈妈是多么惊人的相像。

1975年9月23日上午,下着小雨,秋天就要在雨中回到上海。姚姚也将在第二天离开上海,开始她的工作。行李已经准备好了,就堆在商阿姨家的走廊里。早上姚姚告诉商阿姨要去朋友家辞行,骑上车就走了。

"那天好像下雨。我正在上声乐课,突然韦耀推开门闯进来。我和她是同一个声乐老师,她是我的师姐性质的。她跟老师告别,说找到工作了,就要去上班,特地来向老师告别。我记得那时在下雨,因为她进来的时候身上还穿着雨衣。"我的一个朋友告诉我说。我们偶然在一家小唱片店里遇见,他问到我在写什么,我告诉他,他就马上这样说,"她看上去很高兴,很活泼,因为我在上课,她很快就告辞了。走到外面,我还听到她和别人高声打招呼的声音。"

那天墨西哥体育代表团要离开上海回国。按照"文革"时期的规矩,外国人的车队将要经过的街区都要封锁交通。10点45分,姚姚经过交通已经封锁、不许机动车行驶的南京西路时,一辆长江航运局的载重卡车突然出现在南京西路上。驾驶楼门上的钩子挂住姚姚的塑料雨衣,她立刻被拉倒在卡车后轮下,两个结实沉重的黑色橡胶后轮碾过她的胸和头,将她的上半身压扁在南京西路上。

此时,程述尧的一个熟人正好乘在经过江宁路路口的公共汽车上,他看到江宁路上的人向前面的南京西路奔去,"轧死人了,轧死人了。"他们这么说。他远远地从挂着雨痕的车窗望过去,看到了湿漉漉的南京西路上,有鲜血像浮云一样化开。公共汽车缓缓向前开去,过了几条街,就是威海卫路,开开的家就在那条路上。

张小小的一个朋友就住在那个街区,她听到邻居说,有一个女人连叫都没来得及叫一声,就被车子轧死了。她的裙子翻了起来,露出雪白的两条腿。

南京西路江宁路口，姚姚在这个转角遭车祸遇难，那时没有这座梅龙镇广场。

听说姚姚的上半身是用铁铲从南京西路上铲起来的。可是她用的自行车一点也没有压坏，她随身带着的大黑包，也一点没有压坏。警察在包里找到了姚姚的学生证，也许还有一封用小楷写在白色宣纸上的信。还有瘪瘪的钱包里，一张合家欢照片，照片上的三个人都穿着白衬衣，都在笑着，坐在中间的，是微微发胖了的上官云珠。在那张照片上，他们见到了那张已经被压烂了的笑脸。

这天发行的《解放日报》报道了黎笋同志率越南党政代表团到达北京的消息，中共中央和国务院盛宴欢迎越南战友，朱德、叶剑英、邓小平会见了越南党政代表团。

上海铁路分局机械保温车辆段工人理论队伍积极发挥作用、学理论、评《水浒》、提高识别能力的文章。上海市总工会工人评论《水浒》学习班发表了整版的文章：《投降派宋江的丑恶言行》。

朝鲜劳动党中央欢迎我党代表团，张春桥为团长，耿飚为副团长。张春桥代表中国共产党中央委员会毛泽东同志,代表中国共产党和中国人民,向朝鲜劳动党中央委员会总书记金日成同志,向朝鲜劳动党和朝鲜人民,表示最热烈的问候和最崇高的敬意。

日中友好九州青年之船访华团到上海,市革命委员会举行招待会热烈欢迎访华团全体成员。

我司法机关宽大释放在1962年至1965年被捕的全部在押美蒋武装特务。

比起1944年7月9日的《申报》,1975年9月23日的《解放日报》少了广告,多了天气预报:"局部有小阵雨。"在那一天的《申报》上,有驻上海的日本大使松平忠久的文章《误国者为谁》,表示了他对不合作的中国人的愤怒。在那一天的《解放日报》上,则有上海的工人阶级对古典中国小说人物宋江的仇恨。

当然,姚姚的事还是不会在报纸上有一丝一毫的报道。大多数人是在极为偶然的情况下知道。张乐平是早上散步时,在路上碰巧遇见一个在电影厂工作的熟人,才听说的。"那天我正好在家里,就听到爸爸一路往家里走,一路大叫我的名字。我的爸爸从来都不这样大声叫喊的,所以家里的人都以为他出了什么事,或者是在路上摔倒了,那时候他的腿脚已经不怎么灵活了。我跑下去,爸爸跌跌冲冲跑上来,说姚姚出事了。"

开开由人陪着找到张小小家。他又是怎么知道的,现在已经没人知道了。他并不相信,所以托人把他带到火葬场,去停尸间找姚姚的尸体,可他在存放尸体的地方没有找到。她被压扁的尸体,被放在整容的地方,公安局问商阿姨要了一张姚姚的照片给火葬场,要用蜡重新做一张脸出来。张小小对开开说:"她一定是去看朋友的路上出事的。也不知道她是去看哪个朋友。要是那个朋友听到姚姚在路上出了这样的事,一定难过死了!"开开听后,愀然变色。

灯灯也不相信姚姚是真的被车轧死的,他总觉得也许是秘密抓人,然后对家属说是车祸。于是,灯灯坚持要看姐姐的尸体。但公安局的警察说,尸体被轧得太厉害,没有整理好以前不能给家属看。他们在办公室里为灯灯解释了交通事故的现场,在办公室的黑板上,灯灯看到了姚姚的交通事故图。然后,灯灯沉默了。

"灯灯什么也不说,一点声音也没有了。"张小小说,"他和姚姚感情好,心里一定痛死了。他从来就是很内向的,心里痛,根本说不出来。"

听说灯灯在等待姚姚葬礼的那几天,还和朋友一起去看了电影。可那时候能有什么值得看的电影呢?特别是知道相依为命的姐姐肯定从自己的生活里消失了的时候。"姐姐对于我,有时候像妈妈一样。"灯灯说,"也许比妈妈还要亲近,因为我们有许多相同的经历和处境,她对我,有时候就像妈妈一样。"

"那时看的什么电影还记得吗?《红与黑》?《海岸风雷》?《春苗》?《对虾》?"我问。

"完全不记得了。其实,就连我那时去看了电影,都不记得了。"灯灯说。

"那么记得什么呢?"

"记得那间警察局的办公室,那块黑板,上面用粉笔画着交通事故图。那上面有一个圆圈,就是姐姐被轧死的地方。"灯灯说,"我只记得这些。"

"还有,就是一定要看到姐姐尸体的愿望。只有姐姐的尸体才能证明她是真的死了。"灯灯说,"但一定要等到葬礼的那一天。"

"那时候,家里也不断来人,来一个人,说一遍姐姐的事。慢慢地,它就提醒你,姐姐是再也回不来了。"灯灯说,"我就明白过来,我家的人都死了,一个,一个,全都死了。"

会不会在黑暗中看着别人的故事,可以忘记自己的生活呢?当生活中残酷的那一面像洪水那样,以你完全不能阻挡的样子扑过来,你像一块小石子一样被淹没在最深的海沟里,一个人能做的,就是把自己藏起来,不去想它。而灯灯,早在少年时代就已经有过"逃避"的经验了。只是那时,他躲到学校里,躲到《红卫兵组歌》的合唱队里,现在他躲到上海的电影院里去。

所以,躲到电影院里去等,把自己麻醉在别人的故事里,也许就是那时二十四岁的灯灯能找到的最好的办法。

伤心的商阿姨不小心摔断了手臂。"我一直在恍惚中,我怎么也想不明白,怎么我会遇到这样悲惨的事。姚姚死了,就像是我的大女儿死了一样。我真的想不通。音乐学院的人到我家来,一说,我就昏倒了。"商阿姨说,"从前我怕姚姚和开开联系,有时候上班的时候就带着姚姚一起去,我们单位的人也都认识姚姚。我单位里的人说姚姚的面相不好,是苦命相。可我并不相信这些东西。果然是命运不好!走也要走了,就差一天时间,居然就遇到了这样的事。"商阿姨非常痛恨开开,她认为,那天姚姚就是为了去向他告别遇到的车祸。她为了阻止开开参加姚姚的追悼会,通知了公安局。所以姚姚葬礼的那天,龙华火葬场里,布满了穿制服的警察。

在警察们的注视下,程述尧的老同学孙道临,上官云珠的老朋友张乐平来向他们从小看着长大的姚姚告别。张乐平是个谨慎的人,因为腿脚不好,他很少出门,更不参加葬礼。但那一天,他和妻子、孩子一起参加了姚姚的葬礼。他理了头发,换上了最好的中山装,特地带着家里人自己为姚姚做的花圈,来向姚姚告别。

虽然音乐学院的人把这称为"告别仪式",比追悼会的待遇薄一点,可别的人都坚持称它为"姚姚的追悼会"。

"三十多个人吧,警察在旁边,穿着制服,一声不响地看着你,大家都觉得心里很压抑。"张小小说,"我记得大家也很克制。没有什么哭声。就听到哀乐在响。"

"姐姐的尸体并没有推出来放在遗像下,就像通常的追悼会做的那样。我们在外面的时候看不到尸体。它被放在后面的过道上。我也不知道为什么。大家说了什么,做了什么,我一点也不知道。我就想要进去看姐姐。"

大家都被姚姚那张用蜡做成的脸惊呆了,它比姚姚的脸长了五分之一。她穿着商阿姨为她做的那件蓝咔叽罩衣,可整个胸部全是扁的。商阿姨的回忆里,就只有这个衣服下扁扁的胸部,她知道那就是被轧扁的地方了。

灯灯一眼认出,眼前那躺着的人,就是自己的姐姐。

程述尧没有勇气看到姚姚的样子,连姚姚的葬礼都没有参加。

只有张小小听清音乐学院在姚姚尸体旁对她的悼词:"她是一个没有为国家做出过贡献的人。"

张小小听到这句话,眼泪夺眶而出。

"那么,你还记得1975年时的情形吗?"我不敢到医院的心脏科去打扰生病的老人,只能试着问自己,那时我是一个无所事事的少年,我希望少年时代的回忆带着像老人那样相对来说纯粹的目光。所以我问自己,"1975年是怎样的日子呢?"

学校的墙上到处都贴满了大字报,教室里充满了墨汁的臭气,早上下到操场做早操的时候,贴满了大字报的走廊里也散发着那样的臭气。那一年,全国都在批判邓小平的右倾翻案风。学生们就在教室里按照老师布置的任务写大字报,毛笔字写得好看的同学,负责抄写,开篇的那两句,常常就是:"四海翻腾云水怒,五洲震荡风雷激。"在"文化大革命"中长大的孩子,个个都会这样的套话。语文老师常常来教室里指导我们的文法。文理通顺的大字报仍旧是吃香的。

那一年,上海的商店里开始有卖国产的九吋电视机,简陋的长方盒子,黑白的。毛泽东发表了新诗词,上面说:"不须放屁,试看天地翻覆。"合唱团在演出的时候气宇轩昂地唱出来。那时并没有多少电视频道可以选择,大楼里每户人家的窗子里,传出来的都是同样的声音。同样的气宇轩昂。但在建筑物的外墙上留下来的红漆,已经褪色。

上海的法国租界,已经消失在我们这一代人的历史知识里,我在从前的法国租界长大,可从来没有人明确告诉过我,到底什么地方是法国租界。我们看到的房子都是年久失修的,花园里的丁香花一年比一年开得小了,因为没有照顾好。我们看到的咖啡馆大多数是吃小馄饨和阳春面的饮食店,只不过留着让我们感到奇怪的火车座而已。犹太人开的皮草行还在原来的店面里,但早已改卖小百货。但我们能隐隐地感到,这城市里还有什么东西瞒着我们,那就是在老人们片片断断闲话里的"伊格辰光"。我们班上的同学里偷偷地在传抄《外国民歌二百首》,抄的人,一边感到很兴奋,一边又感到自己十分黄色下流。那一年,我哥哥把一些白皮书借回家来看,里面有一本小说的名字叫:《你到底要什么?》。那本小说里迷茫的情绪像毒箭一样深深地射到了我的心里,把整个心都染黑了。

街道上的梧桐树还是原来的样子,春夏时,它们仍旧是绿色的,宽大的树叶,仍旧以毫不知情的恣肆拼命地长着,遮蔽了整条整条的街道。冬天,等树叶变黄,发脆,成批成批地落下,连在夜里被街灯烤着,最晚落下的那些树叶也全都掉了以后,仍旧能看到树枝上有一串串淡褐色的小蛋黏在那里,那是刺毛虫留下的卵,它们是1944年的刺毛虫的孙子的孙子的孙子辈。然而,它们仍旧是翠绿色的爬虫,还是在春天时长大,住在梧桐树上,夏天的时候它们把背上的小刺扎到人身上,看不见,可是摸上去,那一块皮肤让人痛痒难耐。夏天,从菲律宾海面上生成的台风还是要会影响上海,台风来的时候,大风大雨把它们从树上扫下来,大人孩子见到了,都恨得用鞋底去碾。它们的体液是黄绿色的,在人行道上小而黏稠的一汪,慢慢干在阳光里面,在地上留下了黄绿的、微微泛光的颜色,像打翻的毒药。那是刺毛虫万劫不复的命运,从来不曾逃脱过。

　　梧桐树下热闹或者背静的街区,仍是上海的好地段,虽然那些带花园的房子已经陈旧不堪,屋子的主人是国家房管所,住户则换了又换,原来雕花的木头楼梯缝里,到春天会长出白蚂蚁来。但上海人还是把它们当成了上海的高级地方,住在那里的人不肯离开,没住进那里的人想要挤进去住。几户人家合用一个厕所,一家人合用一间房间是再平常不过的事。原来的客厅里,住了一家人,原来的餐室里又住了一家人,原来的卧室里,住的是第三家人。

　　饮食店里仍旧有卖"光明牌"紫雪糕,可是我从来都不知道它原来的名字叫"白雪公主"牌。店堂里还有卖很甜的糖,有时候甜到辣喉咙。可还是有不少人买来吃,到外地去的人更是大包小包的买了去。那一年,商店里会卖一种简装的压缩饼干,没有滋味,没有活力,但还是可以让吃它的人活下去,吃一小块,再喝一点水的话,就可以饱了。不知为什么,我的妈妈会买它来给我当每天的零食。夏天的时候,饮食店里有卖酸梅汤的,还是一杯杯地卖,像 1944 年的时候一样。1975 年的时候,八分钱一杯酸梅汤。街上没有可口可乐的红色招牌,这与 1944 年的时候不同。

像姚姚出生的那时一样,1975 年居民家的窗玻璃上也贴着米字,因为那时怕苏联修正主义会对我们发动战争。花园里的草地和树木大多被撬开来了,因为要挖防空洞。但挖开的地方常常马上被地下水占住了,使它变成了一个大水坑。像姚姚出生的时候一样,放普希金铜像的那个纪念碑,石座上还是空空的。姚姚出生的那一年,铜像已经被日本人撬走了,而这一年,铜像又已经被红卫兵撬走了。白色的石座子,独自站在那里等着。

谁也不知道世道会变化,就像姚姚出生的时候一样,谁也不知道新的世道已经逼近了我们。

就像我从来不知道那时的世界上有过姚姚这样一个人一样,我也不知道在那一年,她变成了城市西边的火葬场上空的一缕烟。

1977 年,灯灯又去了当年等待姐姐葬礼时去过的电影院看电影。"那次我记得。我看的是刚刚解冻的中国电影《上甘岭》。当郭兰英的歌声在黑暗的电影院里响起来:一条大河波浪宽……第一句还没有唱完,我的眼泪就流了满脸。我知道,'文化大革命'终于过去了。我家的人都死了,可它也结束了。我记得的电影院里的情形,是1977年的。"灯灯说。

1978年,上海电影局为上官云珠平反,做出了"上官云珠是属林彪、四人帮迫害致死"的结论,并为上官云珠召开了隆重的追悼大会。这时,在电影明星上官云珠的家里找不到一张可以用于追悼大会的遗像照片,她所有的照片都已经被烧毁了。

同一年,由于没有人去龙华火葬场领回姚姚只能在火葬场存放三年的骨灰,火葬场把它作为无主骨灰集体深埋在某一个没人知道的地方。现在再也找不到深埋的地点了。

1979年,上海音乐学院为"文革"中被迫害致死的师生举行集体追悼大会,墙上挂满了教授们的遗像,触目惊心。可是那里面没有姚姚,姚姚只是一个学生,而且是较早起来造反的一个学生,而且,她是死于一次偶然的车祸,并不是被谁迫害致死的。

这一年,灯灯放弃了在上海上大学的机会,坚决离开上海,回到北京。他不愿意在这个对他来说充满血腥的城市生活下去了,他希望能到一个新的地方,有机会开始他新的生活。他改名叫韦然,这一次他终于和姚姚同姓,都姓回上官云珠的本姓,这一次,要是还有人把他们的名字排列在一起,一看就知道,韦然和韦耀,这是一家人。

1995年,终于安定下来、成为一名编辑的灯灯,以孩子的生日为唯一的线索,寻找姚姚的孩子。"姐姐去世以后我也动手找过孩子,那时我想,那是姐姐唯一留在世上的骨肉了,我要找到他。可是没有成功。"灯灯说,"这一次,在《新民晚报》记者的帮助下,有了进展。我找到了孩子的养父。到他的办公室里见到他。那时候他的办公室正要搬家,连坐的地方都没有,我们蹲在地上说话。孩子的养父是个很老实的医生,他能理解我的心情。"灯灯说。

这时的灯灯并不想要回孩子,只是想把姐姐的身世,告诉那个在绝不知情的情况下长大的孩子。商阿姨想要见到那个孩子,想要告诉他,姚姚曾晚上把头蒙在被子里哭,因为不舍得他,觉得

2006年的灯灯。

对不起他。程钰先在家里保留着姚姚从他们认识到去世的所有通信,所有的照片底版,准备有一天可以亲手把它们交给姚姚的孩子,让他知道妈妈的经历,并可以看到妈妈的遗物。

但孩子的养父母不愿意打破孩子宁静的生活,不愿意用已经过去了的事情刺激他,不忍心告诉他,原来他是出生在这样惨烈故事里的孤儿。他们不同意灯灯看到他,不同意给灯灯孩子的照片,不同意灯灯用孩子养父朋友的身份,只看他一眼的要求。他们彬彬有礼但非常坚决:"请你们就让这个孩子轻松地生活吧。到他更大一些,成熟一些,我们会告诉他的。我们一直保留着所有有关上官云珠的资料和剪报。"他们这样说。那一年,孩子二十二岁。

"后来就再没有找他吗?"我问灯灯。这是五年后一个冬天的下午,我们坐在淮海中路上的一家咖啡馆临街的桌子边。在姚姚的上海故事里,这里是一个居中的地点。向后走一点,就是程述尧的家;向前走,过一个红绿灯,就是音乐学院;向右,过一条马路,就能走到姚姚度过童年的小公寓;向左,走上一刻钟,就到了江宁路口的那棵大梧桐树下,那是姚姚被卡车挂倒的地方。

现在,姚姚当年的寝室变成上海最昂贵的外国家具店。程述尧和吴嫣去世后,他们的房子已经收归国有,住着陌生人家了。小公寓还在路边,黄色的墙,红缸砖的楼梯,哥特式的小窗还是带着奥斯丁小说的情调,那里没有一个人知道一个叫姚姚的小姑娘在这里住过,她太普通了,被淹没在岁月里。上官云珠死了，程述尧死了，燕凯死了，开开在国门一打开，就离开中国去找他的生母，他切断了与上海的联系。和姚姚有着密切联系的人越来越少，活下来的人，被有关姚姚的回忆所折磨，他们抵抗折磨的方式常常是不愿意提起，就像一个人很痛的时候往往是咬牙忍受。我接触到了受害者们对那个时代的缄默，像黑暗的隧道一样深而窄的缄默，那是迷茫和回避，他们希望让自己能忘记，在忘记中让伤口自己愈合。这就是那个年龄的人常常会说，"把那时发生的事当笑话说"；或者，要让那些痛苦的事"像风一样吹过去"，一点痕迹也不留的缘故吧。当他们提起，他们的脸上，总是出现复杂的笑容，像夹生饭一样的复杂。因为在那样的记忆里面，还有着他们自己没有办法释怀的隐痛。那些看上去温和悠远的笑容里，有着夹生饭那样艰涩的味道。他们生命中的那么多年，就被那样的艰涩占据。所以希望那些事能像风一样吹过去。让一个已经死去多年的人，再打搅活着的人的生活，许多人都不愿意。总之，一个叫姚姚的上海女子，就像灰尘一样，被淹没在沉默里。

实在，被我不断打扰的，一次又一次被问题重新推到回忆的深渊中去，而且必须表达出来的，是与姚姚有着骨肉之亲的灯灯。我常常像一个钉子一样打进他的回忆里，那些像钉子一样又冷又硬的问题，他一步一步向回忆走过去，像贺元元的脸会呈现出孩子时的表情一样，他也像孩子那样缩起了肩膀，身体摇晃着，好像想要靠在大人的肩上。灯灯的眼睛变成了一个默默的男孩子的伤感而脆弱的眼睛，当他说不下去的时候，他就默默看着地板上的某一点,等着,直到可以继续说下去,才抬起头来。在他心里的深重的往事,像西藏的大山一样,永远也吹不掉。当我看到自己让人如此痛苦的时候,心里真的是抱歉。可是,要是他不说,我从什么地方能知道这样的事呢?要是我不知道,又怎么能体会那个时代呢,还有姚姚?

灯灯从来不曾推却和敷衍我所有的问题。"在我能开口说的时候,心里的激动已经过去了,"灯灯说,"常常我知道自己心里在哭,但我不会哭出来。"

"那时候你怎么做呢?"我问。

"我叹一口气。"灯灯说。

"对不起,我真的让你难过了。"我说。

"没关系。只要你真实地写出来,不要夸大,也不要隐瞒。让个人的历史能真实地留下来,这就是对她们的纪念。"灯灯说,"要是你粉饰了,或者是我粉饰了,那他们就不是真的人了,他们才是白白地生,也白白地死了。"

"我能活下来,不就是为了干这个的么。我能在这样的家庭里活下来,实在是侥幸的。"灯灯突然说,"有时候我想到革命的幸存者常常说的话,他们说那么多战友都牺牲了,他们活下来的人还有什么不能舍弃的呢。我想到我的家庭的事,也常常是这样的心情。我家的人,一个,一个,他们都死了,都是冤死的。我活下来了,就是为了有一天把他们的事说出来,不让这样的事再发生。要是我这样普通的人不做这样的努力,普通人的历史就会被永远淹没。要是被淹没了,他们就白死了。"

"可是，大多数人不愿意说，也不愿意回忆了。"我说。

"但我想说出来。我能做一分，就做一分。"灯灯说，"个人在回忆中的痛苦，我可以承受。"

"有时候我想起日本人，他们不愿意承认南京大屠杀，不愿意承认曾经对中国人民惨无人道的侵略和劫掠，我们恨他们，我妈妈的一个姐姐就是被日本人炸死的。可是，我们自己为什么也不愿意说起'文化大革命'？我们为什么也像他们一样不能面对？"灯灯说，"总要有第一个普通的人、普通的家庭开始做。我愿意从我家开始。"

要是整个民族的每个普通人都这样做了，也许我们就都是有直面惨痛历史的勇气的人了，那些伤痕累累的死去的人们，像姚姚、上官云珠、燕凯、程述铭那样被侮辱和损害的人们，他们也许就真正可以得到安息了。

"我还是想找到姐姐的孩子。现在只是隐约知道他在和人一起做生意。"灯灯说。

我也听说了，还听说这孩子喜欢唱歌，尤其喜欢唱张国荣的歌。

看起来，那个孩子生活得还算合潮流的，像上海的年轻先生们的生活一样。

我们看着外面经过的人，许多年轻人，脸上的表情总是严肃精明但不沉闷，跃跃欲试的样子。我和他都不自觉地留意着二十七八岁左右的男人，那是姚姚孩子现在的年龄。灯灯说那孩子不高，像姚姚。《新民晚报》的记者说，那孩子有一张开朗而英武的脸,像姚姚也像开开。

看上去英武而开朗的上海男人们在我们的窗前走过,一个又一个。穿着法国西服,穿着纽约风格的派克大衣,穿着意大利皮鞋,穿着日本的风衣,拿着装手提电脑的黑色拎包,握着小小的手提电话。来上海的美国人常常吃惊地说,上海看不出中国的样子,反而比美国中部的城市更像纽约,特别是上海街上的人。姚姚的孩子是哪一个呢?他们在我们面前匆匆经过,奔向他们的前方,年轻的中国人的脸,带着像纽约人那样的表情。

"现在要找到他,想要做什么呢?那孩子说不定发展得比你好,用不着你帮他什么忙呢。你有了自己的家,自己的孩子,也不再像1975年的时候那样孤单了。"我说。

"还是想告诉他,他出生在这样一个故事里,有过这样一个家庭,虽然一切也许都过去了,不会再来了,但这是他的历史,不要不知道,也不要忘记。要是我能帮到他,我愿意付出自己的一切去帮他。"灯灯说。

我想我也是一样。我那么希望姚姚的孩子得到他妈妈和他爸爸没有过的一切幸福。但是,他应该知道自己的历史,才能真正明白什么是自己生活中的幸福吧。

"为什么非得要让姚姚的孩子生活到沉重中去呢?"一个人问,"要让他知道自己跟那样的历史有关,在心里永远留着那样的创伤,到底能帮到他什么呢?"

是啊,如此辛苦地想要为一个孩子揭开过去了的惨痛的历史,到底能帮到这个孩子什么呢?

2008年夏末,上海大雷雨。从清晨起,无数炸雷鱼贯着从天而坠,在高楼缝隙中的窄街上炸响,太平日子骤然离去,令人惊骇莫名。大雨如洪峰一般倾泻下来,洗刷着街道。这里是上海的历史风貌保护区,粗壮的法国梧桐冠交织在街道的上空,1920年代建造的ART-DECO公寓楼外墙上,黄绿相间的旧墙砖上挂满了空调,手工裁缝店的橱窗里能看见各色改良旗袍,从前的收敛温柔,如今变革成欲盖弥彰。这是一场罕见的暴烈大雨,1920年代修建的城区地下水系统无法及时排泄,人行道上开始积水,匆匆赶往办公室上班的职员们提着皮鞋和手提电脑,在水中努力前行。他们让人想起早年被送去乡下插秧的学生们。

上午,幽暗的住宅走廊里,可可家的门打开了,室内倾泻出来的光线照亮门边开开和灯灯的脸,他们姐弟已有三十六年未见到灯灯。上次见面,还是1972年,他们三个人,加上姚姚,一起打桥牌,背唐诗,抄古书,听唱片,传阅欧洲旧小说。在五原路灯灯家里吃吴嫣包的手工饺子。在建国西路姚姚家里纪念上官云珠的冥寿。那天他们为上官云珠点了蜡烛,供了清茶,灯灯念了一首为悼亡写的七绝。1972年,开开十八岁,可可二十三岁,灯灯二十一岁。他们都是无所事事,却也不肯随波逐流的青年。

　　此次,开开回上海来处理母亲的遗产。这是他离开上海二十九年后第一次回来。可可已经定居在新西兰,因为开开回上海,也回上海来会弟弟。而灯灯2000年后重新回到上海定居。如今,灯灯是个资深的建筑图书编辑,可可是个房地产商人,开开是纽约一家中餐馆的合伙人。三十六年前打桥牌时,灯灯和可可一组,开开和姚姚一组。现在他们三个人,只有灯灯还保留着每星期打桥牌的习惯。

　　三个人先后进了可可家。五十九岁的可可打量着五十七岁的灯灯,说:"那时玩得那么好,可你突然就要回乡下去,怎么劝你都没用,就是急着走。我问你到底为什么这么急,你说我们在一起玩得太高兴了,这么高兴是不正常的,一定会有什么坏事发生的,你就逃了。我真哭得要死!"

　　灯灯站在沙发旁边,笑了:"我记得。"

　　"你爸爸跑到我身边说,可可不要哭了,等灯灯走了,再哭。"可可说,"你看,我还记得。"

　　"那你到底为什么要着急回去呀!"可可追问。

　　灯灯只是笑,不肯说为什么。

　　屋外大雨如注,一片令人不安的冲刷声。让我想起2000年我写完姚姚的故事,去南普陀为姚姚燃香的那个上午,那天也是一样的大雨,沉闷的雷声,潮湿的香灰不肯断去,只管深深地弯下来,弯成了一条条七字。写完姚姚的故事,我就开始生病,大家都说,是这个故事太惨烈了,伤害了我的健康。我自己也深为终于结束这个故事而高兴,那种高兴,宛如逃出生天一般。我以为自己永远告别姚姚了。为姚姚点燃那炷香,既是祈愿她永远安息,也是祝愿自己永不再写这样沉重的故事。我将香插进香炉,令它们稳稳站住,似乎就也完成了与姚姚永别的仪式。彼时,我身后的大雨瓢泼而下,雨水冲刷着寺庙小径边肥绿的菩提叶,那明亮的绿色好像是我盼望的新生活——做一次不写一个中国字,也听不到一个中国故事的长途旅行,去多瑙河沿岸最美的小镇,去喝当年新酿的葡萄酒,在风格保守的小镇上,像一团空气那样毫无牵连地生活一阵。

我坐在可可家的客厅里,开开一一搬出茶杯,鲜肉月饼。他布置桌子,摆放茶水点心的样子,带着唐人街中餐馆中那种利落而粗鲁的风格,他在那里工作了半生。他就是当年那个将自己的初恋双手献给姚姚的十八岁男孩吗?说到当年向姚姚求爱,开开忍不住摇头苦笑,当年他不论怎样努力,也不敢对姚姚说,只好写在一张49路电车票的反面:"我可以吻你吗?"姚姚微笑,未置可否,将开开吓得落荒而逃,因为没得到明确的应允。开开说起姚姚,哽咽了许多次,脸上阴云密布,但当他说到自己十七岁时遇到姚姚,说起一个无所事事的男孩子毫无羁绊的,汹涌的爱情,那个小男孩还是穿越世事的千山万水,来到我们的桌旁。他肯花所有的时间陪伴姚姚,他能早上七点半就买了蛋糕和酸奶去看望姚姚,他也曾为证明姚姚没死,买通龙华火葬场停尸间的门卫,在一个下午翻遍停尸间里的三百具等待葬礼的尸体。为此,他发现即使是尸体,仍旧有表情,在尚未化妆的尸体脸上能看出他们故事的结尾。他二十一岁时姚姚去世,二十五岁时移民美国。"那时我已是半个死人。"开开这样说。他是一管烟花,只能绽放一次。来到美国,他就进入唐人街餐馆,再也没离开过。现在他说话,夹着一点广东话,一点英语,脸上有种幽闭的神情,是地道的唐人街老华侨。但说到那张49路电车票,那为不伦爱情不惜勇往直前的男孩子又会附身而出。他仍是姚姚的男孩。

可可继续追问灯灯当年女朋友的下落。灯灯打着哈哈。他穿浅绿色的体恤,新染了头发,显得很年轻,而且安适。他很喜欢合唱,在上海参加了一个业余合唱团,每个星期去唱两个小时歌,然后回家。他和姚姚一样喜爱唱歌,而且是合唱。他看上去一切安好,除了深夜缠绵不绝的噩梦。他从小就反复梦见一个1950年代漆着红白相间条纹的儿童攀登架,在中国各地公园里的儿童乐园里常能见到这样的木头攀登架,在梦里,是一个小孩仰视的角度,所有的东西都有些变形。他总是觉得,那是他在上海幼儿园花园里的秋千架。在梦里,他在爬秋千架。后来,母亲跳楼死了,他兼了建筑摄影师的工作,常常需要爬到大楼高处去拍照,儿童攀登秋千架的梦便渐渐演化成噩梦。他在梦里精疲力竭地爬上楼去,背着很重的照相机。但他知道,自己爬上楼去不是为拍照,而是为从上面跳下去。

可可的追问为这次重逢带来忆旧的温暖气氛,但开开和灯灯之间,仍有一种抵触。开开向灯灯承认,1972年的晚上,真的是他躲在姚姚的阳台上。因为他们不想暴露他们之间的亲密关系。开开向灯灯承认，1973年他解除监禁后，的确是他请人装扮姚克的使者，去五原路程家找姚姚，这样才跟姚姚恢复了联系。开开向灯灯承认，姚姚临死前的最后一个电话的确是打给他的，姚姚要去开开家。开开家正好来了广州的蛇头，姚姚曾经见过他，也曾经商量过再次偷渡去香港，甚至通知了姚克在香港接应。但最后，姚姚退缩了。她不敢再冒一次险。但开开仍在准备，仍在鼓动姚姚一起走。在电话里，姚姚听说蛇头真的来了，断然不肯去开开家。这时姚姚已经打定主意，不再走偷渡这条路了。所以，他们在电话里商定，将为姚姚饯行的地点改在南京路的德大西餐社。开开去德大西餐社等姚姚，姚姚却在离开开家仅几个街口的江宁路上遇到车祸。开开对这个电话耿耿于怀三十年，一直无法原谅自己。他不停地说，要是不说蛇头来了，要是不逼姚姚，姚姚就不会死在江宁路上。

灯灯将背紧紧贴住沙发，默默看着开开将三十六年来的谜团一一揭开。开开隔了三十六年，才转述给灯灯他母亲当年在普希金铜像下的遗言。1972年时姚姚告诫开开，要在自己遇到不测后再告诉灯灯，姚姚一直不想让灯灯了解得太多，她觉得弟弟性格太忧郁，怕他受不了。灯灯温文尔雅的脸，失去笑容照耀后，眼角重重垂下，如雷雨前突然昏暗，飞沙走石的大地，这样的脸让我想起了姚姚。他们姐弟的脸都会在笑容的照耀下焕然一新，这应该是上官云珠的遗传，那是一张富有内心传达力的脸。在十年前，我刚开始写姚姚故事，与灯灯在咖啡馆里整日相对而坐，后来，我一次次与灯灯梳理姚姚故事中的细节,灯灯的脸都是这样的。过去的岁月,总是将他脸上的笑容一次次撕下来,不肯放他离开。妈妈死去了,姚姚死去了,灯灯就得承担所有的追问和告白,而且要给予原谅和安慰。灯灯默默向后靠去的样子,很像躲避劈面而来的打击。这是我第一次侧面看他获得的发现。这就是一个幸存者的现实。滞后的痛苦感受像道路上的地雷一样,在前行的每一刻都可以突然被引爆。而作为一个幸存者,灯灯永远无法逃避或排除那些地雷,只要他还活着。

甚至我,一个外人,1998年在一家现在已经歇业的咖啡馆里偶遇他,也可能是他的地雷。

大雨中的天光带有梦境般幽暗混沌的光影,令我困惑。从1972年的时空看过去,这被命运再次撮合在一起的三个人,如水中落叶般紧紧粘连在一起。茶几上早已摆好的四副茶具,从1972年的时空看过去,其中的一副是给姚姚预备的。

开开说起姚姚在建国西路公寓楼梯间的一次号啕大哭,因为那次程述尧逼姚姚与开开分手。"什么都不管,不顾,只哭得惊天动地。"开开说。我想起来,九年前程珏先也提到过姚姚的另一次号啕大哭。现在,这场在清晨忽突而至的大雷雨,应该就是姚姚在天之灵的另一次痛哭吧。雪亮的闪电从天空中直劈下来,直指湿漉漉仿佛涕泪纵横的楼群,那里是城市的核心。过去几个街口,就是肇嘉浜路,那是不光是灯灯,也是姚姚记忆中最美好的马路,他们和妈妈晚饭后在那条街上散步,嬉戏享受过天伦之乐。再过去几个街口,就是复兴公园,那不光是开开,也是姚姚记忆中最美好的公园。他们坐在一棵梧桐树下,幻想过将来的生活。当时他们决定要将孩子生下来,并带他到美国去找父母。那天姚姚说,他们的孩子能在前面的草地上玩,开开能坐在她身边,她能安静地织一件毛衣,她就知足了。为了这个目标,他们决定要偷渡出国。再过去几个街口,是音乐学院,德大西餐社,五原路,再过去几个街口,是国际妇婴保健院,是武康大楼,是南京美发店,现在我们知道,姚姚就是在那里的街边电话亭里,给开开打了最后一个电话。那大雨滂沱的地方,那雷鸣电闪的地方,姚姚都用闪电一一指明,她不能忘怀。那第四副茶杯,第四个已经冷却的鲜肉月饼,似乎更是为召唤姚姚而设。姚姚又回来了。

这么说,即使灯灯已经为姚姚造了衣冠冢,举行了安葬仪式,它坐落在上海最美的墓园里,她和母亲的衣冠冢在一起,姚姚也无法安息。也许姚姚等的就是这一天,开开和灯灯相见,开开将母亲的遗言正式转告了灯灯,姐姐最后的使命才算完成。现在,灯灯接过了一切。也许姚姚只是太委屈,她想要告诉她的亲人,她实在咽不下这么多委屈。

"这次我又去看了看复兴公园。"开开说。那是姚姚和他幻想过未来的地方。在孩子两个月大的时候,姚姚发现自己怀孕了。"姚姚很高兴。"开开令我吃惊地说,"她真的高兴。她有妇女病,一直怕自己生不出孩子。她高兴,那我也高兴。我们也曾经想过要找地下医生打胎,我也去找到了医生,我们去看医生，医生要她吃藏红花，我们就去中药店配了藏红花来吃。可姚姚只吃了一次，就不吃了，我们决定要将这个孩子生下来。"

我看着开开，他脸上还挂着一滴眼泪，却笑了。走回他和姚姚的 1972 年，这是他们生命的转折点，他遇到了满脸笑意的姚姚。开开从未见过那个孩子，姚姚独自生下他来，连抱都不敢抱他，因为有人告诉她，要是抱了他，再送走，就难了。所有的人都以为，姚姚是不得已才生下他来的，在当时那种情势下谈不上感情，她恨不得马上送掉孩子。现在才知道，姚姚曾那么想好好做他的妈妈，看他在一片草地上玩。等开开出狱，再见姚姚，姚姚草草说起孩子，说此生再也见不到他了。这世界上只有开开知道，姚姚对那个孩子的期待。

在 1973 年的中国社会，是决不会轻易放过一个私生子事件存在的。

"我们做好了计划。姚姚去苏州她叔叔家生孩子，然后就将孩子寄养在苏州。或者，我们索性从广州偷渡，去美国找父母，将孩子生在国外。总之，我们要这个孩子。"开开说。从那时起，开开就为偷渡做准备。他们并不害怕，而在这社会之大不韪的所作所为中感受到对未来空前的希望。"我的调查很顺利，在图书馆里，靠查广州的报纸，我找到了沙河站，在表彰铁路系统先进集体的小稿子里，我找到了从沙河发车去香港的货运车总数，因此也找到了每天的流量。然后我们找了些空白介绍信。什么都准备好了。离开上海的时候我还问姚姚，我们再回来,不知什么时候了,她有没有什么舍不得的,她说舍不得她的脚踏车,她天天都骑的。"说着开开忍不住笑,"这个人,就舍不得这辆车。"

当开开笑的时候,溺爱和亲密照亮了他晦暗的脸。"如果不是命定的失误,我们已经在海外有了家,我们的孩子也一定和我们在一起。"开开突然将头埋下,哭了。

"你书里写到的,去产房看姚姚的那个老妇人,不是孙阿姨,是可可的生母,我叫她妈儿。"开开又说,"她是心地善良的人,虽然对姚姚怨恨,认为她害我坐牢,可还是去给姚姚送鸡汤。但我父亲知道后将她痛骂一顿,不许她再去看姚姚了。

"你书里写到的,去产房看姚姚的那个四五十岁的老先生,是我生父。"开开说,"姚姚求他收留孩子,但被我父亲拒绝了。我父亲说,我大概要被判刑,等我刑满出来,在社会上绝无立锥之地,我不能再拖一个孩子。他还说,当然也许这是为了给我减轻罪名,他说那孩子也不一定是我的。我知道父亲说的不是没道理,我这个人今后的确在社会上无立锥之地,但我不能原谅他对姚姚落井下石。是他把孩子逼走的。"

"我还去看了建国西路姚姚家,我本想将它买下来,做个纪念,但现在已经有个外国人买下来,恐怕我是买不起了。那套房子,对我的人生有特殊的意义。姚姚那时藏了燕凯留下来的两本黑本子,里面记了张春桥和于会泳的黑材料,燕凯就是为了它们丧命的。姚姚给我看过,可我一点也不喜欢搞这种政治性的东西。后来听说音乐学院追查本子的下落,牵涉到姚姚了。我马上到姚姚家去,想找到本子,帮她藏起来。那时候,已经是我们两家人都反对我们来往,姚姚与我已经有几个星期断绝往来了。她不在家,我进去找本子,翻开了她放衣服的抽屉,里面都是她的衣服,洗干净,叠好的。一抽屉里,都是她身上的气味。虽然很淡,但是她的气味。我下了楼,在马路对面的树下等。等了好几个小时,姚姚骑着车回来了。她看到我很吃惊,我们上了楼,藏好了本子。我们第一次做了爱,我什么也搞不清楚,我很傻。"开开又温柔地笑了,"一个什么也不懂的小男孩,能和姚姚在一起,就好像是和神在一起。姚姚头顶上都是有一圈光环的。"

在开开的地图里,姚姚在唱歌,姚姚在欢笑,姚姚是个有很多快乐的人。姚姚有了困难也不要紧,因为开开一定能帮助她。他能带她出逃,他能让她欢笑,她在忧郁的豫园里高唱毛泽东的诗词,引来园中人,他也骄傲地陪伴她:"风雨送春归,飞雪迎春到。已是悬崖百丈冰,犹有花枝俏。"她唱的,仿佛就是他们的爱情。

我看着开开,看他深深堕入过去的世界。当我第一次见到他,在一家庭院咖啡馆的台阶上,当他取下墨镜,我觉得他的脸并不陌生。我以为在1970年代他频繁出入五原路的时候,我们也许见过。此刻,我意识到,这种似曾相识的感觉,来自于他的脸,他的眉毛和眼睛,与那孩子相似。那孩子的眉眼之间和他一样暗藏春色。那孩子的命运也和开开的命运相似,他和这个孩子对换位置,并不困难。"我也没脸认这个孩子,我现在的太太也不会让这个孩子介入我家庭的生活,我自己也从未见过这个孩子。"开开的意思是,对这个孩子他并没有多少感情,他更希望保护现在已有的生活,现在他是无限溺爱三个孩子的父亲,是患难与共的丈夫。他生活中至上的幸福,就是早上很早起床,握着孩子的手,送他们上学。"我愿意帮助这孩子,是因为姚姚。这是她当年想要生下来的孩子。我只是想为姚姚再做些什么,姚姚已不再需要了,所以我可以为这个孩子做。"

我望着眼前这个男人,他脸上深深的黑眼圈,他的声音已被香烟熏得沙哑了,他与自己的生父交恶,直至生父去世,从无联系。他懂得而且会用现实需要的生存原则,他像所有劫后余生的人一样小心翼翼地护卫重新建立起来的新生活。但是,如闪亮的针总是轻松地穿过许多层棉布那样,他心中对姚姚的爱情仍富有奇异的生命力,能穿过重重时空,将他钉死在1970年代,他一生中最危难,却也是最辉煌的高峰。他还热烈地几乎专横地爱着在他二十一岁时去世的爱人。他的眼里只有姚姚,一切都是姚姚。

他哭,他笑,他这管烟花,仍然绽放在姚姚的故事里。

"你一定对我很失望。"开开打电话给我,劈头就是这句话,在我们见过面后几个小时。

"为什么?"我真的不知道。

"我变了很多,我以前不是这样的。下次我再来上海,可以将我和姚姚在一起时的照片带回来给你看。从前我不是这样的。"

"那么从前你是怎样的呢?"他这样说话,很有些幼稚。

"我让你失望了。"开开坚持说,"我太胖。这是因为我的工作,我吃得很多,因为中间有很长时间我不吃东西。而且我晚上习惯了要吃夜宵。1979年我到了美国,人已经无法安静下来读书了,而且我的心也死了,没什么进取心。我曾考取了军校,但最后也没去读。就一直做餐馆。我再没接触到什么有文化的人,所以我的气质也渐渐变了,少年时代我曾经很喜欢古文,喜欢读古书,我以前的生活也不是柴米油盐。我会给你看从前和姚姚一起时拍的照片,我能证明给你看。"

"你这一生,到现在为止,是不是和姚姚在一起的时候最好?"我问开开。

"可那时我太笨。"开开说,"我要等到读你的书,才知道姚姚经济上有问题。我从来从来都没想到过她会缺钱。我们在一起的时候,她还常常抢着付账。那时候我有妈妈每个月寄来的美元,那时候我的零花钱等于三个人的月工资,我不缺钱。我真的不明白为什么姚姚不告诉我她缺钱,我们一直有关系的,我们还分什么彼此呢!我真的太笨了。"同样的话,开开已经对小小和灯灯都说过了。他就是不能释怀。

"还有,我不该在电话里告诉姚姚唐先生来我家的事。姚姚从前也见过他的,我们上一次准备偷渡的时候,他来上海,他们见过面的。我实在没想到,为什么姚姚这一次就不能见他了呢?你说姚姚为什么死活不肯见唐先生呢?"开开苦恼地问。

"她不想再冒险了,她已经吃过太多的苦,不敢再试了。"我说,"还有,她已经三十岁了,想要认命了。"这就是姚姚当年在接受开开的时候说的,"你以后会后悔"的意思。二十岁的开开只认偷渡一条生路,三十岁的姚姚觉得该接受生活。

"她傻呀。她就是在浙江歌舞团有了个工作,也不会有什么意思的,别人还是不会放过她的。只有彻底离开,才有自由。而且,唐先生来,也不是要她即刻就走的呀!"开开说,"到了外边,她爸爸会帮助她的,我也会帮助她的,我们在一起,不在一起都不是问题,问题是她就能有自由,不要担惊受怕了,这也是她母亲的遗愿。我真是搞不懂她呀,她到我家来,就不会去江宁路,就不会有车祸这件事了,至少她就不会死。你说她为什么不能见一见唐先生呢?我和姚姚从来有很好的感应,我可以说与许多人在一起时,只要她看我一眼,不用说,我就知道她想要什么。可这件事我实在不能理解她。"

"开开,这是1975年的事情了。"我说,"现在已经是2008年了,已经过去三十三年了。"三十三年,比姚姚度过的一生还多了两年。

"姚姚要是能活到现在,一定会左右逢源,她一定是个总经理什么的。"开开没有理会我数学题的含意,沉浸在自己的懊丧中,他的思想勉强转移出来,去假设姚姚生活在2008年。"只要姚姚再坚持一年,她就不用怕了。只要再坚持四年,我就移民了,那时候,她可以有两条路申请美国移民,一条是与父亲团聚,另一条是和我结婚,配偶移民,她无论怎样都可以出来了。

美国到处都是草地，她随时可以带孩子去草地上玩。"他是这样做数学题的。

可我却不相信伤痕累累的姚姚，还能生活得好。我不相信幸存者还能有真正的幸福。如果幸福这个词，是为了形容十全十美的感受的词。经历过姚姚故事的访问，我以为黑暗时代的幸存者，因为太多的伤痕，而失去了许多享受生活的可能。我说到了缠绕灯灯的噩梦。那个时代吞噬了许多人，它绵长的阴影仍会吞噬许多人，我可以说，姚姚故事里的所有见证者，都仍生活在它巨大的阴影里。它仍旧是活生生的。人们将新生活建立在它的废墟上，仍如石上危卵。这个悲观的结论，现在开开又不远万里来为它证明了。

开开沉默了。他大约也想到了自己。

"开开，现在已经过去了三十多年，一切都过去了，能不能不多想了。"我说。

"好，好好，再见。"开开像被惊醒了似的，迅速挂断电话。

"你帮帮他。"可可将我引到另一间房间里，她突然紧握了一下我的手臂，说，"回来以后开开就不吃，不睡，就知道一遍遍讲姚姚。讲了哭，哭了再讲，他这个人还留在1975年。"

是的，开开曾以为自己永别上海，就能开始新生活。现在看起来，他更像是被纽约冬眠了，回到上海，对他来说，就是回到1975年。从外面客厅里，传来开开的声音，他和灯灯的谈话还在继续，"我真是不该在电话里告诉姚姚唐先生来我家的事啊……"开开的声音沙哑了。

外面低沉的天空中,当空劈来一细条漫长的蓝色闪电,无声的,雪亮的,直逼到眼前,好像扎到眼睛里。这是姚姚在听,她就伏在那条闪电上。她应该觉得幸福吧,一个人这样地爱着她。她也应该觉得痛苦吧,她爱的人这样辛苦挣扎,至今无力自拔。湿漉漉的楼群和充满阴影的灌木丛在闪电下如被谴责的内心那样幽暗哀伤,悄无声息。经历过对姚姚故事艰难的采访,我总是相信那些经历了黑暗时代的人,每个人都不再可能保持内心的单纯和平静。就像开开最初说自己在纽约的生活很平静,很单纯,我不以为然。我知道他期待如此,但他做不到。

我能帮助他吗?

"灯灯却比从前好得多了。"可可拿灯灯与她的弟弟相比,"灯灯小时候是个很忧郁软弱的孩子,什么事都往坏处想。连我们玩得高兴点,都怕这样会招来什么坏事。现在他开朗多了,他能笑了。这样就好。他们吃了太多的苦,他们都应该好好活。"

他们做得到可可要求的那个"好"吗?即使是可可羡慕的灯灯。开开一直顾虑灯灯还抱着当年反对姚姚与他来往的态度,可灯灯早已将开开看成是个老朋友,一同经历过一段黑暗的日子。灯灯这些年来,接受各种媒介的访谈,一遍遍讲述惨痛的家史,从不回避一个幸存者对历史的责任,他是希望人们能记住一个时代的牺牲者,并追究那个时代的责任。他为母亲和姐姐建了衣冠冢,希望牺牲者安息。他协助母亲的故乡建立母亲的纪念馆,他将多年来重新收集到的母亲的照片捐献给中国电影博物馆,希望为研究者提供方便。灯灯在姚姚去世后坚决逃离了上海,可在三十年后又搬回上海居住,他似乎已经走出来了。他与时代阴影抗争的手段,就是尽可能地让社会记住

上官云珠和姚姚的衣冠冢。

它，反省，然后埋葬。看上去他一直在尽善尽美地收着尾，但那不回避里面，需要面对怎样不能面对的事实，需要与怎样巨大的遗忘的心愿抗争，那个忧郁软弱的孩子，怎样渐渐变得开朗，却是可可来不及想象的。

"我活着，就是为了让妈妈和姐姐不要白死。"这是灯灯说的，说得可可直摇头，"不要这样说，这样太惨了。"

但是我相信这正是灯灯作为一个幸存者走出来，并活下去的勇气。在废墟之上重建生活，需要一些重压，比如责任，比如道义，比如历史赋予的担当。它们会让一个孤独的生命变得有意义。也让它的创伤永远无法愈合。

这样的生活不容易。可我也不知道应该如何帮助灯灯。

闪电过后，我和可可静下来，等待将要到来的雷声。客厅里，开开的故事还在继续。1975年，姚姚的葬礼没通知开开。开开坐在家里，突然觉得，此刻就是姚姚的葬礼举行的时刻。他在停尸间里翻找了三百具尸体，也没找到姚姚的，因为姚姚的尸体毁坏得太厉害，需要放进冰箱里保存。他骑着车，冲向龙华火葬场，他看到的小葬礼厅里什么都没有了，只有墙上写着姚姚名字的白纸还没来得及撤下。我相信此刻，开开一定在比划那张白纸的大小，他怕别人怀疑那故事的真实性。"你也可以问可可，我那七天里光喝水了，每天就坐在那里。然后就去龙华。"

雷声轰然而至。这是姚姚。如果你认识过姚姚，听说过姚姚，你就永远会与她在一起，不能忘却，也无法逃避。室内所有的谈话声淹没在巨大的雷鸣声里。开开正在背诵香妃墓前的碑文:"浩浩愁,茫茫劫,短歌终,明月缺,郁郁佳城,中有碧血。碧亦有时尽,血亦有时灭,一缕香魂无断绝。"他背给我听过,背给可可听过,又背给灯灯听,背给他在上海见到的每个人听。

暴雨有力地冲刷着这座城市,这是上海一百三十年来最大的一场雷雨,在可可家的客厅之外,街道被雨水淹没,隧道被雨水淹没,连飞机场的候机厅都被雨水淹没了。汽车被堵在路上熄了火,无法动弹,公路和机场关闭。我相信这都是姚姚的眼泪,这一次,她仍旧以雷霆万钧之力恸哭,因为她还无法安息。

附记

幸存者 1

第一次见到灯灯,是在一家叫东海堂的咖啡馆里。1998年。他在幽暗的光影里欠了欠身,那是讲究礼数的北京四合院规矩。

眉目清秀的男子,殷勤地微微笑着,他就是灯灯,图书编辑。

旁边有人问我:"你看他长得像谁?"旁人会问出这样的话,他总该与名人有瓜葛才是。

有种水银灯似的炫目藏在他的谦和收敛里——他像个艺人。

知情人呵呵地笑,说:"接着猜。"

却猜不出来了。也是不愿意这样死死地打量别人。

他是上官云珠的儿子。

惊问:"姚姚是你什么人?"

几年前读过一篇对上官云珠的女儿姚姚的回忆文章。当时读得惊心动魄,往事汹涌,好像我在五原路度过的青少年时代全都复活了似的。当时,我就存了写本书的心思,只是不知如何才能找到姚姚的家人。"文化大革命"的时代如沉船般消失在生活中,如今大海风平浪静。我曾辗转找到那篇回忆录作者的妹妹,但得知作者的神经系统疾患刚刚反复过,不宜再受到刺激。也就是说,不能采访。

那个时代如一条沉船,难以触摸,但可眺望,并看着它渐渐分崩离析,轮廓走样。是的,这是一个黑暗的时代,也许正因为它太黑暗,这样悄悄从人们的记忆里溜走,就是不道德的。

"姚姚是我同母异父的姐姐。"这是灯灯对我说的第一句话,姚姚与上官云珠就这样,透过这个有一口北京口音的人,来到我面前。

与灯灯的谈话,是我经历过的最残忍的谈话。我们总是回到最令他难过的时代里,让他细细地叙述本已过去的痛苦:寄居的童年和少年时代,丧母之痛,相依为命的姐姐的痛苦一生,生活中本可以回避的隐私的黑洞。我的问题,如同将他推入深海,让他独自潜回那条沉船,看亲人在重压下如何渐渐被毁灭,留下他一个人,如同一个文件夹,保留回忆。

他向我打开了一家人客厅的门,卧室的门和壁橱的门,这是写一本书的基础。

我有一沓用过的电话卡,是当年向身在北京的灯灯补充采访时用的。在电话中,有时能听出他的痛苦和抗拒,每个人都有自己不想再说起的事,他的声音变得干涩,反应变慢,但他从没有放弃,也不曾拒绝,更不曾让他的回忆情绪化,能感受到他同时在和流逝的时间和亲人的感情搏斗,他是个有智慧分辨情感中的人与事和史实中的人与事关系的人。他从未放纵过自己的感情。

后来,《三联生活周刊》来为他做口述历史,他又再次复述了家庭的悲剧,风格依旧。这次,离我当年的采访已经相隔十年了,他已再次搬回了上海。

这十年里,他为母亲和姐姐建了衣冠冢,使她们入土为安。

他有时路过母亲和姐姐当年住过的房子,会停车,为那些房子照一张相保存起来。

那里的楼梯是当年妈妈和姐姐飞奔下来迎接他的。

那里的阳台是他和母亲纳凉时坐过的,母亲在那里给他讲过故事。

那条街道是他与母亲和姐姐晚饭后散过步的。

有普希金雕像的街角,是传说中母亲和姐姐最后一次见面的地方,那时,他远在北京,与她们断了消息。

大多数时间,他做着自己的事,喜爱着自己在美国学设计,又想到法国学时装,到意大利学烹饪的女儿,在我感叹说,如此学历的女孩子只能嫁给国王时开怀大笑,与自己童年的好友喝酒夜宴,风和日丽时到乡下看望自己的老奶妈,参加环保协会的活动,参加电影界的纪念活动,在为父母的老朋友照相的时候,听到老人们望着他感慨——述尧和上官的儿子,没有去拍电影。老人们的闲话温暖了灯灯。

他在废墟上建立了自己的生活。

十年后,再次对人回忆母亲和姐姐的往事,他心中还是一样的痛苦。"每次都一样。"他告诉我说。

"我想人们通过她们的故事,可以问一问她们为什么死了,这是非正常死亡。"他向我解释自己能再次忍受痛苦的原因。

"你有了结论吗?"我问。

"没有。"他说。

真的,转眼十年就过去了。

我们又在上海的咖啡馆里再见,再次补充采访。当年长谈的咖啡馆已经关了门,现在我们在星巴克淮海路的连锁店里见面。当年我们靠着窗坐,现在还是靠着窗。十年过去了。

"过去的噩梦还在做吗?"我问,"那个爬楼梯的噩梦。"

拿这种问题当作问候,我知道自己脸色有些尴尬的吧。

对灯灯,有时我摆不好自己的态度。不知道像我这样一个深深了解他家过去,却忍不住回避那些渐渐显露出来的隐私黑洞的姚姚的传记作者,是他的亲人,老友,还是一个作家,一个朋友,我不知道用什么尺度相处最合适。有时我感到自己像一只充满目的性,伸向别人的手一样,令我暗自难堪。可有时,我又感到历史透过虚无的时空,在我肩上重重按了一下,好像郑重的托付。经历过这样的心情,对姚姚家的幸存者灯灯,似乎总也不能自然而然地相处了。

写完姚姚书的几年里,我常想,他应该到我家来过年,他应该成为我们家庭中的一员。但我又希望见不到他,自己能从姚姚的故事里跳脱,轻松地生活。

"是的,有时还做。"灯灯说。

我看见他发根上短短一层白发,是染过以后新长出来的,像穿过云层的阳光那样刺目。

在噩梦里,他已经疲惫不堪了,还沿着楼梯往上爬,他心里知道,爬到尽头,是为了跳下去。

他从小就容易梦见一个1950年代漆着红白相间条纹的儿童攀登架,在中国各地公园里的儿童乐园里常能见到这样的木头攀登架,在梦里,是一个小孩仰视的角度,所有的东西都有些变形。后来,母亲跳楼死了,他兼了建筑摄影师的工作,常常需要爬到大楼高处去拍照,儿童攀登架的梦便渐渐变成噩梦。

"去找过医生释梦吗?也许应该找个医生催眠。"我说。

他笑着摇头,责备说:"说什么呢,每个人都有梦,不过梦境不同而已。哪里就犯得着这样兴师动众。"

咖啡都凉了。

按照历史的说法,灯灯是典型的黑暗时代的幸存者:劫后余生,心中留有创伤。有人在余生中挣扎着要从回忆里逃出来,竭力忘却。有人则一味沉湎下去,无力自拔。围绕着姚姚的故事,我见到了各种逃离之路。那是种逃生,没有从容可言。

灯灯却有一种从容。

他经得起不同的人来翻检。姚姚的书出版以后,我接到过一些知情人的信,知道了一些在书里没能证实的事。

在香港,准备和姚克一起去罗湖接姚姚的老先生带口信来给我,告诉我当时在香港的情形。他开车去与姚克会面,但姚克却一直没到,于是他到姚克家去找,他却藏在卧室不见,由太太出来说,从上海接到消息,姚姚已经被抓了。

在美国,当年与姚姚一起下放到劳改农场的同学写信来,回忆了当年姚姚的故事。解放军用管劳改犯的方式管这批学音乐的学生,逼他们跪着插秧。姚姚不肯跪下。

在上海,辗转从姚姚当年的邻居那里,证实了关于姚姚与贺路的传闻。

那段时间,我给灯灯打电话,就是通报这些消息。他大多数时间是平静的,有时长久地沉默,那便是真的被刺伤了。他隔着时间的洪流,束手无策。

电流的沙沙声,如一个小兽舔伤口发出的声音,它连接着我和灯灯。

母亲和姐姐不必去面对的事,灯灯却要去面对它们,这就是幸存者的生活吗?

我不知道自己做得对不对。

灯灯接受真相,有一种清醒的勇气:他分得清时代的责任和个人的责任,辨别得清人性的弱点在时代推动下爆发出来的杀伤力和人性在黑暗中散发出来的善的光芒。那种勇气因为有这样的清醒和理性而明澈无私。这也是我觉得自己能将一切真相向他报告的原因。我像一块试金石。但是有时我怀疑自己的行为,谁赋予我做试金石的权力呢?人们对历史的责任,都是自愿担当的。所以不禁有时要质疑这权力。我想灯灯也会受人怀疑,并且自问。

本可以好好喝一大杯热咖啡的,在隆冬阴霾的早上,偏要向后堕入往事,直说到咖啡都凉了,奶沫在咖啡表面结成一些灰白的碎片,看上去更像湖上肮脏的浮冰。

"假如时光倒流,又回到1967年,你可有勇气再经历一遍?"我问过灯灯。

"想过这个问题。这一次,我就不再是个无辜的少年,我会首当其冲,像我妈妈,我叔叔一样。"他说。这两个亲人都自杀了。

"那怎么办?"

"要看熬不熬得过去。"他说。

那么,他相信还可以熬得过去。

"大家都这样熬着,你为什么就不可以。"他说,"大家都一样。"

大家都这样熬着,你为什么就不可以——我想这该是灯灯多年来一直想问的问题。做口述历史的时候,他分析过母亲的死,他说,导致一个人自杀,有时不是外界对你如何,而是你生活的环境对你如何,母亲的丈夫已吓破了胆,姐姐贴大字报与母亲划清界限,他自己与母亲失去联系,母亲癌症复发……"母亲一定对生活完全绝望了。"这是黑暗时代幸存者的经验。

那么,他相信自己的生活还有温暖之处。

"你以为这只是假如吗?"灯灯问,"我觉得很可能还会在中国发生这样的事。"他对我说的"假如"不满。

"现在吗?"我望着咖啡馆下面的淮海路,街上一派繁忙,春节快到了,人行道上走着漂亮女人,快车道上能看到最新款的美国轿车,我们旁边桌上有三个衣着入时的中年妇女,围着桌子吃忌司蛋糕,侍应生正在分派店家奉送品尝的榛果拿铁咖啡,是圣诞节时的存货。店堂里播放着挪威歌手唱的轻摇滚。此刻要掉头过去,想一想自己能不能过姚姚那样的生活吗?

我说:"不敢想。"但是我理所当然地要求他设想,好像对他来说是应该,对我来说却是意外。这是人们心中暗存的歧视吗?即使是幸存者,也已伤痕累累,无法完全逃脱干系。苦难深重,丧失过命运的眷顾,有时是古怪可耻的人生,是失败的人生。

人们如今回避提起那样的往事,也许也出于这种羞耻感吧。

最好能忘记命运的重拳。

"'文化大革命'没有彻底清算,就意味着它会再来。"灯灯说,"'文化大革命'再来一次,就意味着我的亲人们当年都白白地赔上了性命,没有意义。"

这话他十年前就说过了。一边紧紧盯着你,表情也是一样的。

幸存者的责任,就是与忘却做天长日久的斗争,他们和纪念碑一样,永无轻松的可能。

"姐姐的孩子已经三十多岁了,应该成家立业,是个男人了。"灯灯提到了那个男孩。书出版后,有一天,我的同事接了一个男人找我的电话,那人说是开开的远房亲戚,读到了书,因此知道了姚姚弟弟的下落,想与灯灯联系。

我转告灯灯,他第一个反应是:开开想要通过他找到孩子。

我将灯灯的电话转告了那个男人,也将那男人留下的电话给了灯灯。但他们却始终没联系上。那个男人再次消失了。

灯灯说,也许开开已经找到了孩子,便不再联系了。

"这个孩子,一直不跟我联系,说明他不想与我联系。"灯灯说。

"也许他不在中国。"他又说。

从姚姚去世那一年,断断续续三十年,他一直找这个孩子。似乎那孩子是一个家庭唯一留在世间的体温那么虚无和实在,那是命运没来得及夺走的东西。如今,姚姚连骨灰都没能留下,但留下了一个后代,一个少年时代喜欢唱歌,而且唱得不错的孩子。

"等这孩子也愿意找我的那一天,我们那时再见。"灯灯说。

所以,他就一直等着。

戈多什么时候来？

戈多到底意味着什么呢？

"等着吧。"灯灯说，"无论如何，这是姐姐的血肉，我只想怎么关心他，怎么爱他。"

2005年，中国电影博物馆建成，博物馆的工作人员来上海宴请捐赠者。灯灯捐出了他收集多年慢慢积累下来的母亲的照片。从1978年上海电影制片厂为上官云珠开追悼会，找不到一张她的照片，到灯灯能向电影博物馆捐赠母亲的照片，已过去了三十年。

那天博物馆邀请的名人之后，还有郑君里的儿子郑大里，赵丹的儿子赵劲，王云阶的儿子王龙基，济济一堂。郑大里从未见过灯灯，但他穿过众人，直接向灯灯走去，对他说："你不用说自己是谁，我一看到你的脸，就知道你是谁的儿子。"

幸存者 2

2000年,《上海的红颜遗事》出版。出版后不久,我接到了一个男人的电话,说他是开开的亲戚,希望与我联系,也希望与灯灯联系。但他却没有再联系我们。在那个电话里,他只是说开开住在纽约,已经结婚了,有三个孩子,在中餐馆工作。这就是所有关于开开的讯息。

2008年,《上海的红颜遗事》有再版的机会。新版的设计已经完成,只等下厂印刷。这时我接到另一个电话:"我是开开。"开开回来了。我们约在一家庭院咖啡馆见面。我们并不认识,所以我们各自拿了一本旧版的《上海的红颜遗事》。但当我们在台阶上遇到,彼此都意识到,那就是我等待的人。

落座,面对面,先是不知道该怎么开始,后来,我听开开说了八个小时。开开在上海短暂逗留,我们再见面,开开塞给我一张字条,上面抄录了1974年他和姚姚准备再次偷渡香港时,广州寄来的集合令:山中岁月,辇下风光,海上心情。但姚姚最后决定不去,她太怕了,开开因此也没走。再见面,灯灯也来了,1972年的疑问得以澄清,当年灯灯到建国西路看姚姚,他感到有人躲在阳台上,他感到那个人就是开开,开开点头承认:"是的,那是我。"

说起来,这是新版《上海的红颜遗事》的运气,故事模糊不清的部分终于清晰了,开开走了进来,他带来了故事的结尾。回到家,我给编辑发邮件,要求暂停,补充故事的新结尾。这个故事的新结尾是:姚姚并没有安息。

2000年时,我以为这本书可以成为姚姚的安魂曲,现在我不再这么想了。因为她还没有安息,所以我们得继续自己的工作。

本书使用的照片由姚姚同母异父的弟弟灯灯提供。

由于世事动荡,岁月飘零,姚姚的大部分照片已经逸散。姚姚去世后,灯灯从亲友处辗转收集姐姐的遗像,个别照片至今无从查找拍摄者。在此,由衷感谢在动荡的岁月里为姚姚照相和保留了她的照片的人们,并请散失的拍摄者与上海文艺出版社联系。

——陈丹燕

图书在版编目（CIP）数据

上海的红颜遗事/陈丹燕著；-上海：上海文艺出版社.2015.8(2025.6重印)
ISBN 978-7-5321-5739-6
Ⅰ.①上… Ⅱ.①陈… Ⅲ.①纪实文学-中国-当代
Ⅳ.①I25
中国版本图书馆CIP数据核字（2015）第172012号

发 行 人：毕　胜
责任编辑：陈　蕾　张诗扬
装帧设计：杨　军

上海的红颜遗事
　陈丹燕　著
　上海世纪出版集团
　　　上海文艺出版社　出版
上海市闵行区号景路159弄A座2楼　201101
上海世纪出版股份有限公司发行中心发行
上海市闵行区号景路159弄A座2楼206室　201101　www.ewen.co
常熟市华顺印刷有限公司印刷
　开本889×1194　1/32　印张8.75　插页2　字数167,000
　2015年8月第1版　2025年6月第7次印刷
　ISBN 978-7-5321-5739-6/I・4575　　定价：50.00元

告读者　如发现本书有质量问题请与印刷厂质量科联系
T：0512-52605406